Betty M

AU DIABLE VAUVERT

Coralie Trinh Thi

Betty Monde

Au diable vauvert
La Laune 30600 Vauvert
www.audiable.com
contact@audiable.com

À Willy, pour le Plomb
À Virginie, pour le Mercure
À Kali, pour le Soufre

Prologue

Comment on devient ce que l'on est

La route n'en finit pas... C'est l'atroce et cyclique torture estivale, toute la nuit coincée à l'arrière de la voiture, le cœur au bord des lèvres. La simple vue du véhicule, portières ouvertes, la fait déjà vomir tripes et boyaux. On a beau lui refiler tous les chewing-gums chlorophyllés disponibles, elle continue à dégueuler à intervalles réguliers un liquide acide et verdâtre dans d'atroces douleurs, la tête dans un sac plastique crissant et puant, honteuse d'être incapable de maîtriser les spasmes de son estomac alors qu'elle a déjà six ans, et infiniment désolée d'être source de tels désagréments. Ils arrivent à Chamonix au petit matin, après l'ultime épreuve des sadiques routes de montagne sinueuses. La voiture fait une halte boulangerie, afin de réconforter les passagers. Un pain au chocolat chaud dans sa petite main. *Est-ce que tu veux offrir ton pain au chocolat au petit Jésus?* demande l'adulte bienveillant en lui souriant doucement.

Le monde s'effondre. Élisabeth fixe le pain au chocolat avec désespoir, sa bouche déjà pleine de salive s'assèche brusquement, son estomac vide et douloureux se tord encore davantage, en même temps que sa poitrine lui semble s'ouvrir en grand, immense appel d'amour absolu. Elle reste pétrifiée de longues secondes, cherchant à assimiler les violents mouvements intérieurs qui l'agitent. Ses yeux se remplissent soudain de larmes. Elle est secouée tout entière de longs sanglots douloureux, qui enflent au-delà des capacités d'une si petite gorge, dans l'intention manifeste de l'étouffer. Ça ne serait pas plus mal, elle serait ainsi libérée du dilemme et de l'atroce honte. Elle n'a visiblement pas la force de sacrifier son pain au chocolat au petit Jésus mort pour elle sur la Croix, elle a hésité, victime de basses considérations physiologiques, elle n'est qu'une merde.

Elle tend son pain au chocolat, sans cesser de pleurer sur sa disgrâce. L'adulte est tout à fait consterné. Total désarroi, devant la petite chose hoquetante au bord de l'asphyxie, derrière les cheveux collés au visage rouge en grosses mèches trempées d'eau salée. Il croit comprendre, se reprend et lance une boucle apaisante, *là, là, je ne te demande pas de ne pas le manger, tu peux le manger, tu n'es pas obligée de le faire,* elle redouble de sanglots, *tu peux donner ton pain au chocolat au petit Jésus, et le manger quand même, là, là, calme-toi, c'est dans ton cœur qu'il faut faire vœu de le partager avec Lui, là, mange-le.*

L'adulte dit n'importe quoi, ça semble un peu trop facile, son truc. Peut-être qu'il la prend pour une conne parce qu'elle est petite, peut-être qu'il croit ce qu'il dit : de toute façon, elle sait que l'adulte ne croit pas spécialement au petit Jésus, ni à Dieu, et qu'il voulait surtout lui faire plaisir. En tout cas, il pense qu'elle pleure parce qu'elle veut manger. Elle ne veut pas lui faire de peine, elle sent très bien qu'il a de la peine, et qu'il est contrarié. Elle se calme alors, et trouve une solution supportable. Elle coupe son pain au chocolat en deux, et cache l'autre moitié dans sa poche. Ça lui reste quand même bloqué dans la gorge.

*

Élisabeth va méditer plusieurs fois par semaine au Sacré-Cœur, proche de son école. À la fin des cours, elle monte toute la rue Lepic en pensant au chemin de croix, écrasée sous le poids de son cartable. Elisabeth est responsable et déterminée, de l'avis des adultes, et personne ne songe à contrarier son hobby. Elle aime se sentir minuscule face à la basilique démesurée, et s'enivre de la puissance de l'espace sacré. Elle aime murmurer des prières, psalmodier la musique apaisante, et sentir les mots vibrer dans sa gorge. Elle aime le silence lourd et solennel, et l'atmosphère chargée des souffrances apaisées de ses semblables. Elle passe des heures à contempler la poitrine ouverte du Seigneur, l'organe rouge et palpitant cerclé d'épines, et ses mains ouvertes, la douce lumière bienveillante qui l'entoure. L'eau bénite lui brûle le front, les vapeurs d'encens l'étourdissent. Chaque dimanche, le rituel de la communion l'exalte. Les chœurs enflent et le Cœur du Christ, majestueuse relique sacrée en or, est amené par la procession des prêtres. Dieu descend alors sur l'autel et s'incarne dans les hosties, s'offre aux bouches des fidèles afin d'emplir leur âme.

Élisabeth commence à négocier son entrée dans un pensionnat catholique. Elle attend l'âge requis pour se préparer au rite de la première communion, en se nourrissant de paraboles pleines de sagesse et d'histoires où les martyrs vivent leur foi jusqu'à se faire bouffer par les lions dans l'extase. Elle envie la Vierge Marie et les Saints choisis par Dieu pour faire don de leur âme et de leur corps, et le bonheur absolu qui illumine leur visage sur les images pieuses. Elle trouve un peu injuste de ne pas avoir été désignée elle aussi pour cet honneur, tellement elle brûle d'amour. Mais bon, elle se surveille le péché d'orgueil, et ne se laisse pas aller à ce sentiment dégradant, les voies du Seigneur sont impénétrables.

Élisabeth ne dévie pas, et finit par entrer au pensionnat. Elle y prépare sa première communion, pour sa onzième année. Les cours de catéchisme nécessaires la mettent à l'épreuve. Le dogme lui semble souvent injuste, elle harcèle sœur Maryse sans répit. Elle est trop raisonneuse, quand on l'exhorte à une foi aveugle. Ça lui semble étrange quand même, que le cœur ne suffise plus et qu'on éduque son esprit… en lui interdisant de s'en servir. Les voies du Seigneur sont de plus en plus impénétrables.

Elle n'arrive pas à comprendre l'intransigeance de l'Église sur les adorateurs d'oignon, chapitre « Tu n'adoreras qu'un seul Dieu ».

— C'est écrit : on n'a pas le droit d'adorer les oignons ? !

— Nous parlons ici de gens qui adorent l'oignon en tant qu'idole, qui lui vouent un culte.

Ça la fait rire. Elle a du mal à assimiler qu'il s'agisse d'un péché mortel, tout de même. Sans doute parce qu'elle n'arrive pas à imaginer les horribles conséquences et implications d'une telle hérésie, et qu'elle est sûre que Dieu d'infinie bonté se vexerait pour si peu. Tout ça manque un peu de bon sens.

Sœur Maryse explique que seules les âmes baptisées ont accès au Paradis. Un bébé non baptisé est promis aux flammes de l'Enfer, et ses parents coupables avec. Mais... est-ce que Dieu ne préfère pas qu'on se tourne vers lui par choix ? Sœur Maryse tempère le dogme en soulignant le fait que le Purgatoire peut sauver les cas particuliers, mais enfin, c'est écrit, et c'est injuste. Elle réfléchit, réfléchit, et arrive à la conclusion que l'Église a des intérêts matériels, pouvoir, argent, nombre de fidèles, et les fait passer avant ceux de Dieu. Elle décide de ne pas laisser la bassesse des hommes la détourner de Dieu, déjà trahi par son Église. Elle se tait, la première communion est proche. Son premier compromis, au nom du Seigneur.

Elle goûte enfin le corps du Christ, et le trouve un peu fade. Elle ne se sent pas plus habitée par Dieu qu'avant. Dieu n'est pas dans ce rite, ni dans cette Église, ni dans le cœur de tous ces gens. Il faut aller le chercher dans la bible, retourner à la source. C'est d'ailleurs étrange que la foi catholique passe par le baptême, les messes, le catéchisme, les missels, mais que la lecture des livres sacrés soit facultative.

La parole sacrée lui apparaît alors dans toute sa cruauté. L'Esprit-Saint massacrant les nouveau-nés d'Égypte, le Dieu d'amour et d'infinie bonté punissant toujours ses créatures, exigeant sacrifices et preuves de foi, intolérant à l'extrême. Dieu est un enfant jaloux, inquiet et colérique. Il joue avec Satan ses créatures les plus dévouées, comme Job, dans des paris stupides, dans le seul but de satisfaire son orgueil. Incohérent, il condamne le corps qu'il a lui-même donné. Dieu est contre nature, Dieu est pur esprit perverti, Dieu trahit, Dieu promet l'absolu et ne sait que juger et écraser. Dieu est pitoyablement humain.

Élisabeth décide de compléter les cours de catéchisme par de nouvelles fables plus optimistes, pour qu'ils ne s'enfoncent pas tous dans le désespoir. Elle est debout dans la cour, et raconte sa genèse.

— Adam et Ève se retrouvent donc près de l'Arbre de Connaissance. Adam regarde Ève, et sa pomme de lui tressaille, et il lui dit : tu es nue. Elle rougit, et elle lui dit qu'il est nu aussi, et qu'il est beau, nu. Elle ne s'en était jamais rendu compte avant. Il se rengorge, et, pris d'un élan d'amour pour elle, il lui demande si elle a froid, parce que si elle a froid, il peut aller lui couper des feuilles pour la couvrir. Elle répond que non, mais elle est contente qu'il demande, c'est mignon. Ils sont bien trop occupés à se regarder pour prêter attention à Dieu, et même s'ils n'ont toujours pas froid, ils sont saisis de l'envie de se serrer l'un contre l'autre, et de vivre heureux et de faire plein d'enfants. Dieu et le Serpent les regardent avec émotion, et s'éclipsent silencieusement.

Les visages de son auditoire prennent une expression de terreur, et fixent quelque chose dans son dos. Sœur Maryse se signe en bégayant des choses incompréhensibles, attrape Élisabeth par le bras et la traîne dans le bureau du directeur. Elle lui expose l'incident, au bord de l'apoplexie. Le directeur mâchouille sa pipe en tentant d'hypnotiser Élisabeth par son regard le plus magnétique. Il commence à discourir sur la vie où il y a le bon et le mauvais chemin, et il semble qu'Élisabeth soit précisément sur le mauvais chemin. C'est sa métaphore fatale pour toutes les situations où il doit user de pédagogie, du vol de fourchette aux disputes de dortoir. Sœur Maryse parle d'exorcisme, mais le directeur l'ignore, de toute façon ce n'est pas facile de trouver un exorciste à cette époque. Élisabeth songe qu'elle aurait fait pire en collant au texte… Car Dieu ment : *Si vous mangez ce fruit, vous mourrez.* Le Serpent dit la vérité : *Vous ne mourrez point ; mais Dieu sait que, le jour où vous en mangerez, vos yeux s'ouvriront, et que vous serez comme des dieux, connaissant le bien et le mal.* Le Serpent, l'Adversaire, l'Éveilleur et le Porteur de Lumière… Heureusement que Dieu n'existe pas. Elle est renvoyée sur-le-champ, sur demande expresse de sœur Maryse. Élisabeth renie Dieu, purifie sa maison, et rend son nom de baptême pour devenir Betty.

✶

I'm waiting for… consummation
I'm waiting for… contemplation
I'm waiting for… confrontation
Waiting for a place, to lay my body down…

Rozz Williams n'en finit pas de souffrir et il geint tellement bien. Les murs de la cave suintent dans la lumière rouge. Le velours et la dentelle noirs traînent sur le sol poisseux, les créatures au teint pâle dansent en se frôlant sur la piste. Betty se tord, les bras lancés vers le ciel sinuant comme des tentacules, les jambes et le bassin glissent et ondulent soudés à la terre, énergie bloquée et retournée sur les fins de mesure. Betty danse entre terre et ciel, jouit d'être coupée en deux, le corps plombé et l'âme en fuite.

Putain, il fait salement chaud, et le bar est pris d'assaut. Une soirée open bar chez les goths, c'est pas une plaisanterie. C'est quand même le meilleur terrain de chasse qu'elle connaisse. Elle taxe le verre d'une meuf qui la regarde, seins nus sous un bustier en chaînes, et lui roule une pelle goût vodka pour la remercier, en sortant bien la langue pour pas saloper son rouge à lèvres noir.

Il y a un mec pas mal qui les regarde, adossé au mur, large crête crêpée et look batcave punk futuriste. À coté, une vampirette en velours rouge à grand col pointu danse en agitant ses mains aux longs ongles vernis en noir à hauteur du visage d'une fille en vinyle qui a oublié, elle, de faire sa manucure. À part ça, tous ceux qui ne dansent pas sont concentrés à avoir l'air de se faire aristocratiquement chier. Il est bientôt 5 heures, Betty balaye la salle du regard, hésite sur un autre grand brun en jupe avec qui elle a dansé tout à l'heure, mais revient sur le batcave adossé au mur, parce qu'il est plus proche.

— T'habites loin ?

Il la regarde et l'évalue, l'envisage, détaille le collant résille qui couvre ses bras, la superposition de fringues dentelles et Lycra troué, le crêpage des cheveux... Faudrait pas qu'on le voie repartir avec n'importe quoi. Elle a un visage étrange et ensorcelant, quelque chose de simiesque et de félin à la fois, des yeux verts, immenses, pris dans l'eye-liner en toile d'araignée.

— Porte de Clignancourt.

Examen réussi, et c'est pas loin de place de Clichy.

— Je paye le taxi ?

— On partage.

C'est un petit studio encombré de gargouilles et il a fait poser un vitrail sur la fenêtre. Les draps sont en satin noir, ce qui est joli mais absolument pas pratique niveau stabilité. Il l'embrasse avec brusquerie en la collant au mur. Betty plaque la main sur sa braguette et pétrit sa bite à travers le tissu. Il s'agenouille devant elle et mord les cuisses, déchire le collant et écarte la culotte, l'embrasse à pleine bouche et la lèche goulûment. Elle le relève en l'attrapant à la gorge, lèche son menton et ses lèvres couverts de cyprine. Elle aime bien son goût amer et légèrement sucré. Elle dégaine une capote noire – ça les dispose toujours bien, les corbeaux – et s'agenouille devant lui en déchirant l'emballage. Elle embrasse son gland, écarte le latex avec les doigts, descend, les mains retournées, le long de la colonne de chair, s'émeut du contact de la peau qui glisse contre index et majeurs, lâche brutalement la capote quand elle arrive à la base, ça claque et il sourit. Bon présage. Il passe un bras sous une cuisse, relève sa jambe et la pénètre doucement, en lui mordant le cou. Le mur tremble bientôt sous les coups de reins.

Elle est à genoux, le visage et les seins écrasés sur la moquette. Son bras gauche s'est replié tout seul dans le creux du dos, il le bloque d'une main très vite, attentif malgré la fièvre avec laquelle il la baise en levrette. La moquette brûle sa chair. Elle suce les doigts de son autre main et la place entre ses fesses, introduit son majeur dans son anus, pour sentir la queue qui bouge dans son ventre à travers la fine paroi. La pression du doigt doit être agréable, le coup de reins devient plus profond et puissant, elle introduit un deuxième doigt, elle a envie de se faire enculer grave. Elle avise le lubrifiant posé sur la table de nuit, se dégage et l'entraîne vers le lit. Elle le couche et l'attache, bras en croix, avec ses collants. Il se laisse faire en la défiant du regard. Elle adore. Elle lubrifie la capote avec le gel, ça rend le latex noir encore plus brillant, elle se place sur lui à califourchon et frotte sa chatte contre sa queue, pendant qu'elle se dilate. Elle introduit trois doigts poisseux de gel dans son cul, puis se retourne et s'empale dos à lui sur la bite. C'est toujours préférable de gérer la sodomie soi même. Son anus avale le phallus centimètre par centimètre, sensation indescriptible, doux dans la lenteur de la pénétration, et violent dans le domptage de la chair. Elle reste immobile quelques secondes en caressant ses testicules. Elle l'empêche de bouger dedans en pesant sur lui, et enserre sa bite en contractant le muscle. Quand le corps est habitué à l'intrusion, elle prend appui sur ses bras, les mains à plat de chaque coté de son torse, elle accélère le rythme jusqu'à ce qu'il la défonce vraiment, il a le coup de reins bien calé.

Elle s'abat sur lui, prise de spasmes, elle sent les muscles de son torse et de son abdomen se contracter dans son dos, il mord sa nuque violemment et grogne. Il va jouir… elle chasse l'air de ses poumons et détend chacun de ses muscles. Au moment où il se crispe, elle inspire profondément, appelle et absorbe son énergie vitale, de toutes ses cellules, elle s'enivre de la vague de chaleur et du fourmillement provoqué. Il se relâche complètement. Elle se retourne et le regarde tendrement, il est tout abandonné, béat, vidé, vampirisé et heureux. Elle le détache doucement, et se rhabille rapidement, moins les collants. Ça lui fera un souvenir. Tout ça l'a mise de très bonne humeur. Il dort déjà. Elle gribouille un *Merci* au noir à lèvres sur le miroir de la salle de bains, parce qu'elle aime bien ce cliché, et sort en murmurant *La paix du Christ,* c'est tout ce qui lui vient de pertinent. Elle pique un fou rire et dévale les escaliers. Faut qu'elle se calme, les gens vont encore la prendre pour une folle, dans le métro.

Première partie

Kindergarten

There were giants in the earth in those days; and also after that, when the sons of God came in unto the daughters of men, and they bare children to them, the same became mighty men which were of old, men of renown.

Holy Bible

Chat vient renifler la chandelle prudemment, les yeux plissés, il approche son nez au plus près de la flamme dorée, et recule précipitamment quand sa moustache grésille. Il glisse sur le tas de partitions éparpillées sur la table, envoie valdinguer une télécommande. Ça le panique complètement, il fait un genre de bond en arrière, et se pète la gueule pitoyablement. Ça fout un bordel pas possible. Betty, allongée sur son lit, commente froidement la superbe action de Chat et l'honneur qu'il fait aux caractéristiques supposées de sa race. Chat se drape dans sa dignité féline et fixe le pentacle sur le mur au-dessus d'elle, superbement indifférent. Betty trouve ça assez fascinant, qu'il revienne à la charge régulièrement. Elle l'estime de ne pas avoir peur du feu, contre toute logique. À moins qu'il soit juste devenu complètement con à cause de toutes les soufflettes qu'il a encaissées, chaton.

Le fil d'afghan incandescent menace de tomber sur sa gorge, elle tapote le bedo contre le cendrier posé sur son ventre, puis aspire une longue, longue bouffée. C'est con, les ficelles, ça crame mal. L'afghan est plus rentable quand on fait chauffer la boulette dans de l'alu, ça gonfle et ça s'effrite comme de la farine, mais elle aime vraiment le contact de la sève gluante entre ses doigts, et faire de jolies torsades. Elle se crame grave les lèvres sur le carton, écrase le mégot brûlant et croise le regard de Chat, qui l'observe à présent d'un air satisfait et amusé. Elle vire le cendrier par terre, ferme les yeux et se concentre sur la fumée âcre qui emplit ses poumons. Une torpeur cotonneuse se répand dans son corps. Contact avec la terre : talons, mollets, fessiers, tranche de la main, reins et coudes, omoplates et épaules, crâne. L'air est chargé du parfum sirupeux de l'afghan noir, familier, rassurant. Elle sent tout son corps, pesant, soudé au matelas, et une boule d'énergie incandescente se forme dans sa tête. Terrible, ce matos.

Elle respire profondément et commence à promener la boule lumineuse dans ses réseaux physiques, la descend lentement et laborieusement jusqu'au bout de son pied droit. La boule gagne peu à peu en consistance et en maniabilité. Elle repasse par son ventre, parcourt sa jambe gauche, remonte comme une flèche vers la main opposée et se divise, coule avec fluidité dans ses cinq doigts, la sensation la fait sourire, chaleur qui fourmille. C'est bon. Elle se concentre encore plus fort, reforme la boule plus serrée, plus dense, la ramène au centre du ventre, juste au-dessus du nombril, pause. Plus dense encore, plus dense, elle projette la boule vers le plafond, voit presque le rai de lumière orange qu'elle trace dans l'air. Sensation de sortir de son corps. Bordel, encore raté, elle sent qu'elle n'est plus dans la boule. Pas de vue du plafond de son corps reposant, pas de croisière dans les étoiles, saloperie de voyage astral de merde, elle arrivera jamais à se décorporer sérieusement. C'est pas encore ce soir qu'elle trouvera la bonne technique.

En général, elle y gagne au moins un sommeil lourd et serein, mais cette fois ça l'agace trop d'être passée si proche, elle a envie de sortir. Elle appelle Lou, qui l'envoie chier parce qu'il doit dîner avec ses vieux, et qu'il n'est pas question de finir à 5 heures du mat' dans un bar glauque alors qu'ils jouent demain. Et elle ferait mieux de se coucher tôt aussi, bordel, parce que les balances c'est à 15 heures, et qu'ils en ont tous marre d'attendre que madame daigne y participer.

— Allez, sois pas aigri, ma poule, c'est pas ma faute si t'as été assez con pour choisir batteur. Mais sache que je compatis infiniment à ton malheur quand je te vois suer sous tes flight cases, même si j'ai l'air à l'aise avec mon petit micro. Ah, et moi aussi je te souhaite une bonne soirée, mes amitiés à tes parents.

Elle se marre pendant qu'il braille des insanités à propos de l'endroit où elle peut se le carrer, son micro, et raccroche. Elle tente Gabriel qui est sur répondeur. Troisième appel : Mordred, qui veut bien aller boire un coup à l'Oasis-le-demi-le-moins-cher-du-quartier, il est avec un pote, Loki. Betty s'habille, file ses bas avec la boucle des rangers, trouve ça très joli. Elle tourne en rond dans l'appart, cherche ses clefs, retrouve ses bagues, les enfile toutes, même la grosse atroce en forme d'araignée, et contemple un moment sa main tendue doigts écartés, ravie. Elle continue à soulever les partitions, magazines, télécommandes, tracts, paquets de clopes et de gâteaux qui ensevelissent la table, se dirige vers le frigo au cas où. Chat lui court entre les jambes, elle trébuche. Il est projeté par la rangers et repart comme une flèche dans le mouvement se percher sur une chaise.

Mais qu'il est con, ce chat, il se fait mal à chaque fois, sans compter qu'il pourrait se rendre utile, boufchidor, et l'aider à trouver ses clefs au lieu d'essayer de la faire tomber. Évidemment les clefs ne sont pas non plus dans le frigo. C'est arrivé une fois, mais c'était une blague pourrie à Lou. Elle commence à s'énerver, reprend depuis le début, enfonce la main dans son sac, et pose tout de suite les doigts sur son trousseau. Bien, bien.

Ils sont déjà à leur troisième demi quand elle débarque dans le bar. Mordred lui présente Loki. Il chante dans un groupe de skate-core et il a la tête de l'emploi : petits pics blonds cendrés sur le crâne, peau dorée par le soleil qui sent bon la mer, un authentique petit punk à roulettes. Il la dévisage bizarrement, détaille le bustier en maille et les bas défoncés sous le manteau en cuir noir, s'attarde sur les bagues en argent, dragons et pentacles, et rigole franchement sur l'araignée.

— 'Tain, on t'appelle Blanche Neige toi, t'as perdu quelqu'un récemment ?

— J'ai vendu mon âme au diable, contre un foie indestructible. Tavernier, trois demis !

Mordred enchaîne sur sa bague araignée, qu'il n'avait jamais vue, et qui lui semble carrément abusée. Betty fait genre qu'elle est mortifiée, avale le premier demi cul sec, et taxe celui qu'elle vient de commander à Mordred pour la peine. Loki parle fort, avec de grand gestes, il entonne le générique de Spiderman. Faut qu'elle mette cette bague plus souvent, ça fait de l'animation.

— Nan, mais sérieux, t'invoques Satan et tout ?

— Pour croire à Satan, faut croire en Dieu. J'ai une tête à croire en Dieu ?!

Il est bien obligé de convenir que non, mais il a l'air déçu.

— Mais genre, t'es une sorcière ?

— Je te jure que je n'égorge pas de poulets dans les cimetières. Ça tache et ça ne mène à rien. Je touche un peu à la magie, quoi…

— Blanche ou noire ?

— United Colors, on m'a dit ! Je m'en fous de la couleur, moi, c'est pas ça l'histoire. Les deux sont toujours mêlés, interdépendants et en équilibre, comme la lumière et l'obscurité. Puis, je travaille surtout sur des rites d'énergie…

— D'énergie ?

— Oui, sur la Force de Vie, quoi… Volonté, créativité…

Mordred rigole grassement.

— C'est des rites sexuels. Y a que le cul qui la branche.

Loki en oublie ses questions sur l'envoûtement et les poupées vaudou, il fixe Betty.

— Et sinon, t'as un mec ?

— Laisse tomber, Loki, Betty c'est un pote, pas une meuf. Puis c'est une briseuse de mecs, trois depuis que je la connais.

Ah ouais, merci Mordred le sauveur. Betty relève le menton et ses mâchoires se crispent. Elle n'est pas exactement remise de la fin de sa dernière romance. Ça avait été un coup de foudre sismique, décharge électrique dans tout le corps à chaque fois que leurs mains s'effleuraient. Il disait qu'il vivait dans le rêve d'un géant. Elle essayait de le convaincre qu'ils étaient les géants rêvant le monde. La passion avait basculé d'un coup dans le côté obscur. Les longues discussions nocturnes s'étaient changées en guerre psychologique quotidienne. Rafales de reproches venimeux et spirales d'angoisses paranoïaques jusqu'au petit matin. Fou d'amour et de jalousie. Triste armistice à l'aube : *je suis une merde tu es le soleil de ma vie je ne sais pas pourquoi je fais ça.* Elle avait essayé de consoler rassurer apaiser en vain. Incapable de trouver un antidote au venin. Il ne pouvait pas vivre avec elle et il ne pouvait pas vivre sans elle.

Il avait fallu stopper la vrille destructrice avant crash définitif. Il y avait eu ses torrents de larmes, les nuits où il venait parler, en ami, de leur séparation. *Je t'aime de toute la force de mon cœur.* Elle savait que c'était vrai, et aussi que rien ne changerait, après trois tentatives. On n'ignore pas trois fois un signe. Il avait fallu trancher dans le vif. Il y avait eu les appels des amis communs, de sa famille, il t'aime tellement, il regrette tellement.

Elle avait tout encaissé les dents serrées, tenant bon puisqu'il fallait bien que quelqu'un le fasse. La nuit, elle sentait son odeur sur l'oreiller, et chaque centimètre carré de peau torturé par le manque de l'autre. Pas possible, d'expliquer ce que ça fait dans le ventre de faire pleurer. Pas de douleur plus grande que de la provoquer.

Ça reste gravé comme un secret honteux, l'impuissance de l'amour et de la volonté. C'est pas le genre de choses dont on a envie de parler. Elle n'avait pas versé une larme, parce qu'il pleurait déjà bien trop pour eux deux.

Elle zappe sur la drôle d'idée qu'ils se font de ce qu'est une fille, c'est quand même une théorie marrante qu'elle ne soit pas une fille, comme s'il y avait un cadre super bien défini et qu'elle dépasse de partout. Ça tient même pas à comment elle s'habille, sur un truc d'apparence, c'est basé sur ses raisonnements et ses goûts, boire de la bière en écoutant Exploited, les cartonner aux jeux vidéo, aimer le sexe et le pratiquer, parler fort et barbariser la joute verbale, sans douceur et sans diplomatie. Ben même en porte-jarretelles, le verdict a été implacable : pas une fille. La première fois, elle avait été si décontenancée par l'idée qu'elle en était restée la bouche ouverte, puis elle avait essayé de démontrer scientifiquement que, dans un sens, elle était quand même certainement un genre de fille. Finalement, elle trouvait ça plutôt flatteur de perturber les conventions, et il y avait un avantage certain à cette théorie de pas être une vraie fille, puisque, assurément, elle n'était pas un garçon non plus : ça lui donnait une place à part, sans discussion.

— Mordred, ma poule, si tu veux, je t'emmène de suite dans les toilettes te montrer mes organes génitaux, pour combler tes lacunes en sciences naturelles, en toute amitié bien sûr…

Mordred hausse les épaules et va filer le dernier CD d'Assassin au bar, il continue sur sa lancée pour aller pisser un coup. Betty hurle de rire en tapant sur la table, avec une pensée émue pour sa défunte féminité qu'elle vient encore de piétiner.

✶

Betty est en retard pour la balance, comme d'habitude. Elle marmonne un truc à propos de ces foutues salles de banlieue paumées et du métro qui déconne que personne ne relève, ça fait bien trop longtemps qu'ils la connaissent. Soit ils la gèrent en calculant trente minutes syndicales de retard dans tous les horaires qui lui sont communiqués, soit ils pratiquent le zen dans son dos. Mordred a l'air maussade et pas bien remis de la veille. Lou lui sourit. Même Gabriel, dernier arrivé dans la tribu, en a pris son parti.

— Invasion de sauterelles ? Kidnappée par des Martiens ?

Il lui fait la bise en s'attardant, ses locks chatouillent le cou de Betty et elle aime bien se sentir troublée.

Ça fait huit mois qu'il est arrivé dans sa vie, au hasard de la prospection pour trouver le bassiste de Groupe. Groupe venait de se former et n'avait pas encore de nom, parce que personne ne trouvait ça important. Betty tenait la basse provisoirement, mais elle jouait comme une merde. Pas patiente, elle avait instinctivement choisi le chant, quand ils avaient commencé à monter des groupes à quatorze ans. Enfin, instinctivement… après avoir essayé la batterie et la basse, et *décidé* que son instinct ne pouvait pas la conduire vers de longues et peu gratifiantes heures d'étude solitaire. Elle trouve ça marrant, comme ça, mais apprendre un instrument sérieusement… fatigant, laborieux, immolation des ongles, et mal aux doigts. Très mal aux doigts. Après tout elle travaille, d'une autre manière, quoi. Elle braille toute la journée en sacrifiant ses voisins à la cause, et elle a fait un genre de stage chez un guide-sorcier complètement allumé qui place la voix en travaillant sur l'ouverture des chakras.

Gabriel était le pote d'un pote, et son groupe venait de splitter. Elle l'avait bien senti au téléphone, l'air motivé mais sans enthousiasme hystérique, bon esprit, parlant vite et naturel. La première rencontre à Liberty Rock avait d'abord été un peu froide, c'était pas le genre démonstratif, un bon point pour lui. Pas exactement beau mais un charme confondant, stature et carrure moyenne, une touffe de locks brunes à la San Goku, et l'air de se faire à moitié chier en permanence. Et surtout, un humour à froid irrésistible.

Il s'était intégré à la tribu avec un naturel déconcertant. Betty s'était prise de passion pour le plan super-skunk de Gabriel, au moins un keus dix par jour. C'était un motif sérieux et indiscutable pour qu'il passe quotidiennement, et l'appart de Betty étant traditionnellement le centre de gravité de la tribu, il s'était vite mis à squatter aussi. L'air impassible, il distillait des idées d'activités largement aussi crétines que celles de Betty.

Elle lui avait fait découvrir le Massaaacre au gin/sel/citron, il avait intronisé la tequila frappée. Ils se relayaient pour tenir le stand défonce express, devisant sur la meilleure manière de couper le citron et sur les avantages du Schweppes canette plutôt que plastique un litre et demi, vraiment quelle misère la tequila frappée sans bulles, je crois que Lou a passé son tour, je sais que tu m'entends Lou, viens prendre ta potion magique, pour qu'avec toi la force soit. Ce qu'il y avait de bien avec Lou, c'est que même s'il était facilement distrait par son alcoolémie, il savait écouter la voix de la raison, et la jugeait parfaitement représentée par le duo Betty/Gabriel.

Betty s'était félicitée très longtemps de cette nouvelle et saine camaraderie. Des nuits passées à se maraver sur Tekken, des fous rires en série de quand la beuh est trop bonne, jusqu'à demander grâce pour cause de crampes aux abdos. Les orgies d'alcool blanc qui rend fou où on saute du canapé en hurlant *Raggasonic-nic-nic dégaine,* et les conversations cruciales où on sauve le monde, l'amour universel boosté par les ecstasys. Mais à un moment indéterminé, ça avait glissé vers autre chose : trop proches pour ne pas y penser. Elle avait beau répéter pour elle-même et pour Lou que n'importe quoi, de toute façon, on ne couche pas avec les potes, ça fait des embrouilles... Ils se cherchaient, s'effleuraient, se tournaient autour, mais ne s'attrapaient jamais.

Lou trouve d'ailleurs ça de plus en plus drôle. Il bise Betty avec son air narquois qui présage l'humour lourd.

— Alors Betty, t'as encore fait des folies de ton corps toute la nuit ? C'est de repenser aux toilettes de la salle qui t'a tourné le sang ?

— Je vois pas du tout de quoi tu veux parler.

Gabriel s'absorbe dans les nœuds du fil de son jack, et Betty lance un regard outré à Lou, qui s'écroule de rire derrière sa batterie. Betty se concentre de toutes ses forces pour qu'il n'embraye pas sur le sujet récurrent de sa toilettophilie. Réputation tout à fait injustifiée : c'est quand même pas la mort d'attraper un mec consentant et majeur a priori en profitant de la bonne ambiance. Ça semble vraiment plus malin de consommer sur place dans l'euphorie du moment que de ramener à domicile des inconnus assez dégénérés et avinés pour kiffer leur set. C'est juste une histoire de sens pratique, merde. Et puis faut pas déconner avec l'énergie sexuelle, c'est un coup à devenir malade ou méchant. N'empêche, elle a mis un frein, et ça la fait un peu moins rire ces derniers temps, l'humour gras sur sa libido. Elle sent confusément que ça ne fait pas exactement plaisir à Gabriel.

Mais Lou est pris d'un autre genre d'inspiration subite, il défonce sa batterie le plus fort qu'il peut en secouant la tête, grosse caisse à donf et tous les toms en rafale. Il hurle pour Betty et Mordred.

— Alors, vous kiffez bien, là, vous êtes dedans ?

Fils de sa mère. Il est jaloux de leur cuite, c'est tout. Mordred grimace en se tenant la tête, Betty court vers les loges et revient avec un pistolet à eau taxé dans le sac de Gabriel, toujours armé. Elle envoie des giclées glacées dans la face de Lou, qui se protège en battant des bras, et fait tomber un pied de cymbale. L'ingéson arrive en gueulant comme un putois qu'ils sont malades, ils vont tout saloper et faire sauter le jus. Lou essuie une cymbale avec son sweat millimètre par millimètre, en adressant des signes de la Bête à Betty, ksss, ksss. Betty l'ignore et fait face avec un grand sourire désolé au technicien furibard.

— J'sais pas ce qu'on a, on est jeunes, ça doit être le trac…

Dès qu'il a tourné le dos, Betty renvoie une 'tite giclée dans l'œil de Lou, qui attrape une bouteille d'eau et la menace avec, elle prend l'air terrifié et fait de grands gestes, chut, il revient, rhoooo. Au boulot.

Maintenant, Groupe s'appelle Betty Monde, comme elle, à cause de Lou un lendemain de cuite, qui devait absolument dire un truc au programmateur de la salle. C'était resté, parce que personne n'avait rien trouvé de mieux, et que tout le monde s'en foutait. Sauf Betty, qui avait beaucoup protesté, qu'ils étaient un groupe, bordel, et que ça craignait vraiment, et qu'elle refusait de cautionner ce genre d'injustice, déjà qu'on n'en avait que pour les chanteurs, dans les médias, qui ne comprenaient rien à rien, et que le public ne voyait que ce qu'on voulait bien lui montrer, la partie émergée de l'iceberg, sans se soucier de l'alchimie et du talent des compositeurs. Et puis elle avait fini par lâcher l'affaire à force qu'ils répètent qu'elle levait vraiment des tempêtes dans des verres d'eau, et qu'ils allaient la noyer dedans parce qu'elle faisait chier à la fin, et tout le monde s'en tapait, c'était un nom pour Groupe, point. Pendant quelques mois, ils avaient joué à rajouter des trucs débiles après Betty Monde : and the Nephilims, and the Peanuts, and the Socks Eaters, and the Green Cocks, avec des gros autocollants bricolés sur le PC de Lou pour customiser leurs propres affiches, et puis la blague les avait lassés, et c'était resté Betty Monde, point.

Dans le fond, ce n'était pas si désagréable, ça lui flattait l'ego, d'une manière trouble qu'elle n'avait pas besoin d'assumer. Et puis, elle aimait bien son surnom. C'est Gabriel qui lui avait donné, un soir de beuverie. Elle était en pleine discussion avec Mordred et Lou, en train de perdre les pédales en parlant de plus en plus vite et de plus en plus fort, parce qu'elle venait de voir la pub d'un organisme de prêt à la télé.

— Mais tu te rends pas compte, Mordred, c'est grave, c'est une publicité pour de l'argent, l'argent c'est du vent, l'argent devait servir à faciliter les échanges de services et de marchandises, au commencement, pas devenir un produit lui-même, on en est là, l'argent devient le moyen et le but, tu peux faire ce que tu veux, y a plus que l'argent qui fait de l'argent, le Nord domine le Sud, pourtant c'est eux qui ont toutes les matières premières, l'argent n'a même plus d'existence physique, l'argent c'est des séries de chiffres dans les ordinateurs des banques et l'économie est devenue virtuelle, la Bourse, tu te rends compte de ce que c'est, la Bourse, c'est dément, tu te rends compte des implications ?

Lou avait grommelé qu'il était contre l'argent, lui, Mordred ne savait plus comment s'en sortir. Les yeux de Betty fusillaient un invisible ennemi, et on voyait tous ses muscles tendus pour résister à la montée de rage. Son humeur avait basculé côté obscur, comme à chaque fois qu'elle se désespère sur le cas de l'humanité. En général, elle ne dit plus rien et verrouille, dès qu'elle sent la colère monter, et on peut dire qu'elle fait la gueule pendant tout le reste de la soirée, et des fois elle s'énerve que non, elle n'est pas lunatique, pas du tout, elle a toujours d'excellentes et profondes raisons de changer d'humeur brusquement.

Gabriel était revenu avec quatre demis, et avait commencé à chantonner *Betty veut sau-ver le mondeuh, Betty veut sau-ver le mon-deuh,* puis il avait marqué une pause, un petit éclat malicieux dans les yeux, et il avait enchaîné, *Betty Mon-deuh, la Bête Immonde,* Lou s'était mis à frapper un rythme avec ses doigts sur la table, Mordred s'était lancé dans un genre de freestyle mélangeant des riffs pas très harmoniques et des variations sur le thème, *protège ta carotide, vermine fétide.* Betty était partie dans un fou rire, pleine de reconnaissance pour Gabriel, parce qu'elle s'en voulait toujours à fond, après, d'avoir plombé l'ambiance. Gabriel n'aimait pas les ambiances plombées, ni les conflits, et les évitait soigneusement. Betty aurait pu le trouver lâche, mais elle admirait trop sa maîtrise de l'humour, qui allégeait les tensions, et pouvait aussi devenir à l'occasion une arme experte et imparable, surtout contre les cons en phase terminale face auxquels elle s'épuisait sans aucun résultat. Et puis ce sourire dans le regard, le pli mutin au coin de la bouche, la rangée de dents blanches qui éclairaient tout le visage, ben ça donnait juste envie de le remercier d'exister. À chaque fois qu'ils l'appellent comme ça, ou qu'elle entend le nom du groupe, elle pense à lui et ça apaise quelque chose.

Le son des retours est perrave, l'ingé-son doit leur en vouloir, en fait. Elle entend la gratte de Mordred par intermittence et en plus le public est éclairé, elle n'aime pas ça. Elle distingue l'expression de chaque visage, jusqu'aux poseurs du fond qui matent avec l'air blasé et légèrement méprisant, raides et bras croisés. La salle est blindée et il y a moyen de matraquer direct. Ça marche bien, la fosse se met en branle, une vague de chaleur monte sur la scène. À la fin du premier morceau Betty dégouline dans la lumière rouge, elle enlève son gilet trempé, aimerait pouvoir quitter sa brassière noire aussi, mais bon, point trop n'en faut, ça va encore faire des embrouilles. Gabriel lui fait tourner la Kro entre deux morceaux. Il reste complètement stoïque devant la peau luisante de Betty, les mèches noires et violettes collées, le noir qui s'irise autour de ses yeux, les gouttes de sueur qui glissent entre ses seins. Imperturbable face à la transe qui la consume dès qu'elle passe dans l'autre dimension, sur scène. Ça la change, un mec qui lui plaît et qui se laisse pas impressionner par le personnage, imperméable aux légendes du milieu et maître de ses hormones.

Why you so hard? I was asked,
Why you so soft, are you my brothers?
You so soft, so pliant, and yielding,
Why so much denial, self denial, in your hearts,
Why so little destiny in your eyes,
Could you one day triumph with me?
So please, would you please.... Become hard!
The Hammer speaks,
Cause the Hammer loves you...

Elle arrache la nouvelle bouteille de Kro des mains de Gabriel avec un grand sourire, boit trop vite et la bière ruisselle jusqu'à son ventre nu, son piercing va encore la piquer. Elle essuie son menton avec son avant-bras, réflexe qui ne sert qu'à remplacer la bière par de la sueur, tout est moite. Presque la fin du set, Gabriel jette la serviette aussi mouillée que lui sur l'ampli basse, il frappe ses cordes en gestes saccadés. Elle aime sa façon de bouger, un genre de puissance sous contrôle extrême.

Y a un type qui fait des grands gestes en bas, Betty capte qu'il tente d'attirer son attention mais ne voit vraiment pas pourquoi. C'est déjà le final, une reprise de Madball, *Show no Fear,* Betty change de poste avec Gabriel. Elle en profite pour lui faire toutes les poches, pour trouver un médiator. Ça énerve beaucoup Gabriel qu'elle ne veuille même pas essayer de jouer sans, ça amuse beaucoup Betty d'agacer Gabriel, et qu'il la gronde en la traitant de feignasse. N'empêche, il a toujours un médiator pour elle quelque part.

Elle sait qu'il crevait d'envie de chanter, et elle l'a tanné pendant des semaines pour qu'il lui *laisse la basse*. Elle règle la sangle et croise le regard d'un chevelu. Il fixe le médiator coincé entre ses dents, lèvres entrouvertes, il a les yeux exorbités, marrant comme un rien les affole. Lou attaque brutal, et elle rate son entrée. Il l'a fait exprès, parce qu'il est très joueur, comme batteur, elle le rattrape en catastrophe et se plie sous la basse, jambes écartées et les Docs soudées au sol. Elle grimace lubriquement à son intention, la langue tirée, sourcils froncés. Gabriel arpente la scène de long en large, il bouge raide et saccadé, débite ses lyrics avec conviction et harangue la salle avec de grands gestes calculés.

So, when the time comes, I'll be there,
When the time comes, show no fear...

Il a l'air spécialement motivé par la glorieuse incantation de courage, si ça se trouve il va rester dans l'esprit conquérant un moment et ça serait pas bête d'essayer de profiter de toute cette virilité exaltée en la canalisant dans un projet libidineux.

I will not lose face, I'll save everything I am
'Cause that's just how I was made

Il transpire grave mais ne se désape jamais, désespérant. Betty projette les épaules d'avant en arrière, ses cheveux trempés giflent son visage. Elle ferme les yeux et se perd dans le son, la basse tremble et la soude à la terre, résonne dans son ventre, son bassin marque le rythme en spasmes profonds, les doigts s'agitent frénétiquement sur les cordes, juste devant sa chatte. Gabriel braille encore, *Won't show no fear*, et saute dans la fosse. Peut-être que quelqu'un va lui arracher le T-shirt ? C'est le pont overspeed, elle se concentre pour passer l'accélération, parce qu'elle est quand même salement bourrée. Finger in da nose, elle sent la vague de fureur monter de la fosse, rouvre les yeux pour contempler leur œuvre, et mater Gabriel qui remonte sur scène, ses muscles secs et saillants quand il prend appui sur le bord. Le type continue à s'agiter en bas, il la regarde d'un air complice et lui fait un clin d'œil. Carrément.

Flash, elle se revoit dans les toilettes de la salle, déchirée, la jupe troussée, collant résille et string baissés et emprisonnant une tête, une Doc sur l'épaule d'un mec agenouillé devant elle, elle écrase une bouche contre sa chatte en plantant ses ongles dans une nuque, elle fixe des yeux bleus, c'est le même regard.

Gabriel ré-explique ce que l'homme sage lui a dit un jour, elle entend sa ligne de basse déraper, pain monstrueux. Elle tente de se rétablir en attaquant sec sur la pêche qui relance le pogo, et pète une corde, qui devient toute molle entre ses doigts. Tout est gâché, pas le temps de changer de basse, ils finissent le morceau en dérapage, Gabriel assure comme si tout était normal, Mordred larsène pour camoufler la débâcle, et Lou donne un semblant de maîtrise au truc. Honte sur elle. Bon, il y en a peut-être dix dans la salle qui connaissent assez le set pour se rendre compte de quelque chose, mais elle, elle sait.

Elle vient de saborder le final qui épuise la fosse pour qu'ils repartent reconnaissants, elle vient de planter un set qui s'annonçait vraiment respectable. Elle s'énerve toute seule sous la douche. Mais qu'est-ce qu'il fout là ce con, c'est pas parce qu'il m'a bouffé la chatte un soir qu'il doit la jouer comme si on avait grandi ensemble ! Est-ce qu'il a besoin de la ramener devant mes potes, devant Gabriel ? Pile quand elle fait la maline en prenant la basse. Le pire, c'est que personne ne l'engueule, encore plus humiliée que tout le monde fasse comme si c'était normal qu'elle plante un set. Personne ne la respecte assez pour lui dire gentiment quand elle déconne, ou quoi ? La porte de la douche s'ouvre brutalement et elle se mange un litre de Coca, un fond de jus d'orange et un demi-paquet de chips en pleine face. Putain, elle les aime vraiment bien ces mecs, l'honneur est sauf, mais faudra faire un travail sur un respect incluant des clauses non alimentaires.

Ils chargent le matos super vite, Lou doit taffer à l'aube demain, il part direct dans la camionnette avec Mordred. Betty évite le regard de Gabriel, elle se rhabille en boutonnant bien sa chemise jusqu'en haut. Il ne propose pas d'aller boire un coup au bar, il a dû reconnaître le type. Il évite toujours toute allusion à la sexualité débridée de Betty, change de sujet ou quitte la pièce quand quelqu'un en parle.

— Je te ramène ?

— T'es pas trop bourré ?

— Oh, t'as oublié que j'ai le permis bourré depuis trois ans ?

— C'est vrai, t'es le seul que je connaisse qui mérite vraiment le permis roulez-bourré. Tu m'avais pas parlé d'une copine que tu devais aller voir, l'Espagnole, là ?

— Nan, c'était hier.

— Alors t'as assuré le plan, tu l'as attrapée ?

— Nan, il s'est rien passé.

Elle glousse et commente sa grande habileté avec les filles. Bien, il est plein d'énergie, ça veut dire. Ils ramassent leurs affaires, Gabriel pousse un merde tonitruant.

— Putain, mes clefs sont restées dans le sac de Lou...

— Tes clefs de voiture ?

— Nan, les clefs de chez ma reum. Putain, elle va faire la gueule grave si je la réveille à cette heure-ci.

— T'as qu'à dormir chez moi. Y a pas d'autres crevards que toi ce soir, t'auras plein de place.

Betty se demande s'il l'a fait exprès, puis réalise qu'elle s'en tape et se contente de se réjouir de l'occasion. Elle n'en peut plus d'attendre qu'il se décide, et c'est peut-être pour ce soir. Show no fear, qu'il disait. Elle l'aime vraiment bien et veut pas prendre de risque inconsidéré. Ils ont beau dire, les garçons, que les choses ont changé et qu'ils aimeraient que les filles prennent plus d'initiatives, ça reste purement théorique. Dans les faits, ça les déstabilise gravement. L'effet de surprise fonctionne quand même parfois sur le plan cul, surtout sur un mec désinhibé par l'alcool et sensible à la provoc, mais ça perturbe les relations sur la longueur.

Elle a laissé son lit à Gabriel en espérant qu'il lui proposerait de le rejoindre, mais il la laisse mariner sur le matelas par terre. Ils jouent à la Playstation jusqu'à ce que les pouces soient douloureux et scarifiés, matent *L'Empire contre-attaque* pour la douzième fois, se vannent et se battent, corps à corps systématiquement et brutalement interrompus juste avant le dérapage.

Betty se fantasme l'attraper brutalement pour lui rouler une pelle. L'image s'impose régulièrement, dans les concerts, au resto, dans la voiture, elle a déjà imaginé tous les scénarios possibles et espère à chaque soirée que ce sera la bonne. Ça fait des semaines qu'elle se contrôle, elle ne va pas tout gâcher maintenant. Elle dort pas de la nuit, l'attente la torture. Il passe la journée chez elle, ils n'ont rien à faire avant la soirée chez Lou, dont les parents sont partis en week-end.

Comment on peut tenir à ce point à garder l'initiative tout en se traumatisant à l'idée de prendre un râteau ? Ça n'a jamais tué personne, un râteau, tu veux et l'autre pas, ce sont des choses qui arrivent, pas de quoi se sentir humilié, aucune raison de le prendre personnellement. Et puis quand même, dans ce cas très précis, elle comprend pas du tout comment il peut imaginer prendre un vent. Elle va quand même pas se faire imprimer un T-shirt.

Ils se préparent à partir, elle cache ses clefs de voiture dans son dos et pouffe comme une gamine, ils se poussent et se bagarrent pour la énième fois. Il la jette sur le matelas par terre, lui bloque les bras au-dessus de la tête, elle se débat comme une anguille, et s'arrête pour reprendre son souffle, il est assis sur elle, la domine et elle le regarde dans les yeux. Y a comme un ange qui passe, tout semble figé. Elle se reprend et ferme les yeux, accentuant la posture d'abandon. Elle sent enfin ses lèvres sur les siennes, il lâche ses bras, elle l'enlace, les yeux toujours fermés, elle se laisse guider et les deux corps allongés sont enfin collés, son bas-ventre s'embrase, il caresse doucement son dos, respire calmement. Betty sent sa culotte trempée et essaie de contrôler son souffle, ne rien brusquer. Ils restent enlacés un moment, puis il remarque qu'ils vont être en retard chez Lou.

— On y va si tu veux.

Il la scrute, puis acquiesce. Betty se dit que le plus grand pas est déjà fait, et prend son mal en patience. Une bonne grosse orgie peut pas faire de mal, et ils ont tout le temps. Elle n'est plus à quelques heures près. C'est bon, la frustration. Et puis Lou va pouvoir être lourd, ça sera distrayant.

En fait, Lou ne pense même pas à être lourd, pas surpris une seule seconde, et il y a la nouvelle copine de Mordred. Betty est ravie parce qu'elle ne l'a encore jamais vue, et qu'elle en voulait un peu à Mordred de ne pas avoir sacrifié au rite d'intronisation des moitiés en vigueur dans la tribu. Ça fait déjà deux semaines qu'il est avec, elle trouve ça inacceptable.

C'est vrai que c'est un peu flippant, pour les moitiés, de devoir se coltiner toute une tribu, et pour la tribu, qui serait bien emmerdée si les moitiés n'étaient pas à son goût. Mais tout le monde est d'une bienveillance extrême et fait un effort pour trouver plein de qualités à la moitié. La moitié en question s'appelle Lucie, elle est jolie, une rousse aux cheveux courts, l'air un peu timide. Elle regarde Betty se jeter sur elle pour lui faire la bise, d'un air perplexe.

Lou fait tourner le dernier *Metal Mag*, avec une double page et une énorme photo de Betty, du live. C'est marrant, elle se reconnaît à peine, le visage tout transfiguré par le hurlement qu'elle pousse, et le corps dans une drôle de position obscène et illogique, et ça suinte la luxure. Elle ne s'attarde pas, c'est trop bizarre de se voir là. Lou dit que ça démarre trop fort, le Lp part super bien et ils vont conquérir le monde. Betty rigole, elle n'en doute pas, et elle commence à vanner Loki qui est venu en skate et arbore un nouveau collier à boules.

Elle pose son grand sac plastique et en sort trois bouteilles de gin et des citrons, hurle sur Lou qui tarde à ramener sel et torchon, et déballe les sarbacanes et les sachets de boules en papier mâché multicolores sur la table. Elle installe le stand Massaaacre au milieu de la pièce, assise en tailleur sur la moquette, et propose à Lucie le premier verre. Lucie refuse poliment, y a rien à faire, elle saura jamais s'y prendre avec les *meufs normales*. Meuf normale, c'est une notion très vague, hormis le fait que Betty n'en fasse visiblement pas partie. Elle fait pourtant des efforts, leur parle avec prudence comme on le ferait avec des créatures d'un autre monde. Il semble qu'il y ait toujours de la part des créatures une hostilité de principe, et Betty aimerait bien savoir comment ses potes parlent d'elle pour provoquer une telle méfiance. C'est quoi, le cul, la drogue, les squats de punks à chiens, les collants déchirés ? C'est super vexant.

Au bout de quatre rotations, l'appart est transformé en champ de bataille. Gabriel est embusqué à l'entrée du salon avec deux sarbacanes, Lou, planqué derrière un fauteuil, sort juste la tête et tire très vite, sans regarder où il vise, on dirait un diablotin à ressort. Mordred n'a plus de munitions et devient la cible commune, tout le monde s'acharne sur lui, il galope dans le couloir en se protégeant des bras et s'enferme dans la salle de bains. Les trois autres se retrouvent à découvert et sans cible, Gabriel réagit le premier et tire une rafale sur Lou. Mordred sort de la salle de bains avec une réserve de Tampax bien alignée dans la ceinture, un applicateur collé à la bouche en guise de sarbacane, tout le monde se tétanise et il profite de l'effet de surprise pour viser Betty. Il souffle le plus fort qu'il peut, plusieurs fois, sans autre résultat qu'un bruit ridicule d'éléphant enrhumé. Betty s'étouffe de rire en le pointant du doigt, il est super vexé. Il jette le tampon entier en visant Betty pleine tête et atteint l'œil, du coup Betty est très vexée aussi. Elle pousse son hurlement le plus strident, et va chercher le dernier pochon de munitions qu'elle avait caché derrière la télé pour les cas d'urgence. Elle déchire le plastique et se précipite sur Mordred, en hurlant encore plus fort, et lui vide la totalité des petites boules multicolores sur la tête. Il passe ses bras autour de sa taille, essaie de la soulever, ils tournent sur eux-même et Betty essaie de lui enfoncer le plastique vide dans la bouche. Il trébuche en la traitant de vache, qu'est-ce qu'elle pèse putain, et ils roulent par terre, secoués de rire. Lou ne rit plus du tout, il contemple son appart et proclame l'armistice, le temps de ramasser toutes les munitions. Il maugrée des trucs sur les tampons à sa mère, quand même, merde. Betty prend l'air contrit en solidarité avec Mordred, et cherche une diversion. Tout ce qu'elle trouve c'est qu'il fait soif, et elle remonte le stand Massaaacre face à Lucie qui vient de se rasseoir avec sa bière. Elle s'était réfugiée avec Loki dans un coin de la pièce au début de l'affrontement. Betty se dit qu'elle doit se sentir un peu à l'écart, et se sent d'humeur à l'évangéliser.

— Je t'assure, ça met un bon coup de fouet, gin/sel/citron.

— Je supporte pas bien les alcools forts, j'aime pas le goût que ça a. Ça ne passe pas.

— Ah mais moi pareil, c'est justement tout l'intérêt du gin/sel/citron, ça passe tout seul.

— Comment tu fais ?

— Je te prépare tout, t'inquiètes. Tu commences par mettre du sel dans le pli entre le pouce et l'index, comme ça, et puis tu lèches, t'avales le verre cul sec, et hop, tu croques dans le citron. Miraculeux.

Betty joint le geste à la parole, et s'enfile son quinzième verre dans un but strictement pédagogique. Le torchon est imbibé, elle a les deux avant-bras gluants et poisseux. Lucie se laisse convaincre, elle veut bien essayer un petit. Betty prépare une demi-dose, coupe un nouveau citron, réjouie de sa victoire d'intégration. Lucie se lance, puis croque dans le citron avec une petite grimace vraiment sexy. Sa peau toute blanche devient toute verte, d'un coup. Mordred l'observe d'un air très inquiet, demande si ça va. Elle répond que non, ça ne va pas du tout, et se précipite aux toilettes en titubant, suivie par Mordred. Betty se décompose, Gabriel dit que ça ira mieux quand elle aura vomi.

Ça ne va pas mieux, elle va prendre l'air sur le balcon, soutenue par Mordred qui lance un regard noir à Betty en passant devant elle. Elle baisse les yeux, ne sait vraiment pas quoi dire pour sa défense. Très mauvaise évaluation. Ce qui l'attriste le plus, c'est que toutes ses opérations séduction sur les filles foirent quelle que soit la stratégie. Tout le monde est sur le balcon, autour de Lucie, mais elle n'ose pas y aller, et médite sur les bonnes intentions qui ne font décidément pas les meilleures actions.

*

Ils se sont couchés comme un vieux couple, l'intimité de l'ancienne amitié et le mélange alcool/THC aidant. Dans le noir, il fait glisser sa culotte le long de ses cuisses, embrasse doucement son cou, se colle à elle, elle trouve un équilibre d'abandon où elle retient ses gestes. Il pose sa main sur sa chatte, la caresse et enfonce un doigt, puis deux, elle est trempée, il bascule sur elle et la pénètre, sans capote, elle le reçoit et l'enveloppe de ses bras et de ses jambes, ondule doucement sous lui, calmement. C'est bien la première fois qu'elle ne se fait pas chier en missionnaire. C'est charmant, c'est doux, elle fait jouer les muscles de ses cuisses et de ses fessiers, et contracte son vagin pour le sentir mieux et faire monter le plaisir, elle bloque la vague et la laisse refluer, recommence, encore et encore, et elle jouit en même temps que lui, ils restent emboîtés après, et puis ils murmurent sur l'oreiller.

— Je me disais, c'est pas possible ce lien aussi fort, et que ça soit que de l'amitié ? Avec une fille ? Mais j'étais pas sûr.

Lui, au moins, il a remarqué que c'était une fille. C'est déjà prometteur. Elle a fait des efforts, faut dire.

— Eh, oh, je couche pas avec les potes. Je t'aime vraiment bien. Pourquoi tu m'as pas baisée direct ? Tu te rends compte que j'aurais pu me vexer ?

— J'étais pas rassuré... Tout ce qu'on m'a raconté sur toi... T'as l'air partie dans des délires, quand même... En fait, c'était... simple et naturel, évident, avec toi.

Elle l'embrasse et descend doucement entre ses jambes, prise d'une irrésistible envie de le sucer. Elle descend et caresse les os qui saillent sur le bassin, admire la colonne de chair, la peau est tellement douce à cet endroit là, elle le happe sans le toucher, et fait glisser le prépuce dans sa bouche. Elle plaque sa langue sur le gland et s'enivre du contact, puis l'avale d'un coup. Il se laisse faire, silencieux et concentré, seuls d'infimes tressaillements permettent à Betty de sentir ce qu'il aime. Il éjacule, elle veut retenir le goût, elle continue tout doucement, lèche le sperme qui coule le long de la hampe, embrasse et promène sa langue sur le gland, il se tord de plaisir. Elle adore jouer, total contrôle à ce moment d'abandon, et nerfs à fleur de peau.

— Je t'ai déjà menti. J'ai couché avec l'Espagnole.

— Pourquoi t'as fait ça ? T'avais aucune raison de me mentir. En plus, on n'a pas de contrat.

— Je sais pas. Ça m'a pas semblé malin de dire à une meuf avec qui je veux sortir que je viens de niquer une pouffiasse. Puis c'était naze, je comprends même pas pourquoi j'ai fait ça.

Il a dit, sortir. Il a dit, meuf pour elle, pouffiasse pour l'autre. C'est pas très gentil ni respectueux pour la pouffiasse, mais elle comprend que ce n'est pas pertinent de la défendre, et après tout c'est lui qui a mis sa bite dedans. Il regrette d'avoir menti. Betty a un code de l'honneur tyrannique et visiblement incohérent pour le monde, et elle est bien obligée d'essayer de comprendre celui des autres. Ça lui torture les neurones au quotidien. Après tout, il a parlé, c'est courageux, il y a un genre de dignité là-dedans.

Ça veut dire qu'il n'est pas exactement pour le couple libre, mais elle veut bien jouer avec ses règles à lui. Elle ne sont pas très difficiles, ses règles. Du moment qu'ils jouent ensemble… Betty fait très bien la différence entre sexe et sentiment, mais a dû se rendre à l'évidence : les autres gens, non. Aucun de ses précédents petits copains n'ayant trouvé ça pertinent, elle a arrêté de militer pour le couple libre pour se conformer au schéma classique, en continuant à penser qu'il est très hypocrite. Comme les gens se prennent la tête avec le cul…

Alors, elle ne trouve rien à dire de plus. Courtney chante, *I told you from the start, just how this would end…*

✶

Betty est à l'heure au centre de loisirs. Elle sait qu'elle a vraiment du bol, avec son look, d'avoir été engagée. En fait, elle a toujours eu un super bon contact avec les gamins : dès qu'il y a un môme perdu dans un centre commercial, il fonce droit sur elle. Une fois elle a dû négocier une demi-heure pour qu'une môme en larmes agrippée à son cou accepte de partir avec la gentille surveillante. La surveillante n'avait pas l'air très gentille, en fait, elle dévisageait Betty avec un mépris teinté de crainte, devait se demander s'il ne s'agissait pas d'un kidnapping.

Betty respecte les enfants. Parce qu'ils savent voir, encore épargnés par les certitudes nauséabondes et la peur. Parce qu'ils ont soif de comprendre, parce que pour chacun d'eux, tout est encore possible. C'est plus tard que ça se gâte… Les mômes frappent au cœur de la vérité, et questionnent toutes les évidences, obstinément. Un genre de danger intellectuel permanent, déconstruire et déstructurer ce qui est accepté aveuglément, pourquoi il fait toujours jour après la nuit, pourquoi il faut travailler, pourquoi on se marie, pourquoi on meurt, comment, pourquoi, pour quoi faire ? C'est un défi de chaque instant de ne pas répondre *parce que c'est comme ça,* et de se torturer la tête pour explorer les croyances et les réponses envisageables. C'est dingue, ce qu'on peut apprendre des enfants.

En échange, elle leur donne des lectures passionnées des contes, mythes et légendes du monde entier, ceux de son enfance et ceux de cultures lointaines, vietnamiens ou africains, esquimaux et aztèques... Même le clan des plus grands a plaisir à l'écouter, c'est le miracle du conte : chargé des archétypes de l'inconscient, il résonne en chacun, sur une multitude de niveaux de compréhension, et le sage peut apprendre autant que l'enfant. Elle est attentive à leurs réactions, le conte qu'ils préfèrent, qui les émeut ou qu'ils détestent, ça lui montre où ils ont mal.

Il pleut et ça veut dire atelier Donjons et Dragons, qu'elle a mis en place avec le clan des plus grands, quatre mômes de douze à treize ans ravis d'avoir une activité *spéciale eux.* Pas facile, parce que le directeur n'en avait entendu parler que par le grand cirque *le jeu de rôle met notre jeunesse en danger* orchestré par les assos cathos et très bien relayé par les médias, toujours à l'affût du nouveau truc qui fera frémir les bonnes gens. Le chef est un type qui a la classe, et Betty est tellement intimement convaincue des incommensurables bienfaits pédagogiques du jeu de rôle, qu'il a bien voulu tenter. Ils squattent une salle de réunion à l'étage.

Elle peut disserter des plombes sur la portée philosophique du jeu de rôle. Y a pas mieux pour comprendre comment on fonctionne en tribu, en communauté. Une bonne équipe repose sur la complémentarité, et on ne survit pas sans les qualités de l'autre. Le guerrier qui ouvre le golem par le milieu avec sa grosse épée à deux mains aura l'air complètement con si le voleur ne déverrouille pas le passage secret, le voleur survivra deux heures dans les bois des brumes dévoreuses si le mage ne neutralise pas le sortilège… Le système de valeurs est bouleversé, on apprend à respecter les compétences les plus diverses. Dans certaines situations le charisme peut être plus efficace que l'intelligence, la furtivité remplace l'art magique, le clerc un peu tafiole déchiffre le parchemin qui désintégrera l'hydre. Chaque perso gère son capital de départ, dépendant de ses gènes, de sa classe-métier, et du hasard aux dés : la seule victoire est de le faire progresser par l'expérience et des choix judicieux. Le seul chemin est de booster sa puissance et sa différence, pour le bien du groupe. On peut suivre la route la plus facile, elfe-mage ou guerrier-nain, ou tenter les multiraces ou multiclasses, plus risquées mais plus excitantes. On peut se concentrer sur sa compétence principale, et se coller tous les points d'expérience en dextérité ou détection de piège, pour un voleur, ou accepter de progresser moins vite dans sa classe pour développer d'autres qualités a priori moins cruciales, comme apprendre à parler le chimiok du monde du dessous ou le maniement de la hallebarde malgré son handicap.

Après, évidemment, le voleur ne doit pas emmerder le maître de jeu en geignant s'il perd des doigts dans un mécanisme, mais il peut aussi sauver sa peau dans un guet-apens où justement il n'y a que des hallebardes disponibles, ou parler avec un chimiok bizarre qui lui confiera une quête grassement récompensée. C'est ça qui est beau. La ligne de conduite de Betty en Déesse des mondes parallèles, c'est que la Déesse sourit aux audacieux. Ce qui lui plaît le plus, en vérité, c'est le double système d'alignement : au niveau social/légal – loyal, neutre ou chaotique, et humain/émotionnel – bon, neutre ou mauvais. Il va sans dire que tous les persos joués par Betty sont chaotiques/bons, et que ce n'est pas facile tous les jours. Au début, elle a cru qu'il faudrait simplifier les règles, mais ils ont tout compris plus vite qu'elle. Prise en flag de sous-estimation des enfants.

— Romain, tu es bien sûr que tu veux tenter de voler la bourse du type en longue toge noire avec des runes dessus qui est assis seul au fond de la taverne ?

— Oui, euh, oui.

Soupir excédé.

— Fais un jet de… euh, de furtivité. Bon, c'est minable. Le type te regarde quand tu arrives à un mètre de lui et il n'a pas l'air bien disposé. Qu'est-ce que tu fais ?

— Ben, je dis rien, je m'approche, et je m'assois à côté de lui.

Fanny intervient.

— Euh, Romain, on va peut-être y aller là, il a pas l'air net ce type.

Fanny ne devrait pas parler à Romain, elle est à l'autre bout de la taverne, mais bon, faut pas être trop psychorigide. C'est la sorcière intello du groupe. Romain le voleur n'entend pas se dégonfler devant Fanny.

— Je commande un pichet de Viliami et je lui propose de boire un verre avec moi.

— Il accepte, et il boit son verre tranquillement.

— Il me regarde ?

— Non, il boit en regardant la porte d'entrée.

— Je décroche sa bourse de sa ceinture.

— Fais un jet de dextérité. Bon, tu as la bourse.

— Je reste un peu, puis je rejoins Fanny. On sort et je regarde dans la bourse.

— Ne t'enflamme pas ! Au moment où tu te lèves, le mage de Llhot te regarde froidement et te demande de lui rendre sa bourse.

— Euh... Je lui tends.

— Au moment où tu lui tends, la bourse se change en une très grosse araignée poilue.

— Je la lâche tout de suite !

— Fais un jet de rapidité. Elle n'a le temps de te piquer qu'une fois. Tu te sens subitement très mal. Le sol se dérobe sous tes pieds. Tu t'effondres dans un coma profond. Fanny ?

— Euh, je vais voir... Il fait quoi le mage ?

— Il te regarde approcher, et il te demande si tu connais le freluquet arrogant.

— Euh, je tente un jet de charisme ? Avec un beau sourire ?

Elle a beau être demi-elfe, demi-humaine, et sacrément bien roulée comme sorcière, c'est un peu léger contre un mage de ce niveau.

— Et je m'excuse pour mon compagnon qui ne supporte pas le Viliami et vient de perdre son familier.

— Il maugrée qu'il ne sera plus jamais triste, ni saoul, il ne lui reste que trois heures avant de périr dans d'atroces souffrances. Romain commence à se tordre sur le sol et le patron de la taverne approche.

Fanny ne panique pas.

— Je lui propose d'acheter un antidote ?

— Il te regarde, plisse les yeux vers ta bourse et te demande 287 pièces d'or.

— Eh, mais c'est tout ce que j'ai !

— Peut-être qu'il le sait…

— Eh, Romain, sérieux, tu fais chier avec tes idées à la con.

— Vas-y sérieux, me laisse pas mourir ! Je te donnerai mon anneau d'immunité !

— Ton anneau d'immunité poison, t'as vu comme il marche bien ! ?

C'est con, le mage de Lloth est un farceur, et l'effet de la piqûre d'araignée ne durera que trente minutes. Si le druide pouvait ramener sa fraise, il le leur dirait tout de suite, en voyant le cadavre de l'araignée de Rjoil sur le sol. Le directeur entre à ce moment de suspense insoutenable et demande à

Betty de passer le voir dans son bureau. C'est fin de journée, elle descend les mômes dans le club, et les laisse à Pierre.

Elle n'aime pas Pierre, il n'a sans doute pas un mauvais fond mais il a de faibles capacités intellectuelles. Betty condamne plus la bêtise que la méchanceté, même si ça scandalise tout le monde. N'empêche, le méchant, il se repose, des fois. Elle s'est encore gravement pris la tête avec Pierre à la dernière réunion, rage glaciale d'avoir été contenue toute la journée, vu qu'on ne s'engueule pas entre animateurs devant les enfants, et que Pierre évite soigneusement d'être seul avec elle. Il a assené à Matthieu qu'un garçon, ça ne pleure pas, et le mépris était palpable dans le ton. Putain de connard. Matthieu a la larme facile, c'est comme ça, et c'est pas le mépris qui va l'aider à s'épanouir. Le monde est déjà assez barbare, et ils sont payés pour ça, bordel, pour être plus attentifs et bienveillants que les autres. Ça ne pleure pas un garçon, coupe-toi de tes émotions pour être bien conforme et pas déranger la société, il faut que tu aies bien honte de toi pour que moi je me sente bien. Ça fera de lui un homme heureux, qui rendra les gens heureux, bien sûr.

Ça ne semble pas naturel à l'humain de ressentir l'autorité comme une responsabilité et pas comme un pouvoir, et de ne pas écraser l'ego. Ça demande une vigilance constante. Betty se lamente sur les dégâts provoqués par les petites phrases assassines qu'elle entend à longueur de journée, répétées jusqu'à ce que l'inconscient ait bien imprimé pour que ça résonne dans leur tête toute leur vie, à quel point ils ne sont bons à rien, mauvais, pas aimés, pas aimables. C'est pas grave, ce ne sont que des enfants, après tout, des êtres humains pas finis, pas de vraies personnes avec de vraies émotions. Quand ils seront grands, ils comprendront, et ils feront comme nous. Ça fait froid dans le dos.

La chair de leur chair, qu'ils disent, et ils ont alors le droit de tailler couper arracher tout ce qui leur semble ne pas convenir, dans leur toute petite perception du monde, d'écraser pour reproduire leur triste sort, avec un genre de bonne conscience arrogante. Betty ne veut pas d'enfant, ça rend définitivement trop con.

Pierre lui fait un sourire hypocrite, qu'elle ignore froidement, et la regarde sautiller vers le bureau du directeur.

— Betty, on m'a amené un magazine où tu es en photo…

Elle comprend pas tout de suite. Ah, *Metal Mag*… Le groupe figure sur son CV, de toute façon, elle savait pas que le directeur écoutait du metal.

— La photo est un peu, euh, typée, et la présentation du groupe donne une image violente, ça parle de drogue… Un peu… érotique aussi, hum. C'est pas très grave, tant que je n'ai pas de plaintes qui viennent de parents. Je te juge sur ton travail ici. Mais fallait que je te prévienne. Tu comprends bien que ça serait délicat de te garder, disons, si j'étais au courant.

Il jette le magazine dans la poubelle. Il a le chic

pour se mettre en scène lui-même, mais c'est un mec bien. Pas de plainte des parents. Pierre. Bon, il faut assumer ses ennemis, ce qui serait affreux c'est qu'un con pareil la trouve sympathique.

✶

Gabriel n'est pas encore rentré. Il s'est installé directement chez elle, il y a plusieurs semaines. C'est une énorme connerie, mais ça se fait toujours tellement naturellement, vouloir passer le plus de temps possible ensemble, ils ont envie d'être toujours collés. Elle voit tout de suite le petit mot sur la table, il la bombarde de billets doux. *Bébé, Chat dort sur le canapé, Je t'ai préparé du lait, Dans un bol dans le frigo, Et je te trouve vachement bo, quand tu dors profondément, qu'est ce que je t'aime vachement.* Confondant de bêtise. À tous les coups ça met de la lumière dans la journée, elle dit jamais rien, mais elle les range précieusement dans un carton.

Ce soir, il lui a préparé une surprise, une chasse au trésor, il aime bien les énigmes, et il doit rigoler de l'imaginer retourner l'appart. Elle galope du salon à la chambre, trouve le mot sous l'oreiller, *le futur est sucré*, elle court dans la cuisine et attrape le paquet de sucre dans le placard, rhooo, il a tout salopé le carton avec un marqueur qui déteint, elle file vers le meuble vidéo, s'agenouille pour mater dessous, pas de mot mais un plomb, elle a du bol que Chat n'ait pas joué avec l'indice, elle inspecte le compteur, mot collé dessous, la piste s'arrête dans la commode, un énorme œuf en chocolat garni de friture en chocolat et de machins roses sûrement fourrés au chocolat...

C'était Pâques hier. Betty n'aime pas trop le chocolat. Pâques est une fête païenne pervertie, et elle n'aime pas se compromettre dans cette tradition doublement dénaturée, une fois par le christianisme, une seconde fois par la société de consommation. Tous ces culs-bénits qui refilent des lapins en chocolat à leur descendance sans se douter de l'origine sexuelle du symbole de fertilité, ça l'énerve, ça l'énerve. Enfin, Betty sent qu'elle est chiante, là, et elle mange son chocolat.

*

Gabriel est à quatre pattes sur le tapis, face à Chat. Il promène sa main dans l'air, les doigts rassemblés en pointe, en faisant des sifflements reptiliens, et un autre genre de bruit qui ne ressemble à rien quand il écrase ses doigts sur le museau de Chat. Chat est ravi, il guette l'attaque du cobra et se tasse quand il se fait attraper la truffe, module un miaulement outré. Dès que Gabriel le lâche, il court en petit cercle autour de lui, comme un petit chien, et se replace face à la main serpent. Gabriel et Chat ont tout de suite eu une relation privilégiée. Betty fait grand cas de l'avis de Chat sur les humains.

Il la rejoint dans le lit, s'assoit face à elle et tend le majeur, lui appuie doucement sur le nez. Elle fronce le nez et claque des dents, il évite la morsure in extremis.

— Mais t'aimes pas que je t'appuie sur le nez ?

— Si... Mais j'aime encore plus te mordre le doigt.

Ils rient et il l'embrasse dans le cou, descend doucement sur son ventre. Betty a le souffle coupé. Il la lèche pour la première fois. Il commence par embrasser doucement l'os central de son pubis, puis la fente entre ses jambes. Ses lèvres sont douces, il se sert de sa langue à présent, l'enfouit entre ses lèvres à elle. Il l'explore progressivement, lèche et l'agace de la pointe de la langue, enfonce son index dans le vagin ouvert quand elle se tord de plaisir. Elle ne sent même plus ce qu'il fait, elle a juste conscience de sa présence là, entre ses jambes. Elle le serre fort contre elle.

— C'est la première fois que je lèche une meuf.

Elle le regarde sans savoir quoi dire.

— Je sais pas, je trouvais ça dégueulasse.

— Tu trouves ça dégueulasse ?!

— En fait non, pas du tout, j'ai trouvé ça délicieux.

Délicieux. Un délicieux mélange de fierté et de bonheur monte en elle, elle pense qu'il explore de nouveaux territoires avec elle, frissonne de plaisir, c'est con mais ça rend con d'être amoureux, faut croire.

— Raconte-moi une histoire...

Elle chuchote et se blottit contre lui comme une enfant. Elle se laisse bercer par sa voix. C'est une histoire sans queue ni tête, comme lui seul sait en raconter. Elle se laisse emporter dans le rythme, la texture de sa voix, quelques mots parviennent à sa conscience, un lézard, un baobab, un village, qu'il invente pour elle au fur et à mesure.

*

Gabriel rentre à la bourre, parce qu'il a pécho de l'opium synthétique. Betty ne dit rien, elle pense d'abord, pour une fois. Elle aime essayer les drogues, elle les étudie en s'impliquant très sérieusement et prend des notes sur des petits carnets, les différents modes de prise possibles, les effets, physiques, mentaux, émotionnels, la redescente et les divers effets secondaires, ainsi que leur durée. Elle a appris à ses dépens qu'il vaut mieux être parfaitement renseigné. Elle se dévoue donc de bonne grâce, elle a eu la chance de se sortir indemne de la frénésie de l'adolescence. Son atout, c'est qu'elle est absolument perdue pour la toxicomanie : elle abuse mais se lasse vite, zappe sans aucun effort quand le corps s'habitue trop, l'instinct contrôle l'envie, l'instinct est son ami. Elle fait des pauses de deux, trois mois sur toutes les substances, en rotation, jamais se poser.

Les breaks les plus marrants, c'est sur l'alcool ou la beuh : même la tribu se fait pas à l'idée, ça les perturbe complètement, qu'elle fasse tourner le bedo sans tirer dessus ou qu'elle boive du thé à la menthe à l'Oasis-le-demi-le-moins-cher-du-quartier. Ça énerve particulièrement Mordred, qui se remet de plus en plus mal de ses cuites, bientôt trahi par son foie, et se torche quand même sans pitié à chaque occasion. Betty lui répète, c'est facile, je comprends pas, si tu veux arrêter, t'arrêtes, et faut voir comme c'est meilleur quand on recommence, plus fort, neuf, le corps réagit mieux et à de plus faibles doses : sain, économique, logique, merde. Mais bon, il veut pas arrêter, faut croire. Betty, elle a juste plus envie, à un moment. En vérité, elle aime aussi vérifier qui a le contrôle, elle ou la substance.

Comme elle n'est pas d'un naturel pondéré, elle a parfois poussé l'expérience un peu trop loin : quand elle a découvert qu'on pouvait provoquer des hallucinations en sniffant du poppers, un magnifique triangle delta bleu qui palpitait dans le vide, elle a mis en évidence que le poppers provoque de tout aussi magnifiques lésions purulentes tout autour du nez et au-dessus de la bouche, qui avaient duré plus de trois semaines, contre trois secondes d'hallu de faible intensité. Elle avait arrêté le poppers, même s'il est certainement possible d'éviter de se coller la bouteille sur la peau, mais ça devenait compliqué. Elle n'avait pas pu s'empêcher d'en vouloir au poppers de l'avoir défigurée, bien qu'objectivement il soit injuste d'éprouver du ressentiment pour un outil mal géré. Une fois les lésions disparues, elle s'était assise face à la bouteille et l'avait insultée copieusement jusqu'à ce que le ressentiment s'efface. Crucial, se libérer des charges négatives. Elle avait déjà fait le tour des effets désirés, des bouffées de chaleur et des crises de fou rire, attention nausée fréquente avait-elle ajouté après que Lou lui ait vomi sur la jupe. Betty prend ces expériences très au sérieux et paye de sa personne, elle teste aussi les drogues sous sexe dès que l'occasion se présente. Et le sexe sous drogues, du coup.

Elle n'a jamais entendu parler d'opium synthétique. Il s'agit probablement d'héroïne, le produit subissant une légère hausse de popularité ces derniers temps, d'après ses informations. L'héroïne charrie des images de visages émaciés aux yeux vides, de seringues sales, de sous-humains dans l'obscurité des caves, de loques dépossédées de leur volonté. Betty a toujours dit *non à l'héroïne.*

Le mot héroïne, aux syllabes dures et sinueuses à la fois, provoque toujours une drôle de réaction physique chez elle, une sorte de rétractation superstitieuse, et l'image d'un pur-sang au galop qui glisse dans le précipice.

Le père est mort d'une overdose quand elle était enfant. On a évidemment essayé de la protéger en dissimulant la mort infâme. Ou peut-être qu'on a tenté de se protéger soi-même, car les adultes croient que ce qui n'est pas dit n'existe pas. Ils ne savent pas que le corps qui rougit, pâlit ou se raidit, que les yeux qui fuient ou se troublent, que les silences et les respirations parlent pour qui sait regarder. Tous les enfants savent. La différence, c'est que l'enfant doit chercher en lui le courage de se pencher, tout seul, sur le gouffre qu'il devine. Qu'il doit affronter et vaincre sa culpabilité, comment puis-je imaginer qu'on me mente, pourquoi je mérite qu'on me mente ? Et la crainte d'entraîner avec lui les adultes, en danger parce qu'ils tournent le dos au gouffre.

Le gouffre est parfois trop profond pour qu'il discerne quoi que ce soit dans l'obscurité, sans l'aide des adultes. Il restera là, les yeux perdus dans les ténèbres, obsédé par le monstre invisible qui grandira avec sa peur et la force de l'imagination, toute sa vie durant. Betty a eu de la chance, à force de recoupements et de questions pertinentes, comme involontaires, elle a reconstitué le secret. Elle n'a pas aimé devoir s'y prendre de cette manière machiavélique, une victoire au goût amer. À bien y réfléchir, Betty n'est pas sûre que le mot adulte soit le plus approprié, quand on parle de secret de famille.

Elle n'aime pas la lueur de pitié qui brille dans les yeux des gens quand elle raconte cette histoire. C'est son histoire qui l'a façonnée. Tout ce qui ne te tue pas te rend plus fort. À l'adolescence, quand elle s'est rendu compte que tout le monde ne ressentait pas *physiquement* les émotions des autres, elle a deviné que son empathie était due à la dégénérescence des gènes, son héritage. À double tranchant, comme tous les cadeaux, comme tous les pouvoirs, mais elle aime être reliée aux autres de cette manière. Elle n'en parle jamais, à personne, mais on se confie volontiers à elle, instinctivement. Elle a ce genre de don, recevoir le secret, accompagner l'épreuve, et la compassion chez elle vérifie le sens étymologique, souffrir avec, leur douleur, réelle, qui s'ajoute à la sienne. Elle ne peut même pas imaginer, ne pas être à la hauteur de la confiance qu'ils lui témoignent quand ils ouvrent leur cœur et baissent la garde. Question d'honneur, et elle reçoit comme un cadeau, pouvoir être utile.

Gabriel va mettre du son, vient s'asseoir à côté d'elle, attend sa réaction.

You are the blood running through my veins
You are the streets that made me this way

— T'es sûr du plan ? T'as pris les renseignements ?

— Le plan est sûr, c'est un consommateur occasionnel, on se retrouve roadies régulièrement ensemble, et il m'a montré la dose débutant.

And I can't stop, won't stop, living by the gun
I'm never one to run from my fears

— Tu comptes le prendre comment ?

— Normalement, je vais le fumer quoi. Tu crois pas que je vais me shooter quand même.

— Chasser le dragon… je n'ai jamais chassé le dragon. C'est bizarre ça, d'ailleurs. Mais alors t'as déjà pensé à ce que c'est… sûrement.

— Oui, c'est « sûrement » de la came. Sous un nom rassurant.

— De l'héroïne.

Maintenant qu'elle a prononcé le mot, sa décision est prise. Avec Gabriel, ici et maintenant, il n'y aura pas d'autre moment pour cette expérience. Elle va chercher un rouleau d'aluminium dans la cuisine. Elle roule une longue paille pendant qu'il plie une grande feuille d'alu en deux, la lisse, replie pour former un sillon au centre. Ils installent des coussins dans le lit. Gabriel place quelques cristaux dans le sillon, prend la paille en premier, et fait glisser la flamme du briquet sous le sillon, les cristaux crépitent et fondent, il aspire la fumée qui monte en volutes, doucement d'abord, puis avec plus d'assurance. Betty procède au rituel à son tour, ça a un drôle de goût pas désagréable. La petite dose absorbée provoque ses premiers effets, une drôle de torpeur et l'alourdissement du corps. Toujours pas désagréable.

Ils patientent une heure, couchés l'un contre l'autre, en se caressant, délicieusement détendus, vautrés dans la sensualité sans qu'aucune idée sexuelle ne leur vienne.

— Ça a l'air vrai que ça nique la libido.

— Ouais, mais on n'en reprendra sûrement jamais, on mourra pas de perdre quelques heures. T'en a jamais pris non plus ?

— Non. Ça m'a jamais emballé, mais aujourd'hui, je sais pas pourquoi j'ai dit oui. Tu te sens bien ?

— Oui. Molle et asexuée, mais bien. Et toi ?

— Oui.

— Bon, je crois qu'on peut y aller.

Gabriel se charge des opérations, Betty prend des notes mentalement. Elle aspire sans hésitation cette fois la colonne de fumée, s'allonge et a l'impression de tomber en arrière, dans un espace noir et moelleux. Tout glisse, dans un genre de voile satiné et luisant, elle se laisse sombrer dans l'extase. C'est comme un rêve confus, des sensations qui s'enchevêtrent.

Le dragon n'est pas le premier animal de pouvoir de Betty pour rien. Il a sans doute choisi de revenir la visiter à l'instant où il a entendu dire qu'on voulait le chasser. Il apparaît depuis qu'elle est toute petite, dans ses rêves et dans les délires de la fièvre, mais n'est plus revenu depuis le stage chez le shamane placeur de voix. Convoqué par une tisane mystique, il avait refusé de parler à Betty, la sale bête. Un des types du stage avait craqué parce qu'il avait vu une Twingo vert sapin, ce qui doit être on ne peut plus déstabilisant à gérer comme animal totem, alors elle n'avait pas dramatisé son demi-échec, mais ça reste une sale bête… Finalement très prévisible, le dragon.

Présentement, il se tord et se débat, tourne sur lui-même, son aura est rouge et palpite, il se cabre, et Betty entend sa propre voix résonner.

Putain, j'y peux rien quand je sens que je t'aime, ça réveille le dragon dans moi. Il a tellement de puissance que l'air vibre tout autour de lui, tout vibre dans moi. Le dragon veut remplir le vide et le vide est infini et il veut tout, tout, ici et maintenant. C'est une soif absolue même si ça doit tout casser même si ça peut pas contenir tant et que ça va se déchirer bien avant l'absolu. Et je perds le contrôle et je voudrais te remplir en entier et entrer dans toi, dans ta chair dans ton âme et dans ta tête et disséquer toutes tes pensées, pour être sûre que tu m'aimes que tu m'aimes de partout et que moi je peux t'aimer aussi jusqu'au bout et malgré tout et à cause de tout. Tout ce que tu es en entier vraiment. Qu'est-ce que tu peux me donner, ton corps chaud la nuit ton sexe à l'intérieur tes petits mots tes sourires ça ne comble pas le manque, ça effleure la surface et ça me donne envie de plonger en toi. Je peux pas contenir le dragon pendant les crises de manque il se cogne partout dans mon corps et je suis impuissante, je crois qu'il veut tout écraser et te soumettre. Mon reflet dans le miroir de tes yeux, il me terrifie.

Elle ouvre les yeux, hébétée. Gabriel semble encore rêver à coté d'elle. Elle ose à peine le toucher, elle veut rester bien tranquille, elle veut être une fille tranquille, rassurante, qui casse rien et qui lui fera que du bien, toujours, une fille normale, tiens. Ça se travaille, la féminité, sûrement.

✶

Betty marche dans la forêt. Autour d'elle, une dizaine de personnes brandissent des flambeaux dans l'obscurité. Les flammes vacillent dans le vent, agitent les ombres des grands arbres. Elle avance lentement, au rythme des chants, une langue oubliée à la musique hypnotique, encore plus exotique à cause de l'accent anglais de la communauté wiccane qu'elle a branchée pour organiser ce rituel. Elle prend beaucoup de précautions pour maintenir une distance avec sa réalité ordinaire, sans risque d'interférences. C'est plein de gens bizarres, dès qu'on touche à la spiritualité, plein de gourous en puissance qui ont commencé à s'éveiller et confondent guider et éduquer. Y a qu'à voir le succès des sectes, à commencer par les trois religions dominantes.

Elle a trouvé une communauté dans la forêt de Brocéliande, haut lieu énergétique. En vérité, elle se sent parfaitement conne dans sa grande robe blanche qui volette, avec sa couronne de feuilles dans les cheveux. Ils sont intraitables sur le folklore, ces Wiccans. Ses pieds nus s'écorchent sur les branches et les petits cailloux, c'est qu'elle manque d'entraînement, quand même. Pas facile de se la jouer sorcière des bois quand on est parisienne à ce point. Elle ne laisse absolument rien paraître de toutes ces considérations, et s'applique à rester digne.

Les tambours qui rythment les voix. Les brindilles qui craquent sous les pas. L'odeur de mousse et de sève qui prend à la gorge. Les feuillages qui apparaissent dans des teintes rouge orangé. Tout se met en phase, se cale dans un grand ensemble lié par une énergie primitive. Betty sent l'étincelle naître dans son chakra sacré, un point ardent qui rougeoie et s'étend dans tout son ventre. Le serpent commence à tourner sur lui-même, enfle et prend plus de puissance à chaque rotation.

Ils arrivent dans la clairière, où cinq foyers sont disposés en étoile. Betty s'immobilise, la procession se brise. Betty sent le serpent entamer la vrille ascensionnelle, son corps lové emplit déjà tout son bassin. Elle s'avance lentement vers le centre. Elle se signe en partant du front, côtes gauches pour la terre, épaule droite pour l'air, épaule gauche pour l'eau, côtes droites pour le feu, et revient au front pour l'éther. Un flux d'énergie violent circule à travers l'étoile, mélange toutes les couleurs à l'intérieur.

Des mains la débarrassent de sa tunique, le sang bat fort, fait palpiter les veines, et le vent couvre sa peau de frissons. Le mage allume le premier foyer au sud. *Spirit of the South, spirit of the Fire, I do summon, stir and call you, to witness our rites and to guard the circle.* Il procède aux autres points cardinaux, allume enfin le dernier feu, au sommet de l'étoile. Betty est déjà dans un état second, investie de l'esprit de la Déesse, Cerridwen, Gaïa, Isis, Astarté, chargée de la réceptivité de la terre, elle attend l'avatar du Dieu Cornu. Le moment est proche, les Wiccans s'éloignent en procession silencieuse.

Betty est seule, elle n'entend plus que son cœur qui bat. Quelque part dans la forêt, l'homme couronné de bois de cerf s'est mis en route pour s'unir à elle. Elle laisse son esprit errer et rejoindre le sien. Il court, le corps très près du sol, s'aidant de ses bras comme un animal, la bouche emplie de salive, enivré des odeurs et des bruits de la forêt, il se guide à travers l'obscurité grâce au feu et au son des tambours, il est tout près.

Elle a peur. Il apparaît au bord de la clairière, à l'orée du cercle de lumière, il se fige et la dévisage. Il est beau. Des traînées de terre et des sillons rouges marquent sa peau, ses muscles tressaillent. Betty se met à courir et il s'élance derrière elle, elle sent les branches fouetter son visage et son corps, ses plantes de pieds trop tendres saignent sûrement, mais plus rien n'existe que la fuite. Il la rattrape au moment où ils retraversent le cercle, ainsi qu'il doit être. Elle sent sa main empoigner ses cheveux. Elle tombe à plat ventre et il la couvre, il enserre sa gorge de son avant-bras, la cambre de son autre main en appuyant dans le creux de ses reins, et s'enfonce violemment en elle. Elle jouit dès qu'il la pénètre, la chair de son pénis palpite contre la chair des parois de son vagin, elle s'offre et s'arque autant que son corps le lui permet. Il s'écrase contre elle, les bras puissants l'enlacent, elle s'étourdit du souffle bestial dans sa nuque. Il la laboure, chaque coup de reins l'ouvre en deux, puissant et profond, elle griffe le sol et ensemble ils poussent des hurlements rauques quand la terre et le ciel explosent, dans des scintillements de lumière blanche et noire.

*

Elle rentre chez elle le lendemain soir, elle se sent encore bizarre, déconcertée par l'énorme charge de principe féminin. L'appartement est silencieux, le lit est vide, ça pue la tristesse. Chat doit ronfler dans un placard. Elle se sent oppressée sans savoir pourquoi. Elle voit un petit mot sur la table. *Je suis désolé. Je ne peux pas le supporter.* Betty n'arrive pas à lire la suite, sa vision est brouillée par les larmes. Le téléphone sonne, c'est forcément lui.

Elle parle d'une voix étouffée, hachée par des hoquets incontrôlables, je ne comprends pas, j'ai mal. Il parle d'une voix étranglée, moi aussi je vais mal. Elle répète, je ne peux pas, s'il te plaît, je ne vais pas y arriver, ici chaque chose me fait penser à toi, ton odeur sur l'oreiller, tes cadeaux et ta musique, tes fringues, viens au moins chercher tes affaires je ne peux pas y arriver, aide-moi, s'il te plaît, il faut au moins que tu récupères tes affaires. Il répond, j'arrive.

Il la trouve prostrée sur le lit, secouée par des sanglots toujours plus forts. Il la serre contre lui. Elle ne peut que répéter pourquoi, pourquoi, il n'y a que ce mot-là qui lui vienne.

— J'ai passé toute la nuit à t'imaginer là-bas, j'ai dû partir, je tenais plus.

— Pourquoi, pourquoi t'as rien dit, je t'en ai parlé et tu aurais dû me dire que tu supporterais pas.

— On n'en a pas parlé, Betty. Tu m'as rien demandé, tu m'as dit que tu faisais les feux de Beltane. J'étais même pas sûr de ce que c'était, j'ai dû mater dans tes bouquins.

— T'aimes pas parler de magie, j'ai pas voulu te soûler, je croyais pas que c'était si dur pour toi, t'aurais dû me dire…

— Mais qu'est-ce que je pouvais faire ? Je le savais que tu faisais ce genre de… trucs avant de sortir avec toi. Je pensais pas que ça me ferait si mal. J'ai passé la nuit à t'imaginer à poil dans la forêt, avec plein de types dégueulasses…

Une vague de dégoût fouette son visage. Physiquement. Elle aimerait lui dire, que c'est pour lui, pour eux qu'elle l'a fait, que c'est pour déterrer la fille en elle. Elle ne le fait pas, parce que c'est son choix à elle, et qu'il n'a pas à porter ce poids.

— C'est pas des types dégueulasses, c'est pas ce que tu crois, et ça a rien à voir avec toi, Gabriel, je t'aime tellement… C'est pas juste. Fallait que je le fasse, c'était le moment, je veux pas te faire de mal, c'est initiatique, faut le faire une fois dans sa vie, c'est rien du tout, c'est toi ma vie.

— Je sais, Betty, je sais, ça serait tellement plus simple si t'étais tombée dans la secte d'un gourou pervers, je te sortirais de là… Tu veux pas que je te sauve, mais moi je peux pas comprendre et accepter ça, Betty, j'ai essayé vraiment, j'ai failli devenir fou. Ça me fait flipper tous tes trucs de sorcellerie, je croyais pas que c'était sérieux ce qui se dit dans le milieu, c'est toujours des conneries d'habitude ! Puis, t'es tellement normale… J'aime pas ça, je comprends pas, c'est trop des dingueries pour moi. Et là, tes rites sexuels, c'est pas possible, pas possible…

— C'est pas juste, je savais pas, t'aurais dû me le dire avant, t'aurais dû…

— Arrête de répéter ça. Comment je peux te demander ça ? J'ai pas le droit, je le savais avant de sortir avec toi. J'ai pas le droit de te faire le chantage, arrête tout ton bordel de folle ou je te quitte. Mais ça me fait trop souffrir. J'ai pleuré cette nuit en t'imaginant là-bas, Betty.

Ils se taisent un moment. On dirait qu'elle fait une crise d'empathie sévère, c'est bien plus fort que d'habitude. Elle ressent nettement une infinie tristesse, distincte de la sienne, ça la déchire et elle a peur de perdre le contrôle. Elle tente de repasser en mental, elle lutte pour refermer l'empathie. Elle le trouve juste, et courageux d'avoir parlé, pour une fois. Elle ne se souvient pas qu'il ait parlé de ses émotions avant, des vraies, les puissantes et enfouies. Elle l'a fait pleurer. L'histoire se répète, ou l'histoire se répare.

— T'as pas le droit de me demander ça, c'est vrai. Mais parce que tu ne le fais pas, je peux faire le choix. Je veux pas te perdre, je peux pas, je te choisis toi, Gabriel. J'arrête la magie, complètement. Je le jure. Si c'est pas trop tard pour toi. Dis-moi que c'est pas trop tard pour toi.

— On va essayer, Betty. Je t'aime.

Et elle fond complètement, se répand et se dissout, une putain de grosse flaque de Yin. Elle ne lui fera pas de mal, pas à lui. Elle s'enivre de la grandeur du sacrifice, de la profondeur que ça donne à leur amour, et de comment ça va être beau et pur. Il reste là, avec ses affaires, et il lui fait l'amour pour effacer l'odeur de la forêt.

Deuxième partie

Trashing in the Water

And the waters prevailed upon the earth an hundred and fifty days.
Holy Bible

Ils sont enfermés dans le Katabar depuis le début de l'après-midi, et entre deux interviews, Betty s'acharne à prouver à Lou qu'elle sert mieux la pression que lui, sous l'œil bienveillant du boss. Le mini-album *Walk your Talk* sort en distribution chez Rush, sûrement parce qu'il s'est déjà vendu à plus de 5 000 exemplaires, deuxième pressage presque épuisé. En trois mois, à l'arrache, tout seul comme un grand, ça attire l'attention. En dehors des réseaux officiels, les ventes ne sont pas comptabilisées, mais tout se sait. Betty trouve ça limite insultant et indécent, que tout le monde se roule par terre en trouvant ça incroyable, et la chance qu'ils ont, bla bla… Comme s'ils ne méritaient pas ce vrai lancement, après avoir fait leurs preuves. Ils se posent pas de questions, ils se donnent à fond, ils y croient, ça plaît à des gens, pas de quoi crier au miracle. C'est le contraire qui lui semblerait étonnant.

Ils se tapent toute une journée promo *avec des photos et des télés du câble et tout.* Betty n'aime pas trop les interviews, elle n'a pas grand-chose à dire à l'humanité, dans l'ensemble. Aucun intérêt, parler à tous ces gens qu'elle ne connaît pas. La masse ne comprend rien à rien, et la minorité intelligente n'a pas besoin de son avis. Soit ils aiment le son, soit ils aiment pas, qu'est-ce que ça change de savoir ce que le groupe apprécie comme livres ou comme films, et où ils se sont connus ? Mais c'est trop compliqué de se défiler, et ça semble évident à tout le monde, surtout à Benoît, l'attaché de presse de Rush, que ça fait partie du truc. Si Betty ne voit pas de raison de faire des interviews, elle n'arrive pas à en trouver une pour refuser. C'est vraiment pas facile de penser à l'envers. Elle s'est déjà tapé un nombre impressionnant d'entretiens vides de sens. De l'avis général, elle devrait kiffer de parler du groupe à des journalistes, pour une raison qui lui échappe totalement.

Benoît est du genre jeune cadre dynamique, mais version djeune, baggy griffé et sac East Pack. Vingt-cinq ans. Il se la joue super-pro et compétent comme ceux qui masquent un manque de confiance, et c'est super marrant de le terroriser. Un peu facile, peut-être, elle y va mollo. Présentement, il est dans un coin près de l'entrée, mortifié par le surnom qu'elle vient de lui trouver, Pimp, parce qu'elle trouvait ça drôle, qu'il l'installe à un endroit, et lui amène les clients un par un, à la file, les inconnus qui se succèdent et doivent repartir satisfaits, et elle reste là à attendre le suivant. C'est de sa faute, aussi, il faut dire qu'à la base, il avait prévu les interviews dans le bar d'un grand hôtel, il paraît que ça se fait…

Pimp préférait aussi que Betty fasse la promo seule, parce que c'est plus rapide, plus simple, d'avoir un seul interlocuteur, mais elle s'était mise à hurler direct, et tout le monde est venu. Elle regrette son sketch maintenant parce que les questions s'adressent toutes à elle, et que les autres attendent surtout pour les tofs. Lou fait une blague de temps en temps, Mordred roule des bedos sans discontinuer avec Gabriel, à une table du fond.

Betty essaie d'expliquer des trucs à un journaliste de l'*Écho des Fourrés,* en se demandant ce qu'il peut bien foutre là. C'est un type assez fadasse, la trentaine, en costume bleu marine, il essuie ses lunettes en prenant l'air concentré, il lui rappelle un prof d'histoire-géo névropathe qu'elle a eu en terminale.

— Vous êtes les nouveaux chefs de file du metal français ?

Lou regarde Betty plisser les yeux, et il s'amuse déjà. C'est plus fort qu'elle, à chaque fois qu'on essaie de lui coller une étiquette ou une définition, ça la crispe, ça la démange et faut qu'elle gratte, jusqu'au sang même, pour se débarrasser de la chose. C'est l'instinct de survie, elle sait qu'elle va étouffer dans la petite case où on essaie de la faire rentrer. Mieux, une conviction politique : casser l'image, forcément réductrice, que les gens se font des choses, et d'elle-même pour commencer. Là, avec son histoire de chef de file, il est doublement mal parti. Elle est capable de se lancer dans un pourrissage en règle pour moins que ça, ou de décider qu'il ne mérite pas le gaspillage de salive, et répondre par onomatopées. Mais les yeux plissés pétillent, elle prend un air crétin, d'humeur joueuse plus que guerrière, une moue de gamine contrariée, et elle penche un peu la tête sur le coté.

— Pfff, en fait, on est surtout des sales punks à chiens, nous, puis metal, bon, c'est large. Betty Monde est assez hardcore bourrin, même si les derniers morceaux ont des parties plus mélodiques. On a pas mal d'influences différentes, Gabriel le bassiste au fond là-bas, c'est un monomaniaque de Madball, Mordred le guitariste est plus ex-punk métallisé, mais avant il jouait dans un groupe de skacore, beurk, et on a tous écouté du rap et de l'alternatif, c'est pas politiquement correct du tout ça dans le metal. Bon, y a eu du goth pour moi, et puis, grande écouteuse de Cure moi, si, si marquez-le bien, j'adore Cure et…

Elle kiffe sa race à le perdre dans le flot d'informations qui va pas beaucoup l'aider à faire son papier bien carré bien propre. Quand elle parle de Cure elle lance un regard en coin à Lou, qui essaie de la faire taire en lui mettant des tapes sur la tête, elle rentre le cou dans les épaules en se protégeant sans le regarder, et continue sur sa lancée, parle de plus en plus vite…

— Cure ils sont énormes, et pour la tournée on réfléchit à reprendre *One Hundreds Years,* mais Lou dit qu'il faudra le remplacer par une boîte à rythme, ce qui ne serait pas un drame, et je dis pas ça pour Cure, je dis ça pour Lou, non, mais vous nous avez vus en live ?

C'est une private joke qui date du bahut, la guerre originelle : quand ils se sont connus au lycée, elle était à donf, seule et isolée dans la darkwave parmi les punks, et il ont passé trois ans à se cacher mutuellement des cassettes, un album de goth contre un album de ska. Le ska, même imbibé de bière, ces trucs de fanfare, on s'imagine en pleine parade au cirque, faut pas pousser. Cure était vite devenu l'arme ultime en cas de conflit. C'est incompréhensible pour les non-initiés, Cure, une vraie torture.

Le journaliste a l'air de s'en taper grave, en fait, et de capter ni de quoi elle parle, ni pourquoi ça les fait rire. Lou lui pince les côtes très fort au moment où elle cherche ce qu'elle pourrait bien lui coller comme influences honteuses, Kiss peut-être. Les côtes, c'est son point faible, elle pousse un cri strident et projette les chopes sur le sol, le journaliste continue de faire comme si de rien n'était. Lou ramasse les verres miraculeusement intacts et part s'entraîner sur la pression.

— Est-ce que le satanisme est très répandu dans le metal ?

— Assez répandu, mais la plupart des groupes utilisent seulement l'imagerie, sans pratiquer ni même savoir ce que c'est, en fait.

— C'est votre cas ?

— Euh, on n'est pas à fond dans l'imagerie satanique, en fait, à part que j'ai que du noir dans mon placard… Enfin, genre grands pentacles clignotants, se couvrir de sang en hurlant sous une tête de bouc. Remarquez que c'est pas forcément une mauvaise idée, hein. Le satanisme est une philosophie très intéressante.

— Il y a quand même un titre qui s'appelle *God Killer ?*

Le cerveau bouillonne dès qu'on évoque *le* sujet, et les mots sortent tout seuls, ça jaillit dans toutes les directions, tellement c'est vaste et crucial.

— Je hais l'idée de Dieu. La religion a perverti l'humanité. C'est l'ère de l'esprit qui écrase la chair et la nature, qui refoule et condamne les pulsions. Les grandes religions monothéistes sont des dogmes d'étouffement et d'esclavage mental. La religion n'est qu'un moyen de contrôle des masses et un prétexte aux pires atrocités. C'est l'aveuglement, le déni, la mort de la volonté, la faiblesse du cœur... Nietzsche a dit le premier que Dieu est mort, mais la guerre ne fait que commencer, parce que, objectivement, le christianisme imprègne tout : nos lois, notre morale, notre inconscient... La notion de crime sans victime est une invention du christianisme. Comment peut-on respecter une morale et une loi aussi incohérentes ? On peut pas, on a la preuve tous les jours. L'humanité est une espèce en évolution, et elle est en train de salement se tromper de chemin. On est en plein dans l'ère de Dieu, l'ère du pur esprit qui veut se couper de la chair, au lieu de tendre à l'alchimie. C'est de ça que parle *God Killer.* Croire en l'évolution, c'est le seul moyen de supporter d'être humain. Notre seule chance. Sinon, nous sommes le cancer de la Terre. Y a pas d'autre jardin d'Eden que celui-ci, et pas de suprématie de l'humanité sur la nature et les autres espèces, décrétée par un Dieu à la con. Si on n'évolue pas très vite, alors on doit être exterminé. En fait, on s'exterminera sans doute tout seuls...

— Dans le milieu, tout le monde dit que tu pratiques la magie noire...

— C'est vrai que je me suis intéressée à la magie… Mais c'est des conneries de chrétien, magie noire ou blanche, on ne peut pas séparer le yin du yang, la lumière de l'obscurité, ils dépendent l'un de l'autre pour exister, et sont toujours mêlés. Mon point de vue, c'est qu'on n'invoque que des symboles ou des projections de nos multiples facettes, parce que tout l'univers est en nous, et que la magie est un moyen d'action sur le monde, et qu'on change le monde en se changeant soi-même. Un moyen de réaliser ta volonté et tes énergies en les incarnant, en les faisant descendre dans le monde matériel où elles deviennent intelligibles.

Elle se tait brutalement, elle est gênée de parler de la magie alors qu'elle ne la pratique plus, se sent coupable rien que de prononcer le mot. Lou revient à la table avec des chopes à moitié remplies de mousse, elle lui souffle ce qui déborde en travers de la gueule. Le journaliste remercie très cordialement, prend ses notes, son dictaphone chromé, et se barre, c'était le dernier. C'était moins chiant que ce qu'elle croyait, en fait. Elle est intarissable sur le sujet du christianisme, et elle a rarement l'occasion de s'épancher. Gabriel les rejoint et se pose à coté d'elle sur la banquette, il est vraiment red-eyed, Mordred s'engueule avec sa copine au téléphone, tout semble normal.

✶

Ils jouent à Chaville et il y aura tous les potes, ça promet d'être sauvage comme after. C'est une grosse salle pas trop mal équipée pour un truc municipal, on peut faire rentrer 500 personnes en serrant un peu. Un pote de Gabriel débarque pendant les balances. Il veut faire une interview pour tenter un gros mensuel rock. C'est difficile de lui refuser ce service.

Betty boit de la bière en regardant le plafond, et enchaîne les questions bateau, date de formation, concerts... Passionnant. Quelques questions sur les textes, ah oui, c'est vraiment une vision sombre du monde, et ils ne sont pas contents, ah non, pas contents, Betty bâille, Gabriel commence à rouler, il se fait chier, c'est entendu à présent que c'est le territoire de Betty, les interviews, et il ne s'y risque jamais.

— Tu peux me parler de *Uranus,* c'est un genre d'hymne à la sodomie ?

— Rhoooooo, un journaliste qui a lu les paroles ?!

Elle se marre, mais pas lui. Elle fait un collage à gauche pour Gabriel et enchaîne, faut vraiment qu'elle se contrôle l'humour.

— Il y a une foule de théories intéressantes sur la sodomie. Les gnostiques, par exemple, pensaient que le Serpent a séduit Ève en la pénétrant, et qu'il a ensuite administré le même traitement à Adam. Style : l'anus est une voie d'éveil et de connaissance, la sodomie ouvre l'œil aveugle de la chair.

Il n'a pas l'air intéressé par la théorie, mais maintenant, il sait qu'elle est folle. Betty vide sa canette, satisfaite, et arrache le carton du paquet de clopes du type.

— Tu pratiques beaucoup toi-même ?

Coup d'œil rapide à Gabriel, qui tasse la beuh dans sa paume, très énergiquement. Ce qui la fait chier, c'est que Gabriel n'est pas exactement porté sur la sodomie, et que se faire sodomiser par un mec que ça n'intéresse pas du tout, c'est vide de sens.

— On parle des textes ou de ma vie privée ?

Il avale une grande gorgée de bière.

— Ben, je veux savoir si tu t'appuies sur ton expérience pour écrire, mais si ça te gêne d'en parler…

Touché. Il cherche à la déstabiliser. Ça arrive souvent, tu fais la maline, montre-moi ce que t'as dans le ventre. Elle ne sait pas résister à ça. Gabriel lève la tête, elle lui tend le filtre et enchaîne sans lui laisser le temps de parler. Ça ne le regarde pas, et elle parlera pas de lui, il devrait le savoir.

— Quand j'étais ado, je racontais partout que la sodomie me branchait pas : t'as un trou pour baiser, un pour chier, je voyais pas l'intérêt d'aller contre nature. Il n'y a que les imbéciles qui ne changent pas d'avis… Au fur et à mesure que j'explorais ma sexualité, j'ai découvert le vice. L'esprit ouvre de nouvelles dimensions dans la chair. Ça a commencé par des jeux très innocents, de foulards ou de miroirs, et puis j'ai eu envie d'essayer ça aussi, très naturellement, finalement. En fait, il ne s'agit pas d'aller contre nature, mais de la transcender.

Gabriel place le filtre carton précautionneusement, au millimètre.

— Mais t'as vraiment du plaisir dans la sodomie, ou c'est un style de provo ?

Il lâche pas, et il comprend rien en plus. C'est un pote de Gabriel, ça lui donne un bonus en immunité. Gabriel fait glisser le papier et lèche la bande collante minutieusement.

— La première fois que j'ai essayé, j'ai morflé grave et saigné pendant une semaine. On barbarise pas un muscle impunément. Ça m'a dressée, et j'ai dû apprendre à maîtriser les techniques de dilatation et d'usage de lubrifiant. (Elle rit mais elle est encore la seule.) Bon, au début c'est surtout une excitation mentale, un plaisir trouble de transgression. En fait, si tu te masturbes en même temps, ça modifie vraiment l'orgasme clitoridien. Et puis un jour, enfin une nuit, j'ai eu un vrai orgasme anal, vraiment intense et différent, toute une nouvelle gamme de sensations pour jouer avec.

Gabriel se lève brutalement, et jette le bedo sur la table en partant. Le journaliste-qui-lit-les-lyrics a l'air très gêné. Elle lui sourit en lui tendant le bedo.

— Tiens, éclate-le. C'est pas grave, c'est moi. Enfin tu vois, le plaisir anal, c'est le plus difficile à atteindre, et c'est comme tout, ça se mérite. Tu peux rester là à geindre que t'as pas connu l'orgasme à quarante ans, qu'on te baise mal, que les mecs sont tous des mauvais coups… ou te prendre en main, (elle sourit mais toujours pas lui) t'explorer et travailler sur toi. No Pain, No Gain.

Règle numéro un. Tout se mérite… et tout se paye. L'équilibre est délicat entre l'intimité et le groupe, inévitable que ça dérape. Elle part à la recherche de Gabriel, qui boit une bière tout seul dans les loges.

— Ça t'a énervé ?

— De quoi tu parles ?

— De l'interview spéciale sodomie, mon cœur. Je sais que ça te fait pas délirer. Excuse-moi.

— Je m'en tape. Y a pas de problème.

La discussion est close. Elle tente de lui scruter l'émotionnel, mais elle ne sent rien, il est verrouillé.

La salle est blindée, moitié de visages connus, la fosse est hystérique, balance une énergie galvanisante, des ondes extatiques circulent entre la scène et la salle. Il y a deux gamines familières devant, groupies surexcitées qui headbanguent accrochées aux retours. Elles boivent Gabriel des yeux, la blonde chuchote des trucs dans l'oreille de sa copine en la poussant du coude. Il joue le jeu, leur adresse des petits signes et son sourire ravageur. Il joue souvent avec elles. Betty observe tout ça avec un plaisir trouble. Elle apprécie qu'il provoque comme elle la concupiscence. Et ça agace ses nerfs, un petit pincement intérieur, elle flirte avec la pulsion de possession qui monte de son ventre, ça lui donne envie de lécher tout le visage de Gabriel et de le plaquer sur le sol de la scène, pour le chevaucher et le posséder à la face du monde. Bon, elle ne peut pas faire ça, de toute façon il n'aime pas trop les débordements sexuels en public, mais c'est très agréable d'y penser. Ça teinte son jeu de scène d'un côté panthère assez distrayant, ses bras fendent l'air, paume à plat et doigts repliés en griffes, elle miaule et rugit, se roule par terre avec plus de conviction que jamais. Peut-être qu'elle pourrait trouver une robe léopard, pour changer du noir, ça serait de très mauvais goût, ça.

La salle s'est à moitié vidée, beaucoup de squatteurs se sont joints aux potes pour la troisième mi-temps. Ça braille de partout, Lou hurle :

— Mais si tu te bats pas pour des oiseaux, alors pourquoi tu vas te battre, hein ?!

Il est super sérieux, et se fige, l'air interloqué, quand il entend ce qu'il vient de dire dans le feu de l'action. Il roule sur une des tables en rigolant comme un psychopathe, encore plus fort quand il tombe sur les genoux de Mordred et que la chaise se renverse avec fracas. Lucie gueule parce qu'elle était en train de rouler sur un CD et qu'il l'a fait tomber. Lou rigole toujours, et lui rappelle que c'est son matos qu'elle fume. Mordred passe la main autour des épaules de Lucie, et lui roule une grosse pelle pour désamorcer. Quand même, elle est un peu chiante, comme meuf, il a du mérite.

Gabriel est pris d'assaut par la blondasse qui déploie les grandes manœuvres. Elle rit en penchant la tête en arrière, fait glisser la bretelle de son débardeur, elle est bonne en fait, un côté petite pouffiasse vraiment affolant, tellement pimbêche que t'as envie de la punir en lui mettant une grosse fessée. Gabriel semble l'encourager. Il a dit qu'il la trouvait tarte, devant Betty, n'empêche qu'il plaisante souvent sur elle quand elle est à portée de voix, comme pour agacer ses nerfs, et ce soir ça commence à marcher, peut-être le shit, ça rend un peu parano des fois.

Elle observe tout ça de loin, assise à une autre table dans un coin de la salle, elle joue avec la capsule de sa bouteille en écoutant distraitement deux types qui n'ont pas dit leur nom, et elle n'arrive pas à savoir si elle les connaît ou pas, comme d'habitude. C'est fou le nombre de gens qui la connaissent sans qu'elle puisse les resituer. Il y en a qu'elle jurerait avoir jamais vus et qui viennent lui raconter des histoires de quand elle avait quinze ans. Si ça se trouve, il y en a dans le tas qu'elle a attrapés, si ça se trouve elle ne se souvient pas de tous, ça l'angoisse toujours un peu qu'ils puissent mal prendre son amnésie. C'est pas de mauvaise volonté, sa mémoire ne retient pas le même type d'informations que les autres, point. Le grand brun à côté d'elle lui ouvre une canette, et parle sans discontinuer. Betty n'écoute pas grand-chose, se contente de hocher la tête de temps à autre.

Gabriel traverse la salle avec la blonde, se dirige vers la double porte battante, et sort, ils sont coude à coude et elle glousse comme une dinde. Il passe devant Betty en lui jetant un rapide coup d'œil. Elle fixe les portes qui se referment, oscillent avant de se stabiliser, et ça lui fait un drôle de truc dans le ventre.

— Tu veux aller faire un tour dehors ?

Betty relève la tête, ne comprend pas. Le brun la regarde d'un air apitoyé. Mais il y a pire, la pulsion de désir sexuel, brute et trouble, l'éclabousse en plein visage, sans qu'elle l'ait vue venir. Betty tend la nuque pour résister à la gifle. Elle a peur de comprendre. Charognard. Il lui propose une basse vengeance. Il a senti une embrouille, il pense que Gabriel la trahit sous son nez, et espère qu'elle veut se venger. Il colle son avis et ses principes puants là-dessus. Comment on peut ne pas se respecter au point de tirer avantage d'une faiblesse ? Du sexe sale et misérable. Une vengeance, l'expression dégradante du ressentiment du faible. Elle est fatiguée, fatiguée, d'un coup, elle comprendra jamais rien aux gens.

— Non merci, je préfère rester là, je suis raide.

En disant ça, elle se lève et change de table, elle rejoint Lou sans se soucier d'une quelconque cohérence. La seule cohérence, c'est qu'on ne parle pas avec des gens qu'on ne respecte pas. Ça lui rappelle ce type, qui lui avait expliqué sans sourciller que le meilleur moyen de serrer une meuf, c'est de la faire boire, sans comprendre une seule seconde que ça ne révélait certainement rien sur les meufs, mais beaucoup sur sa self-estime, à lui. Ils ont vraiment aucun sens de la dignité, les gens.

Elle a une petite bouffée de colère contre Gabriel, qui l'expose à ce genre de trucs dégoûtants. Elle se surprend à jeter des regards vers la porte, essaie de ne pas bloquer sur les minutes qui s'écoulent. Lucie l'observe, l'air bizarrement satisfait, ça la met mal à l'aise. Il faut qu'elle arrête de fixer sur cette putain de porte. Elle se demande si les règles du jeu ont changé, et trouve que la moindre des choses, c'est de prévenir les participants avant. Sinon, ça s'appelle tricher, bordel. Elle aimerait bien aller voir aux toilettes pour vérifier les règles du jeu, mais elle ne se sent pas le droit de faire cet affront à Gabriel. Elle lui doit confiance et respect. C'est la première fois qu'elle se sent trompée.

Au bout de plus d'une heure, Gabriel revient avec sa blonde. Elle a les yeux qui brillent un peu trop. Il vient s'asseoir à coté de Betty, comme si de rien n'était. Ils rentrent chez elle, comme si de rien n'était. Sauf qu'il abuse sur le détachement, et que tout son corps transpire le malaise malgré les paroles légères. Elle-même ne sait pas bien comment s'y prendre, quoi demander. Elle préfère attendre le lendemain, parler maintenant c'est courir à la catastrophe, avec la fatigue et la raideur. Pas le prendre en traître. Un couple, ça se passe ailleurs que dans ces détails matériels, c'est pas elle qui dira le contraire. Il lui fait l'amour serré et emboîté, en petite cuillère, comme si de rien n'était. Elle se sent vraiment bizarre, au bord des larmes au moment où elle jouit, sans bien savoir pourquoi.

*

Elle a encore les boules le lendemain, mais ça lui brûle la bouche. Elle se lance au hasard.

— T'aurais pu me prévenir que notre contrat avait changé.

— Quoi ? de quel contrat tu parles ?

— Je parle de notre règle d'exclusivité. J'aurais bien aimé être au courant avant les autres. Tu sais que je suis pas farouchement pour la fidélité. Ça me dérange pas que tu tires un coup ailleurs, du moment qu'on est clairs.

— Putain, mais de quoi tu parles ?

Betty n'a plus les boules, elle commence à se sentir franchement mal.

— T'es parti avec la blonde, devant moi, devant les autres, comme si j'étais transparente.

— La blonde ? On a été fumer un bedo sur le parking. Tu vas pas me faire une crise de jalousie !

— Tu pouvais pas rouler dans la salle, comme tout le monde ? T'es parti une heure, pour un bedo ?

Elle n'arrive pas à croire que ces mots, ce ton sortent de sa bouche à elle. Reproches et agressivité de femme humiliée. Jalousie, il a dit, *dico psy : désir de possession exclusive de l'être aimé et crainte de la trahison.* Est-ce que c'est ça qu'elle ressent, ou la douleur d'être trahie ? La jalousie est un sentiment répugnant, une maladie d'enfant mal dans sa peau, un signe de faiblesse intolérable. L'instinct de possession devient fou, il ne faut pas laisser une simple pulsion nuire à la liberté de l'être aimé, c'est une question d'honneur. Il va l'aider à faire ça, il suffit qu'il lui parle, elle se démerdera, on se démerde toujours avec la réalité.

— Je suis pas parti une heure. Comment tu peux croire ça ! Comment tu peux croire que j'ai fait ça ? !

Elle ne voulait pas surveiller l'heure, elle ne voulait pas.

— Tout le monde a compris que t'avais fait ça.

— J'ai pas fait ça. Elle voulait me parler tranquille, c'est tout, ça fait plusieurs fois qu'on la voit, elle était à toutes nos dernières dates.

— Elle te drague outrageusement sous mon nez, à toutes nos dernières dates. Me dis pas qu'elle n'a même pas essayé.

— T'es parano, elle me drague pas du tout. Tu me tapes une crise de jalousie pour rien. Et toi, toi, t'as fait l'amour avec moi en croyant ça ! T'as rien dit. Tu me dégoûtes.

Il a raison. Elle se dégoûte. Elle vacille. Elle se tait.

Il est parti à un dîner, ce soir, et elle essaie de s'occuper la tête. Elle aime bien faire la vaisselle, c'est la seule tâche ménagère qu'elle prend très au sérieux. Ça fait un bien fou, l'eau qui coule, la mousse, la vaisselle sale qui s'ordonne sur l'évier brillant. Elle change la caisse de Chat, javellise toute la salle de bains dans la foulée, s'aperçoit que le panier à linge déborde. Grosse lessive de noir, elle balance les fringues sur Chat qui l'observe assis au milieu de la pièce, le poitrail bombé et l'œil mi-clos. Il s'aplatit de tout son long sous le pull, puis passe les pattes griffes sorties vers l'extérieur, et s'acharne contre une manche en enchaînement de petits coups vicieux et rapides. Il bondit subitement hors de l'abri en roulant un miaulement provocateur dans sa petite gorge, s'immobilise face à elle et tricote dans la moquette. Elle jette un pull beaucoup plus lourd, rigole parce que le tas ne bouge pas pendant quelques secondes, Chat est sans doute un peu sonné. Elle vide les poches du treillis que Gabriel portait la veille, à en croire l'odeur de sueur et de bière, et trouve un papier plié. Un tract. Une écriture ronde, un numéro de portable, Caroline. Elle ne connaît pas de Caroline. La blonde a bien une tête à s'appeler Caroline. Elle balance le treillis par terre violemment, loin de Chat, et serre le tract tellement fort que les doigts blanchissent. Ça pue, tout ce linge sale, elle déteste faire la lessive. Elle jette un œil à la poubelle juste à coté d'elle, déjà remplie de papiers et de magazines, et se détourne en redressant le menton. Elle pose le tract dans le plateau sur la table, avec le carnet d'adresses de Gabriel.

Il rentre avec une rose rouge sang, et il a loué une vidéo pour qu'ils finissent la nuit tranquilles. Elle dit qu'elle a trouvé un numéro dans son treillis en le lavant, et qu'elle l'a posé sur son carnet. Elle se retient de le questionner, il s'abstient de tout commentaire. Après tout, ils ne connaissent pas de Caroline.

*

Livre des ombres. Carnet de rêves, extrait.

Je suis assise en lotus dans un temple, la tête un peu penchée en avant. Je sais qu'un terrible guerrier est en route, que tout le monde fuit à son approche et que je suis seule dans le village.

Le guerrier est furieux et prend mon calme pour une insulte, un défi. Je sais que c'est Gabriel, même s'il ne lui ressemble pas. Il sort son sabre de son fourreau, et crie, sais-tu qui je suis, impudente, sais-tu que je pourrais te plonger mon sabre dans le cœur sans ciller ? Et je relève la tête, paisiblement, et je lui dis, et toi, sais-tu qui je suis, sais-tu que je pourrais me laisser transpercer le cœur sans ciller ?

Le guerrier se fige, sabre à la main, et je me dédouble, un corps bleu (corps bleu : corps émotionnel ?) aux contours vibrants se détache de mon enveloppe physique. Je vois le corps bleu plonger sur l'épée pour se transpercer le cœur, et je sens le métal s'enfoncer dans mon plexus. Les yeux du guerrier se troublent. Horrible malaise au réveil.

*

Caroline est pourtant là au show case à la FNAC Montparnasse. Une demi-heure avant, l'auditorium est archiblindé, beaucoup plus de monde que les 200 personnes réglementaires, fermé par des barrières, chaleur torride. Lucie est à coté de la console, son énorme appareil photo tout neuf autour du cou, elle discute avec la blondasse et sa copine. Ça l'énerve, Betty, ça l'énerve, même si Lucie ne lui doit pas loyauté... Quand elle lui a présenté sa nouvelle copine *Caroline*, Betty a dû faire un effort surhumain pour rester calme. Elle va quand même pas s'abaisser à faire interdire la blondasse de concert, merde. Puis elle a un set à assurer, c'est pas le moment de cogiter. C'est trop flippant, cette grande salle blanche et claire, ça prendra jamais.

Le directeur blêmit quand les hordes de djeunes partent en pogo sauvage, et demande à la sécurité d'intervenir quand ils grimpent sur les retours pour slammer. Betty essaie de garder son sérieux mais ça l'éclate complètement, le gigantesque bordel qu'ils arrivent à foutre. Elle est tirée dans le public par un mec qui slamme un pied enroulé dans le fil de son micro, putain, elle va se péter la gueule, deux potes viennent à son secours et réceptionnent le slammeur à l'autre bout du pit. Ils le maintiennent à mi-hauteur le temps de libérer le jack, pendant qu'il fait des grands moulinets avec les bras, elle réussit à rallier la zone scène sur la dernière mesure, et réprimande le public en roulant des yeux pour calmer le directeur qui a vraiment changé de couleur et qu'elle voit parlementer avec Komodo. C'est leur ingé-son attitré depuis quelques mois, un grand black scarifié complètement chogol, ancien guitariste d'un groupe mythique, et il semble avoir du mal à défendre sa console, présentement.

Ils pourraient se brider un peu, elle demande, juste assez pour ne pas casser l'auditorium que le gentil monsieur leur prête, sinon on va leur couper le son et Betty Monde unplugged, elle ne peut rien promettre. Ça fait rigoler tout le monde, même le directeur qui semble ravi d'obtenir l'attention qu'il mérite, et Gabriel balance une ovation pour le gentil monsieur, en martelant un rythme sur une corde, et enchaîne direct sur *Hammer*, fin de l'incident. Qu'est-ce qu'il est beau quand il est content de lui…

À la fin du set, ils s'entassent dans la toute petite loge, Lucie les y attend déjà avec les deux groupies. Betty se fige à l'entrée, sidérée : elle pousse un peu le squat de territoire, là. Ça n'a aucun sens. On vient pas se promener sur le terrain de quelqu'un qu'on respecte pas, et draguer son keum, c'est pas du respect ou alors, faut vraiment qu'on lui explique. Gabriel lance un regard noir à Lucie, et ignore les meufs, farfouille dans son sac. Lou fait remarquer que c'est pas open bar, ici, et qu'ils doivent se changer, et que c'est tout petit. Lucie s'assoit sur le frigo pendant que les meufs sortent, et croise les bras d'un air boudeur pour bien montrer qu'elle fait la gueule. Betty se change face au mur, elle entend Lucie engueuler Mordred, qui pourrait sortir, quand même. C'est pas juste qu'il se fasse engueuler à cause d'elle, c'est elle qui se désape, pas lui, et y a rien de bizarre. Elle tente de réparer l'injustice, et de dissiper le malentendu, même si elle est un peu énervée contre Lucie à cause de la blondasse. Après tout, elle ne peut pas savoir.

— Tu sais, on se connaît depuis vraiment longtemps, tous. Il a habité chez moi quand sa mère l'a tèj, je l'ai fait vomir en lui tenant le front, il a monté la garde quand je pissais entre les voitures, on a un genre d'intimité de frères ou de troupeau, y a rien d'ambigu… Puis tout le monde m'a déjà vue en soutif, et personne n'en est jamais mort…

Lucie la fusille du regard, sans rien répondre, et Betty sent qu'elle a encore perdu une occasion de fermer sa grande gueule et qu'il faut qu'elle se contrôle l'humour. Elle accélère le mouvement et sort, en tirant Lou par le bras. Lou est tout gluant, c'est dégueulasse, Gabriel les rejoint à la table installée pour les signatures devant la loge.

C'est étrange, des dizaines de personnes se précipitent vers eux. Il y a un coté absurde, d'être là à griffonner un truc pour des gens qu'ils connaissent pas.

La première fois qu'on lui a demandé un autographe après un concert, Betty a cru que c'était une vanne, elle cherchait une réplique cinglante quand elle avait vu à l'air gêné du mec qu'il était on ne peut plus sérieux. C'est un grand mystère pour Betty, le concept d'autographe, sûrement parce que ça ne lui est jamais venu à l'idée d'en demander un. Elle avait toujours vu ça comme une coutume folklorique d'ado fan de Britney Spears, le genre de truc qui ne la concernerait jamais. Au début, elle se disait que les types y voyaient un moyen de l'aborder et faire connaissance avec elle en la flattant, et bien que la flatterie l'agace, elle arrivait à comprendre le pourquoi du comment. Qu'est-ce qu'ils peuvent bien faire avec la signature, après ? Elle déconne en faisant les photos, essaie plein de nouvelles grimaces en compétion avec Lou et Gabriel, elle serre des mains, elle échange quelques mots, mais c'est dur de sentir les gens, tellement il y en a, ça file à toute vitesse et ce qu'ils disent se mélange.

Un djeune avec un gros collier à boules s'avance en tendant un magazine. C'est l'*Écho des fourrés,* avec Betty Monde en couv, un live détouré et retravaillé, sur un fond over goth. Un pur succube, les cheveux flottent dans l'air, le ventre tendu mange toute la photo, les muscles des cuisses qui saillent, brillants de sueur, la cambrure des reins, et les ongles plantés dans la chair, à la naissance du sein, le visage transfiguré, bouche entrouverte et lèvres à mordre. Le genre de créature que c'est pas possible que ça existe.

C'est elle. C'est marrant, ça fait vraiment un drôle d'effet de se voir en couverture. Elle se reconnaît jamais, surtout sur les photos en live, juste un instantané d'une de ses facettes pendant qu'elle est hors d'elle-même. C'est elle, et en même temps c'est pas elle.

Elle demande si elle peut jeter un œil, c'est écrit en grosses lettres rouges *SATANISME SORCELLERIE les nouveaux réseaux,* ce qui est très étrange. Elle feuillette le magazine, arrive au dossier : tour des sectes, dont une grosse partie axée nazisme, une interview d'un type qui dort dans un cercueil et boit du sang, une chronique de soirée gothique aussi objective et pertinente qu'un rapport de nonne balancée en boîte à partouze, une interview de Kain-le-chevelu-à-grosses-baskets-à-languettes-version-dix-ans-après qui égorge des poulets pour que Satan anéantisse ses profs, une partie sacrifices humains, des allusions à la pédophilie…

Et là, une section musique, avec une interview de Betty Monde. *Dieu est la plaie de l'humanité. La race humaine doit être exterminée.* Petite photo de Betty à quatre pattes, hurlant dans son micro la tête en arrière, *se couvrir de sang et hurler sous une tête de bouc.* Une ligne sur la musique, résumée à *les nouveaux espoirs du metal satanique,* et une allusion à un supposé germanisme justifiée par *Hammer,* leur hommage à Nietzsche, en rappel du côté nazi des sectes qu'ils ont trouvées pour leur dossier de merde.

— Je suis désolée, je ne peux pas signer ça.

Le djeune la regarde sans comprendre, l'air vraiment déçu. Elle sent qu'il a de la peine. Insupportable. Elle se lève en poussant sa chaise, fait demi-tour, marche jusqu'à la porte des loges, l'ouvre, entre, la referme. Putain. Pauvre conne. Elle balance un grand kick dans le frigo, et se ruine le tibia sur l'angle, la douleur fuse et elle pleure de rage froide. Bien sûr qu'ils veulent du sensationnalisme, bien sûr qu'ils veulent faire frémir la ménagère. Et tu collabores. Tu les sers, et tu leur sers à entretenir la bêtise de la masse, et ils t'ont mise en couv comme une pute pour exciter le beauf moyen, pour vendre un max de ce torchon où y a pas un mot avec lequel t'es d'accord. T'as pas fait avancer le schmilblick d'un pouce, t'es assimilée à des débiles profonds et à des nazis. Elle comprend pas où elle a fait une erreur, mais elle l'a faite, elle en fait partout, elle contrôle rien, pourquoi elle a pas compris ce que ce putain de journaliste de merde allait faire avec ses remerciements cordiaux, trop conne, putain trop conne. La bêtise, c'est *le* crime, la cause de tous les maux, de toutes les dérives, ce qu'elle hait le plus chez l'humain, et elle s'arracherait les ongles un par un avec les dents, coupable.

★

La couv de l'*Écho des fourrés* est affichée partout dans Paris. Ils ne peuvent rien faire, c'est une photo de promo, leur nom figure en petit sur la couv, et ils sont dans le dossier… C'est même pas la peine d'essayer de faire comprendre à qui que ce soit que la transcription de l'interview relève de la haute trahison. Betty a appelé direct Pimp, et tout le staff de Rush est ultra-content du papier, et trouve que ça fait une promo inespérée au mini-album. Elle a essayé d'expliquer calmement que s'ils avaient écouté l'album qu'ils distribuent en se concentrant, ils auraient entendu qu'il n'y a pas une allusion à Satan dans les textes, sans compter qu'il y a le livret avec les paroles, s'ils écoutent pas de son, dans l'industrie de la musique. Mais tout le monde trouve ça classe qu'elle soit en couv. Elle est célèbre, le groupe est célèbre, et c'est ce que tout le monde veut, n'est-ce pas, la célébrité, au moins tu existes. Bande de connards. Elle le sait déjà, qu'elle existe, qu'est-ce que c'est que ce raisonnement débile. Elle sent que Pimp la trouve conne, en plus, de se mettre dans des états pareils pour un bout de papier. Pimp ne voit pas de nuance entre un adorateur du diable et elle. Ça reste dans l'idée, quoi. Elle va pas faire un cake parce qu'ils sous-entendent qu'elle est néo-nazie, elle chipote, là. C'est peut-être la seule chose qui fait reculer les majors, le nazisme, mais là c'est un vague sous-entendu. Pimp n'a pas de principe, pas de fierté, on ne peut pas laisser souiller son nom comme ça. De toute façon c'est même pas le problème du satanisme, c'est que si elle arrive blonde, et qu'on écrit qu'elle est brune, c'est une trahison, du foutage de gueule, c'est tout. Il est à bout d'arguments, et balance que c'est comme ça que ça marche. Elle lui raccroche au nez. Ah ouais, c'est comme ça que ça marche, tu le sais, et tu te dis pas qu'il faut que ça change… Putain de collabos, ils sont tous morts. Et faudrait qu'elle soit contente, en plus, c'est le pompon, ça.

Le soir, la colère décroît, et Betty s'effondre en réalisant les conséquences. Elle envoie sa démission au centre de loisirs dès le lendemain, avec une lettre d'excuses au directeur, et elle espère sincèrement qu'il n'aura pas de problèmes à cause d'elle. Pas le courage de téléphoner. Ça devait arriver, tôt ou tard, sûrement. Mais ça lui brise le cœur de lâcher tous les gamins sans leur dire au revoir, une trahison. Qu'est-ce qu'ils vont penser ? Matthieu, Fanny, Grégory, Karim, depuis presque trois ans, ça crée des liens, Mathieu lui a envoyé des bonbons pour Noël l'an passé, et Karim voulait l'inviter à son anniversaire, et… tout ce qu'elle peut faire, c'est leur envoyer une carte. Comme c'est bizarre, que ça soit tous ces détails qui viennent. Elle trouve ça injuste. Elle connaissait pourtant les règles du jeu avant, aussi débiles soient-elles. Il y a une part d'elle qui trouve le prix à payer carrément abusé. Elle prend une gifle à chaque fois qu'elle tombe nez à nez avec elle-même. Trop conne.

Elle pousse pas la dépression au point de sécher le concert de Kickback. Ils arrivent tôt, elle est super à cran et impatiente de se gaver de fureur. Caroline est près du bar, et se jette sur Lucie et Mordred. Betty file direct taper l'incruste dans les loges de la Boule Noire, et annexe une bouteille de gin. Elle en vide la moitié et s'estime apte à affronter la salle.

The rape of angels – Tearing their wings
Laughing our way down

Elle repère Lou déjà torse nu, les yeux exorbités et les poings fendant l'air, résistant à tous les assauts. Il trace sa route dans la tourmente, à peine dévié de ses trajectoires par les corps massifs qui se jettent contre lui. Il a un nouveau tatouage, un énorme démon en noirs dégradés sur l'épaule gauche, très animal et velu, qui semble prendre vie dans la danse guerrière.

Elle n'est quand même pas assez bourrée pour le rejoindre, les pits de Kickback c'est pas des trucs de fillettes, comme le chanteur aime à le rappeler fort galamment. C'est des vrais coups de pompes que tu te manges dans la gueule, et si c'est beau comme une apocalypse, elle se trouve très bien sur le bord parce qu'elle aime bien avoir des dents. C'est déjà plus hardcore que les pogos de punks à chiens où elle se sent à l'aise. Elle aime bien avoir un peu mal, mais y a un stade où ça lui semblerait presque idiot. Elle se mange un grand coup d'épaule d'un énorme skinhead, qui la projette à un mètre et lui coupe la respiration, rebondit sur un type déchiré qui se pète la gueule sous elle. Elle rigole comme une gamine en le relevant, il dérape plusieurs fois dans sa flaque de bière avant de parvenir à se redresser.

We cum all over your paradise
A nightmare made flesh

Elle se rapproche du massacre, Komodo lui tend son verre, elle le vide et lui rend quand même le gobelet vide, sourire insolent, il la pousse dans la fosse, elle est prise dans la marée de barbares, l'énergie brute l'étourdit direct, ça transpire la testostérone, elle glisse sous un coup d'épaule en pleines côtes, et se vautre. Elle lève les bras en réflexe, parce que le plus douloureux qu'elle ait vécu dans un pit, au final, c'est l'écrasage de main par une rangers et 80 kilos dessus. Lou l'aperçoit, assise tranquillement les bras écartés, l'air paisible, attendant patiemment qu'on la relève comme c'est l'usage, bordel. Il grogne et se fraie un chemin à la sauvage, l'atteint au moment où les barbarians la soulèvent et la rangent, debout, sur le côté.

— T'es malade, c'est super dangereux, tu veux te blesser ou quoi ?

— Eh oh, ça va, j'ai glissé parce qu'on m'a poussée, tu vois bien que je suis vexée déjà.

Il balaie la salle du regard, l'air furax.

— Qui, qui t'as poussée ? !

Elle rigole franchement, Lou aime bien jouer au grand frère surtout quand il est bourré. C'est tellement mignon. Le rire meurt quand elle aperçoit Gabriel qui chuchote dans l'oreille de Caroline. Elle hoche la tête, sourit, et pouffe en regardant Betty.

So let it all come down, let it all fall
Let it all burn down, your weakness and your lies
Now and forever, as your feeble world turns to dust

Envie de vomir, gin premier prix trop difficile à cette heure-ci. Elle a envie de défoncer la gueule de cette pouffiasse. Non, elle s'en tape de la pouffiasse, elle la connaît pas, elle n'a pas envie de la connaître, juste qu'elle trace…

C'est la gueule d'ange de Gabriel qu'elle a envie de sentir sous ses poings, jusqu'à ce qu'elle n'ait plus de forme, jusqu'à ce que le sourire qui la transforme en flaque soit noyé dans le sang. L'image est précise, nuancée dans les rouges et détaillée au ralenti, la rage monte du ventre vers le cerveau, son corps avance vers le bar.

My heart's cold, yet I burn
Crush your face and watch you bleed to death

Un mec torse nu la coupe dans son élan, la sueur accroche la lumière sur les muscles saillants, c'est le chanteur d'Anal Karsher, il l'embrasse très près de la commissure des lèvres, en murmurant qu'il est content de la revoir, il n'était pas sur Paris ces derniers mois, il la serre de près, elle le repousse doucement mais fermement, en gestes automatiques, maintes fois répétés, sans cesser de fixer Gabriel. Leurs regards se croisent, il baisse les yeux sur le bras qui enserre encore la taille de Betty, et se retourne brusquement vers Caroline. Ça la poignarde en plein cœur. Les riffs la déchirent et le monde tremble. Elle cherche, pourquoi pourquoi il fait ça, il faut qu'il ait une raison de faire ça, et d'un coup, les raisons défilent dans sa tête.

Elle se voit brutalement avec ses yeux, une succession de scènes anodines sous un nouvel éclairage. Elle réalise, sa rage, quand elle signe des autographes, quand ils louchent dans son décolleté et se collent contre elle autant qu'ils peuvent pour les photos. Il encaisse les regards plein de pitié des gens quand elle présente son mec. Il est plus souvent le mec de Betty Monde, que Gabriel, en dehors de la tribu. Il encaisse les vannes de tous ceux qui dissertent sur la libido de Betty, les sous-entendus mesquins de ceux qu'elle n'a pas attrapés, les anecdotes des mecs qu'elle a serrés un seul soir, *Only One Shot Rule,* sinon ça fait des embrouilles. Tu parles. Évidemment, il y en a qui s'en offusquent. Elle trouve ça ridicule qu'ils entrent dans des rapports de force avec son amoureux, mais Gabriel, ça lui fait quoi ? Elle n'a pas le droit de se plaindre, en vrai. Ce n'est que justice qu'il l'inquiète à son tour, et même s'il l'a vraiment trompée… S'il a besoin de ça… Putain, elle pourrait comprendre tout ça, n'importe quoi, si seulement il pouvait parler, si seulement ils pouvaient être encore tous les deux…

She'll die in pain

Bugger fuck the whore

Elle pousse franchement le corps qui la cherche, et dérive sa trajectoire pour se jeter dans le tas d'énervés.

Peel off her skin,

Hammer her skull

Tear out her guts

Elle se laisse engloutir et transporter par la marée puante. Lou est derrière elle, elle se retourne et le frappe de toutes ses forces sur le bras, puis dans le ventre, il souffle et la frappe très fort au creux de l'épaule, juste au-dessus du sein, l'enculé, le barrage éclate et elle lâche toute la rage sur les volontaires jusqu'à ce qu'elle n'ait plus de souffle et puis elle va s'écrouler à droite de la scène, brisée, meurtrie, soulagée, le plexus éclaté, pour savourer le calme qui l'envahit.

✶

C'est le grand jour de la récolte chez Lou, parents encore barrés en week-end. Mordred et Lucie sont déjà arrivés, Lou est déjà bourré. Betty ouvre les portes du placard de sa chambre en grand. Une puissante odeur végétale, lourde et acide, lui saute au visage. Ça pue la super skunk dans tout l'appart. Une cinquantaine de pieds de beuh sont suspendus tête en bas sur une corde à linge. Lou arrive avec un grand sac poubelle et ils décrochent les pieds un par un, en secouant la terre qui reste sur les racines, et transportent tout dans le salon sur le sac. Gabriel déchire un autre sac poubelle et prépare le plan de travail sur la moquette, ils s'assoient tous en cercle autour. Betty commence à dépiauter un pied, les feuilles dans la poubelle, les têtes dans un saladier géant, les doigts se recouvrent d'une pellicule huileuse et collante. Pour de la locale qui a poussé sous lampe, ça présage le meilleur. Ils prennent leur temps parce que c'est le moment le plus plaisant de la culture en placard. Petite entreprise familiale, ça paie leur conso et ça arrange les potes. Des fois, ils font un bizness éclair d'ecstasys, quand il faut faire une grosse dépense pour le groupe ou qu'il y a une énorme fête prévue.

Personne n'a pensé aux pochons en plastique, et il n'y a plus rien à boire à cause de Lou qui a commencé fort, il faut faire une expédition Carouf avant que ça ferme. Betty grogne qu'elle n'y va pas, un samedi après-midi non mais oh, Lucie ne veut pas non plus, et Gabriel décide que les femelles vont nettoyer le placard plein de terre pendant que les mâles vont chasser la vodka bison. Plus moyen de changer d'avis pour éviter de se retrouver seule avec Lucie.

Quand la porte se referme sur les fiers chasseurs, l'ambiance se plombe d'un coup. Betty s'agite et enchaîne les banalités en faisant des allers-retours entre la cuisine et le salon, vide les cendriers un par un, double le sac poubelle de déchets… à un moment, il faut s'asseoir.

— T'as kiffé le concert de Kickback ? Tu les avais déjà vus ?

— J'aime pas trop Kickback en fait, mais l'ambiance était sympa. J'ai passé la soirée à discuter. Y avait, comment elle s'appelle, déjà ? Tu sais, l'*ex de Gabriel…*

De quoi elle parle ? Gabriel n'a qu'une ex, Béatrice, et elle n'est plus sur Paris, tout le monde le sait. Elle la regarde sans comprendre.

— Mais oui, tu sais, la blonde qui vous suit partout, Caroline, voilà !

Betty se vide de son sang, tous ses organes lui glissent dans les jambes. Son ex.

— Oh merde, j'aurais pas dû dire ça.

Betty maintient la cohésion, visage impassible, peut-être qu'elle a perdu des couleurs, ne demande rien, pas une seule question, ce n'est pas comme ça que ça doit se passer.

— Non, c'est pas grave, je savais qu'il y avait quelque chose, en fait. Je ne pensais pas qu'il était sorti avec, quand même…

Le son lui parvient de très loin. Lucie n'arrête plus de parler.

— Écoute, je sais pas, j'étais au bar, avec elle et sa copine, on discutait, elle a posé son verre sur le bar et elle m'a dit qu'elle était sortie avec Gabriel, mais je savais pas quand c'était, je pouvais pas savoir, hein.

Betty murmure que c'est pas grave.

— Non, mais vraiment, j'ai fait une gaffe, je pouvais pas savoir, je ne veux pas d'embrouilles avec Gabriel, moi.

— T'inquiètes pas, je lui dirai rien. Je te promets.

Betty sort du brouillard et regarde Lucie qui n'arrête plus de parler et d'en rajouter, détaille où était Mordred à ce moment-là, ce qu'elle buvait elle, la couleur du T-shirt de la copine de Caroline... Le cerveau se remet lentement en route, elle redescend dans la réalité, respire. À quoi ça sert, pourquoi elle se tait pas cinq minutes, maintenant ?

Et d'un coup, elle voit l'éclat satisfait et amusé dans son regard, le sourire qui se veut navré. La salope. Elle jubile. Même assommée, Betty sent, maintenant, qu'elle kiffe sa race. Elle l'a fait exprès. Elle les a toujours connus en couple, depuis la première soirée chez Lou. Elle connaît très bien le nom de l'*ex de Gabriel*. Et elle détaille trop bien la scène du bar pour qu'elle soit vraie. Ça veut dire qu'ils savent tous, qu'il se cache pas, et que c'est peut-être pas une histoire de cul.

— Vraiment, je pouvais pas savoir de quand ça datait, je veux pas de problème...

Elle vient de la piétiner et elle s'inquiète pas une seconde de comment ça va, juste surtout de ne pas devoir assumer sa soi-disant gaffe, ça la ferait chier de plus faire les photos du groupe. C'est petit, tout petit. Betty se lève en répétant qu'elle a déjà promis qu'elle ne dirait rien, et va dans la salle de bains pour se laver les mains et s'asperger d'eau froide. C'est tellement triste. Ce qu'elle vient de faire, enlever toute chance à Gabriel de parler lui-même, est-ce que j'aurai la force de lui pardonner la trahison comme ça… Elle croyait pas que Lucie la haïssait à ce point. Gabriel devient une faille, et arme la main de ses ennemis. Ils en mettent un temps… Il fait soif.

*

— Tu sais, si ça t'arrivait de tirer un coup ailleurs, je préférerais vraiment que tu me le dises.

— Tu m'as déjà dit ça. Pourquoi tu parles de ça ? T'as envie d'attraper quelqu'un ?

Le ton est sec et cassant.

— Écoute, Gabriel, c'est pas grave, le sexe, pour moi, c'est facile de le faire, et facile de pas le faire. Bon, d'accord, c'est même plus facile de pas le faire, regarde, là, je suis pas en train de le faire, regarde, finger in da nose.

Tentative de dédramatisation totalement foirée, il ne la regarde même pas, marmonne un truc incompréhensible.

— Je sais que t'as couché avec Caroline, j'aimerais tellement que ça soit toi qui me le dises…

— Tu dis que des conneries, tu crois que je vois pas ce que tu fais ? T'es jalouse, et t'essaies de me manipuler. Tu prêches le faux pour savoir le vrai.

Betty ne sait pas de quoi il parle, parce que pour savoir le vrai, chez elle, il suffit de demander.

— Tu comprends pas. J'ai promis. J'ai pas dit que je sauterais de joie, si ça se trouve, je vais me mettre à pleurer, à t'insulter, je sais pas, je suis pas le Dalaï Lama. Mais ça serait jamais qu'une engueulade, pas plus grave qu'une autre. Ce que tu me fais là… Je peux pas. J'ai eu envie de mater dans le répertoire de ton portable hier. Je veux pas faire ça.

— T'es complètement parano.

Il est glacial, méprisant. Betty se tourne dans le lit, et pleure dans son oreiller le plus silencieusement qu'elle peut, est-ce qu'il ment, pourquoi, est-ce que c'est elle, comment il peut la considérer comme son ennemie ? Alors, c'est ça qu'on appelle la jalousie ? Rien à voir avec le petit pincement excitant avec lequel elle aime jouer. La douleur est surnaturelle, impossible. L'émotion acide dévaste le ventre et rampe vers le cerveau pour le corrompre, résonne dans les failles de l'être, déchire les anciennes cicatrices, ravive des souffrances originelles qu'on croyait oubliées. C'est insoutenable. Comment on gère ça ? C'est trop fort, trop sale, il faut pas le laisser sortir, pour protéger les gens autour.

*

Ce matin, Gabriel a l'air plus détendu. Ça fait quatre jours qu'il évite de baiser Betty. Il évite aussi son regard, et la conversation se limite au strict minimum, passe-moi le sel, comme dans les clichés cauchemars de couple moyen. Ça arrive de temps en temps, une période où il est infect, après un concert ou une soirée où Betty n'avait pas envie d'aller. Elle espère vaguement qu'il met des capotes : s'il a merdé… il ne peut pas en mettre sans avouer le mensonge. C'est chiant qu'il la trompe, c'est chiant qu'il mente, et c'est chiant qu'il lui en veuille à elle pour ça. Mais c'est devenu assez chiant dans l'ensemble. Ils savent tellement pas quoi faire qu'ils décident de composer un truc, c'est la première fois qu'ils bossent sans Lou et Mordred. Il prend la gratte, plaque ses accords, ralentit un peu le tempo, et elle commence à chanter, la voix qui sort est vibrante et plus douce que d'habitude, elle la sent plus dans la gorge, ça ferait presque mal, cette voix de fille.

Don't want, can't stand to see
We're falling out of love
Can't remember life without you by my side
Just hope you know how hard I tried
Cause I can't bleed for you, anymore
And we're just falling out of love.

Il pense même pas à dire qu'ils sont en train de faire un morceau de tafiole. Il branche sa basse, et pose une ligne dépouillée, monotone et implacable. Elle reprend le chant, les yeux fixés sur les gros nuages noirs dans le cadre de la fenêtre.

La voix de Betty se brise sur la dernière strophe, la basse se traîne. Le contraste avec la voix chargée d'émotion la rend encore plus déchirante, ils jouent ensemble un moment, puis elle se blottit contre lui et il caresse ses cheveux, il pleut.

★

C'est un vendredi soir de pleine lune. Il est encore sorti sans dire où il allait, il s'est arrangé pour qu'ils s'engueulent avant, pour justifier le silence, et elle s'est retenue de lui demander, en se mordant la langue jusqu'au sang. Ça la ronge, les questions qu'elle retient, ses envies de le faire avouer, cette tentation de lui faire les poches. Son cerveau hors de contrôle, qui enregistre toutes les informations sur les gens, les horaires, les lieux, au hasard des conversations, les siennes, celles de la tribu, celles des potes. Ça tourne à plein régime, comme une machine qui s'emballe, et tente de connecter toutes les données entre elles et dans tous les sens, pour détecter la faille, pour être sûre au moins qu'il lui ment, être sûre qu'elle n'est pas malade et paranoïaque, pas jalouse, pas méprisable. Et il ment, souvent, mais ça ne prouve jamais rien. Tout le monde finit par mentir, sous l'inquisition. Elle se sent tellement sale, misérable, de croire qu'il ment, de l'accepter sans pouvoir l'accepter, de vouloir le prouver en craignant plus que tout d'y parvenir.

Ça tourne dans sa tête, ça s'enchaîne en boucle et ça se mord la queue, sans fin et sans issue. Qu'il lui mente, putain, c'est la fin du monde, la trahison du lien invisible, la vengeance est si violente qu'elle peut pas imaginer comme il a dû souffrir lui pour lui infliger ça. Est-ce qu'il m'aime encore ? C'est la première fois qu'elle doute de ça. Est-ce qu'on peut être avec quelqu'un qu'on n'aime pas, elle ne peut pas, mais elle sait que les gens peuvent, elle est trop conne, y en a, des gens en couple par intérêt, on en voit à la télé, c'est elle qui n'est pas normale, peut-être qu'il reste avec elle à cause du groupe, et d'ailleurs comment elle peut le quitter elle ne peut pas, et elle ne peut pas quitter le groupe, arrête de te mentir Betty, tu sais que ce n'est pas lui qui restera, je ne peux pas, je ne peux pas lui faire ça après ce qu'on a vécu.

Trop mal. Elle prend sa brosse, la fait glisser sur sa nuque, là où personne ne verra, et commence à frotter. Les poils en plastique raclent la peau jusqu'à la brûlure, les passages répétés ouvrent des stries rouges, la chair enfle. Ça soulage un peu, mais le nouveau front ne suffit pas à distraire de la vraie douleur. Chat la regarde avec tristesse. Elle repense à avant. Quand elle aurait fait couler le sang d'une petite veine, calmement, sans danger, au cours d'un rituel secret pour faire sortir la douleur en psalmodiant. Elle en est là. À plus savoir évacuer les émotions nocives qu'avec une brosse en plastique, pitoyable.

Elle se lève, ouvre l'armoire et sort la malle en acier de sous le tas de couvertures. Elle lui a juré d'arrêter la magie. Elle se pourrit, elle se hurle dessus qu'elle ne veut pas faire ça, mais s'entend de très loin, sa volonté est anéantie, noyée dans la brume. Qu'est-ce qu'elle va faire ? Caroline. Non, pas Caroline. La dernière chose dont elle a besoin est de se lier à elle, et un rite hostile créera un lien de haine, la haine lie les gens aussi fort que l'amour, et épuise l'énergie en spirale négative.

Elle choisit deux bougies roses, un ruban de soie sanglant, un parchemin et sort les cinq coupelles en argent, une boîte en bois. Elle étend un grand carré de lin noir sur le sol. Chat la suit en miaulant dans la cuisine, saute sur l'évier et se frotte contre son bras quand elle ouvre le placard où sont rangées les épices. Il veut attirer son attention sur la gamelle vide, mais ce n'est pas le moment, elle l'ignore. 23 heures, pas de temps à perdre. Elle choisit un mélange d'épices, un pot de miel, une pomme rouge, se sert un verre d'eau, dépose le tout sur le bord du cercle magique. Chat la suit encore dans la salle de bains, saute dans le lavabo, et se couche sur le côté, parfaitement moulé dans l'émail, le regard lourd de reproches. Elle sort les huiles, mélange dans un flacon de l'amande douce, et compte les gouttes d'huiles essentielles, rose, musc, et vanille. Elle ferme le flacon, éteint les lumières sur son passage, puis se déshabille avant de s'agenouiller au centre du tissu.

Elle dispose les cinq coupelles d'argent : elle effrite une pincée de terre, verse l'eau, allume une bougie plate et un bâtonnet d'encens à la rose, place le cristal au sommet de l'étoile. Elle s'agenouille et consacre le cercle en se signant. Quand l'étoile est tracée, ses deux mains se joignent sur son front, la voix vibre dans l'air, elle ouvre lentement les bras. Son regard erre sur l'autel, pour trouver le support, et ce sont les reflets liquides à sa gauche qui l'engloutissent. La surface se trouble, scintille d'éclats de gris, de vert et de bleu, et la densité de l'air change sous l'afflux des énergies. Betty replie lentement les bras, nuque en arrière, et prend le flacon d'huile parfumée. Elle le fait tourner très vite entre ses deux paumes à plat, devant son plexus, jusqu'à ce que l'huile soit diluée et chargée.

Elle se masse et l'odeur de la vanille lui semble un peu écœurante, surtout mêlée à la fumée à la rose.

Mauvais présage, elle chasse le doute qui l'envahit, avant qu'il ne puisse neutraliser le rite. Elle dispose ses ingrédients entre les flammes des bougies roses. Elle vide le cœur de la pomme, et y place les épices et le miel. La dague peine sur la chair, elle serre les dents et frappe sèchement, la lame glisse sur le côté du poignet et le sang perle. Le sang remplace n'importe quelle encre magique, et elle n'en a pas préparé depuis des lustres. La pointe de la dague trace son nom et celui de Gabriel sur le parchemin. Elle lace le ruban très serré autour du parchemin roulé.

Par l'eau et par la terre,
Par le feu et par l'air,
Et par l'éther,
Si notre amour est vrai,
Qu'il nous lie à jamais.

Sobre. C'est moins spectacle, mais vachement plus efficace que les incantations stylisées qu'elle s'arrachait du cerveau quand elle débutait en magie, pour impressionner Chat peut-être. Elle referme la pomme, et l'enroule dans de la soie rouge. Elle se hâte de moucher les bougies, et de désagréger l'autel, soulagée quand elle referme la malle.

La pomme est enterrée dans le parc de son immeuble. Elle voit l'arbre de sa fenêtre. Tout semble normal chez elle, Gabriel ne rentrera pas avant les quelques heures qui les séparent encore de l'aube. Voilà. Elle a menti, elle aussi. Elle avait juré de ne plus faire de magie. Elle réalise qu'elle ne peut pas lui dire ça. Trop de honte… Un sortilège d'amour. Elle ne craint pas le choc de retour. Elle s'en fout, que le sortilège agisse d'abord sur le magicien. Elle est sûre qu'elle l'aime. Mais elle vivra avec le doute, est-ce qu'il serait là par sa volonté propre? Est-ce que si on doit être ensemble, se faire du bien, on ne devrait pas le sentir sans la magie? Les mots qui lui sont venus, à jamais...

Liés à jamais. Elle ne veut pas le perdre, elle devient folle, elle ne peut pas vivre sans lui, il ne faut pas qu'il l'abandonne... Une vague de terreur la submerge, à l'idée qu'il la quitte. Elle ne peut pas imaginer vivre sans lui. Elle sanglote de peur, Chat saute sur le lit, bienveillant, et s'assoit sur elle, commence à ronronner. Chat est doux, chaud, dégage une douce onde apaisante, elle caresse sa petite tête et la fourrure soyeuse du dos, et il plisse les yeux, ronronne encore plus fort. Et une longue plainte déchire sa gorge, elle redouble de larmes, Chat va mourir aussi, un jour, il la laissera, il la quittera, elle se courbe et se recroqueville sur lui, quel âge il a, combien de temps ça vit un chat, bordel, elle enfonce son visage au creux de Chat, baigne la fourrure de larmes, anéantie par sa solitude infinie, la terreur de l'inconnu, le deuil de l'éternité, et elle comprend ce qu'elle affronte, et qui n'a rien à voir avec Gabriel.

Chat n'apprécie pas d'être mouillé, il commence à la trouver bizarre, tout de même, il se tord le cou pour la dévisager avec un miaulement de protestation, qu'il achève dans les aigus, pour signifier son incompréhension. Et les yeux de Chat transpercent ceux de Betty, il a quelque chose à dire, et elle sent une vague d'amour animale, confiante, enracinée dans l'instant, très loin du sentiment, une émotion pure. Elle redresse la nuque, se regarde dans le miroir, les cheveux hirsutes, les yeux rouges, le visage maculé de larmes et de poils de Chat. Là, ça devient ridicule, elle hoquette, un curieux mélange de rires et de sanglots.

✶

C'est le 21e anniversaire de Betty. Il lui dit qu'il va à la fête d'Aurore ce soir. Ça a l'air vrai. Elle réalise avec une infinie tristesse qu'elle n'envisage même pas qu'il ait pu organiser une fête surprise pour elle, comme c'est l'usage dans la tribu. De toute façon, elle ne veut pas de fête si ça ne vient pas de lui. Aurore est une vague copine de Lou, petite animatrice tranquille, dans la fraîcheur inconsciente de ses dix-huit ans, reposante, et visiblement éblouie par Gabriel.

Il est prêt à partir. Betty est assise sur le lit, murée dans le silence, rétractée. Aurore est… normale, légère, sans histoires. Betty se sent brisée, fatiguée, douloureusement consciente. Consciente qu'elle peut bien essayer d'étouffer tout ce qui dépasse, elle sera jamais normale, légère, sans histoires. Elle a déjà croqué le fruit amer, no turnin' back.

Il la regarde, prostrée sur le lit.

— Tu veux venir ?

Les trois mots la brisent. Elle ne sort quasiment plus depuis des mois. Elle part souvent directement après les concerts, pour pas se faire draguer devant Gabriel, ou ne pas le voir flirter. Il n'a absolument pas envie qu'elle vienne, et lui demande quand même, pour avoir la conscience tranquille et qu'elle sente bien qu'elle n'est qu'une merde encombrante, déchue, juste capable de chialer chez elle. Ses lèvres se mettent à trembler, elle n'arrive pas à retenir ses larmes, est secouée de sanglots, au bord de l'étouffement. Il a l'air super emmerdé. Faut qu'elle se reprenne, elle peut pas le faire foirer sa fête.

— Nan, je suis pas bien, je dois être malade, vas-y, ça va me faire du bien de me reposer, je suis pas en état. Mal au ventre. Ne t'inquiète pas.

Il répond rien, l'embrasse sur le front et la borde, éteint la lumière en partant. Un reste d'humanité entre eux.

Betty rallume. Elle se regarde dans le miroir de l'armoire face au lit.

The pain and the creeping feelings
A little black haired girl

Bouffie par le chagrin. Des triples cernes noirs sous les yeux verts. Le teint gris et terne, les lèvres amincies. Regarde ce que tu es devenue. Regarde ce que Gabriel est devenu.

The death of her father pushing her
Pushing her white face into the mirror
Aching inside me and turn me around

Elle se roule un gros joint de beuh, fume vite et à la sauvage. Le bedo coincé entre deux doigts, les mains collées en coupe, appels d'airs brutaux et répétés, la fumée passe direct dans les poumons et l'effet soufflette la terrasse. Elle délire mal, sent l'angoisse monter, c'est souvent arrivé ces derniers temps. Ça lui a jamais fait ça, avant, et c'est vraiment étrange qu'elle n'ait même pas pensé à faire un break. Elle devrait peut-être arrêter… Gabriel. Elle a encore des bouffées d'amour quand elle prononce son nom, le truc du fond du ventre qui envahit de chaleur. Mais de toute évidence, rien ne peut plus réparer les blessures infligées. Ils sont descendus trop profond dans le glauque. Il ne décidera rien, il aurait déjà dû la quitter depuis longtemps, peut-être qu'il l'aime encore, ou peut-être qu'il aime l'habitude, qu'il a trop peur de l'inconnu. Faut toujours, toujours qu'elle en fasse trop. Comment il se sent, lui ? Les silences accablés, les regards accusateurs… Elle l'écrase de culpabilité, regarde, regarde bien comme tu me fais souffrir, comme je suis mortelle en martyre flamboyante, et comme tu ne peux me faire que du mal, et comme je peux le supporter… C'est de la torture morale, la tyrannie du sacrifice, le pouvoir insidieux des filles, pure agressivité passive, un lien de souffrance pervers qui les avilit tous les deux. Ils ne méritent pas ça. Elle va le quitter, puisqu'il le faut. Elle essaie toujours de faire ce qu'il faut.

*

Gabriel se gare en warning en face de l'Oasis-le-demi-le-moins-cher-du-quartier. Elle a rendez-vous avec Lou, elle ne sait pas ce que Gabriel fait et n'ose pas demander. L'ambiance est pesante, plus moyen de discuter innocemment de sa soirée, une simple question sur son humeur devient inquisition menaçante. Elle n'arrive pas à le regarder. Ils s'embrassent rapidement, comme honteux que ça n'ait plus aucun sens. Au moment où elle ouvre sa portière, il dit :

— Je t'aime.

Betty sursaute. Elle suspend son geste, les doigts crispés sur la poignée. Elle essaie de retrouver un souffle, et se lance très vite.

— C'est trop tard, Gabriel. Pourquoi tu me dis ça maintenant ? Ça fait tellement longtemps que tu me l'as pas dit, ça m'a fait sursauter, tu comprends, sursauter.

Elle sort de la voiture précipitamment parce qu'elle a tellement mal qu'elle va en crever. C'est l'inconvénient de la magie : ça marche.

— Je vais quitter Gabriel.

— C'est vrai que c'est tendu ces derniers temps, mais ça fait un moment que ça chie. T'es sûre que vous allez vous séparer ? Ça va vraiment pas ?

— Vraiment pas. Il m'a déjà trompée plusieurs fois, je pourrais survivre. Mais qu'il me mente, et qu'il m'en veuille à mort à chaque fois, ça fait mal. Et cette fois c'est une copine à toi, il se cache même pas convenablement. Je me sens en trop, j'ai l'impression de gêner tout le temps. Sa trahison, elle vous oblige, tous, à me trahir aussi. Même toi, tu me mens. Je me sens trahie et abandonnée de partout.

— Je te jure que je suis pas au courant.

— Peut-être pas toi, Gabriel sait qu'on est trop proches… mais tu serais bien le seul. Et en fait, je te crois même pas, au fond de moi, c'est ça mon vrai problème. De toute façon, ça ne tardera pas, même toi, on a dérapé trop loin. Comment tu feras, tu viendras me le dire, tu mentiras si j'arrive plus à m'empêcher de te questionner ? Je t'obligerai à choisir entre deux loyautés ? Je veux pas. On arrêtera de se voir ? Qu'est-ce qu'il peut bien nous rester, sans respect ? J'ai plus confiance en personne, je deviens folle pour de bon.

Sa voix se brise et ses yeux s'embuent, Lou déglutit. Elle lui en veut, d'un coup, de la voir comme ça, en train de chialer, d'être témoin de sa faiblesse, puis elle se déteste de se laisser aller, sale, et puis elle se souvient qu'elle l'a vu pleurer aussi, pendant des jours, il y a longtemps, quand la fiancée est morte dans un accident de voiture, et qu'elle ne l'avait pas jugé en le serrant dans ses bras, juste être là et accompagner, et elle est contente que ça soit lui qui soit là ce soir.

— Ça me fait trop de peine de te voir dans cet état-là. Trop de peine. Je sais pas quoi dire. En sept ans, c'est la première fois que je te vois pleurer, et je sais pas quoi dire.

— Je suis désolée. Je voulais pas t'imposer ça. Je sais pas comment faire pour le groupe. L'ambiance est pourrie, j'arrive plus à écrire, j'ai du mal à me mettre dedans et ça se sent vraiment sur les dernières dates. On pourra pas jouer ensemble, c'est pas possible. Je sais pas quoi faire. J'ai même pensé à splitter.

— Sois pas conne, tu sais bien qu'on va pas splitter et que c'est lui qui part.

— Je sais, justement. Ça semble trop cruel, qu'on se sépare et qu'il se fasse tèj du groupe. C'est ma faute, je le sais qu'il faut pas sortir avec un keum de ton groupe, ça fait des embrouilles. J'assume pas, si on fait une pause ça ira, un break le temps que ça se tasse, c'est sûr que ça finira par passer.

— Dis pas de conneries. T'as pas envie de prendre ce risque. On n'a pas de temps à perdre. L'album, on va pas le faire dans deux ans. Quitte-le. Et si tu veux, pour le groupe, je me charge de lui parler.

— C'est bon. Sois pas insultant. Je vais le faire. Je lui parle ce soir, je lui dois au moins ça.

*

— Gabriel, il faut qu'on parle.

Elle sourit tristement de s'entendre dire ça pour de vrai. Elle le dit souvent, d'un air exagérément solennel, la phrase annonciatrice d'embrouilles, pour signifier une irrésistible envie de s'isoler pour baiser, ça marche à tous les coups et elle adore voir leur visage légèrement inquiet se détendre quand ils captent l'éclat lubrique dans ses yeux.

Can't keep looking back, I don't know how to act,

I don't know where to start, I know I've been here before…

Ils doivent se séparer, elle dit, et elle a le sentiment d'avoir sauté dans le vide quand les mots se matérialisent. Il reste silencieux un moment, elle se met à pleurer à torrents, se maudit de ne plus savoir retenir les larmes, en même temps étonnée que la réserve semble inépuisable. Elle sent qu'il a peur aussi, sa tristesse, et sa résignation, devant l'évidence. Il ne verse pas une larme, parce qu'elle pleure bien assez pour deux.

Elle dit qu'elle a besoin qu'il parle, parce qu'elle sait déjà, tu ne peux pas laisser les gens me parler à ta place, si tu m'as aimée. Il dit qu'elle fait chier avec ses conneries, que personne n'a parlé parce qu'il n'y a rien à dire. Elle renonce à comprendre.

Elle essaie de parler du groupe, n'arrive pas au bout de sa phrase. C'est au-dessus de ses forces, le quitter, puis le virer, c'est trop dur de faire ce qu'il faut, elle voudrait être une petite fille à qui on demande rien, juste une fois dans sa vie.

My conscience still believe, that it was on me
My guilty heart bleeds, don't want to feel this no more

Au paroxysme de la douleur, elle sent qu'elle va vomir, des doigts glacés lui écrasent les entrailles, il dit qu'il quitte le groupe, et c'est comme un cadeau. Il fera l'intérim, et il mettra des annonces demain. Elle est reconnaissante, c'est ainsi que cela devait se passer. Elle a le sentiment que le Gabriel qu'elle aime, avec qui tout était possible, vient de réapparaître.

I will never take a step back, never look back...

Elle lui demande une dernière nuit, le désir ressuscité, elle supplierait pour que le dragon plie devant l'ange une dernière fois. Il s'approche d'elle, hésitant, avec précaution, tend la main vers son épaule, c'est comme une première fois encore, il colle sa bouche contre la sienne, et la fièvre les prend, comme jamais auparavant, combustion spontanée et simultanée, se remplir l'un de l'autre, avant que la vie les sépare, et ils s'explorent dans les moindres recoins, toute chair offerte, et elle ne savait plus que ça pouvait être comme ça avec lui. Elle ne sait pas si elle doit être éperdue de bonheur ou de désespoir.

Ils sont allongés côte à côte, elle dit qu'il ne faut pas qu'il dorme ici, et qu'il repasse chercher ses affaires quand il veut, bien sûr. Il ne prend que son CD de Madball, et sort.

Elle est allongée seule, l'immense souffrance disparaîtra, et alors il ne restera rien, rien d'autre que moi, et elle baigne dans une tristesse douce, et derrière, le soulagement, un peu honteux, et elle se sent mutilée, la moitié du cœur arrachée, mais les mains déliées, la liberté a un prix.

✶

Livre des ombres, Carnet de rêves, extrait.

Je me fais tatouer. Pas de sensation de douleur, c'est comme un picotement sur la peau, une légère brûlure agréable. Je me sens fière, j'ai l'impression d'être courageuse. Je me relève, je passe dans la boutique, des gens au visage flou, tatoués aussi, je me regarde dans le miroir, je suis nue, et c'est un grand, grand dragon vert sur toute ma hanche et ma côte gauche. L'image bascule et je suis sur scène, j'ai une sensation étrange, le sentiment d'être à ma place. Je regarde ma hanche, j'ai l'impression que le dragon a grandi, s'est étalé, je fixe le vert couvrant du haut de la cuisse jusqu'au cœur, et la couleur est magnifique, lumineuse, le grain de ma peau me fascine, il a changé, il est beau, il irradie. Le dragon bouge comme s'il respirait, un vert émeraude, profond et transparent à la fois.

★

Betty jette le magazine et lève la tête vers Lou et Mordred. Elle sent la vague de colère monter, respire, refuse le bedo que lui tend Lou. De toute façon, elle n'a qu'à se connecter à eux pour sentir les effets cotonneux, tellement ils sont raides. Cette fois c'est une profanation de cimetière qui leur donne droit à une pleine page. Des débiles qui se faisaient chier dans un bled paumé, et un des types avait recouvert sa chambre de posters de Betty Monde, dont un DOG REDRUM. C'est pourtant une de leurs blagues préférées, avec un bon accent russe et le rictus de Nicholson ça fait rire n'importe qui, normalement, c'est complètement insensé que ça les rende complices de profanation de cimetière, comme s'il avaient que ça à foutre d'aller déterrer de la viande coincée entre des planches pourries.

Ça commence à être agaçant, leur supposé satanisme de bouffons, y a plus moyen d'être anti-Dieu sans qu'on vous fasse égorger des bébés. Faut dire, elle cherche aussi, à s'habiller en noir. Les médias s'obstinent sur le sujet depuis l'article de l'*Écho des fourrés.* C'est comme ça, le monde du journalisme est empreint de grands courants de pensées, de modes idéologiques. Difficile de savoir si ça tient du surnaturel ou si c'est simplement un gros tas de fainéants qui restituent les articles et les conversations mondaines de ceux de leur clan pour réfléchir le moins possible. Ça les a pris d'un coup, le néometal fleurissant dans les mass media les a excités sur le genre, et l'axe *vos jeunes sont en danger* variante *vos jeunes sont un danger* est celui qui assure le plus de vente de papier, juste après le cul, depuis toujours, depuis le rock, le rap, les jeux vidéos, les sectes, les raves, le cannabis, le porno… Pauvres jeunes, tellement fragiles et stupides que ça justifierait n'importe quel État facho, les remettre dans le droit chemin.

Betty dit qu'il faut changer de stratégie. Lou ricane, remarque qu'il ne savait pas qu'ils avaient une stratégie, avant. Betty reconnaît, il faut se rendre à l'évidence : sont pas stratégiques, comme groupe. Mais c'est pénible de passer pour des adorateurs de Satan, qui ne sont jamais que des chrétiens, aussi stupides, en fait, encore plus stupides puisque méchants, c'est toujours un cercle vicieux. Il y a peut-être moyen d'expliquer des choses aux gens et de rigoler un peu. Elle voit bien qu'ils ont tous un putain de problème, maintenant. Ça change la donne, une mission.

Dans le fond, elle a tort de lutter contre la volonté générale. Dieu et le Diable ne sont que des symboles corrompus. Les dieux antiques et les mythes ne sont que des reflets des multiples facettes de l'humain. Des outils puissants détournés par paresse et manque de courage. L'humanité s'est perdue dans l'ère de l'esprit, et il faut équilibrer la force. Ils veulent du sataniste? Ils auront un Antéchrist. On ne lutte pas contre la force, on l'accompagne, on la modèle. Et on ne dit pas oui du bout des lèvres. Un Antéchrist, c'est ce qu'elle a toujours été, dans un sens. Betty Monde sera l'adversaire: chercher la lumière, détruire toutes les tristes ampoules modernes et souffler les flammes fragiles des espoirs illusoires, pour que les âmes s'éclairent de l'intérieur. Elle s'est levée pour débiter sa tirade, drapée dans le rideau le plus proche, des trémolos dans la voix. Mordred applaudit en poussant des hululements et Lou rigole, en disant que ça va devenir intéressant, vu comme ça.

Elle prend un bloc sur la table et commence à écrire sa bio manière biblique, la vérité et rien que la vérité: fille d'un Hell's Angel vite tombé au ciel, et d'une fille de l'homme du signe de la Vierge, elle est née un dimanche de Pâques pour contrebalancer la résurrection du Christ, prenant pour cela deux bonnes semaines de retard sur la date d'accouchement prévue, la ponctualité n'étant pas dionysiaque. Elle a tout de suite eu conscience de sa mission, mais s'est d'abord trompée de camp. Toutefois les voies de Satan sont aussi impénétrables que celles de l'Autre, et nul ne peut dire si cela ne faisait pas partie du plan : elle a ainsi infiltré l'ennemi, en bonne stratège. Elle a été renvoyée du pensionnat catholique pour avoir prêché à des disciples innocents *In Nomine Satanis,* et a échappé de peu à l'exorcisme.

Lou est pété de rire, franchement enthousiaste. Il cherche si on ne peut pas trouver un 666 en numérologisant toutes les dates qui peuvent se justifier dans la vie de Betty. Il commence à devenir pénible quand il essaie de la forcer à compter ses amants pour trouver ce putain de chiffre de la Bête. Betty ne veut pas lui faire de peine, mais elle est sûre d'être sérieusement loin du compte. Elle jure de faire une annonce officielle et de célébrer l'événement en live si possible, sans préciser qu'ils seront peut-être obligés de se reformer quinze ans après, ambiance Sex Pistols. En fait, ça peut être marrant, c'est une promesse qui se tient. Lou acquiesce solennellement. Il a l'air au bord de la coacher pour atteindre l'objectif en deux ans, il faudra qu'elle lui tempère la motivation.

Elle sent qu'il est temps de passer aux choses sérieuses, et elle est franchement inspirée.

Troisième partie

Feuer Frei

I will shew unto thee the judgment of the great whore that sitteth upon many waters:

With whom the kings of the earth have been committed fornication, and the inhabitants of the earth have been made drunk with the wine of her fornication.

So he carried me away in the spirit into the wilderness: and I saw a woman sit upon a scarlet coloured beast, full of names of blasphemy, having seven heads and ten horns.

And I saw the woman drunken with the blood of the saints, and with the blood of the martyrs of Jesus: and when I saw her, I wondered with great admiration.

Holy Bible

Ils sont cinq assis en cercle sur le sol, dans le nouvel appart de Lou, qui est un peu stressé. Betty vient de finir de fabriquer un bang artisanal avec un vieux tuyau en plastique qu'elle a foré au cutter, et elle a foutu de la cire sur la moquette en soudant les parties avec une grosse bougie rouge. Elle attend un peu pour lui dire qu'elle a fait une tache avec le marqueur qu'elle a découpé pour le foyer. Elle avale une longue goulée, blob blob blob, bloque en gonflant les joues, recrache dans la gueule de Seth en lui tendant le bang. C'est la première fois qu'elle refume après une grande abstinence de sept mois, faut pas gâcher le retour, Lou a trouvé tout un assortiment de skunks pour l'occasion, mais le premier bang la calme direct. Économique, le break, elle l'a toujours dit.

Elle replonge dans le gros tas d'enveloppes que Lou a rapporté du bureau, en ouvre une en kraft, dont elle reconnaît l'écriture. C'est Lou qui est préposé au bizness, ça la soûle trop d'aller chez Rush. Pimp fait preuve d'un manque d'humour consternant depuis qu'il a reçu la bio biblique. C'est vrai que traditionnellement, les bios des maisons de disques sont d'une tristesse et d'une platitude à peine croyable, et qu'il n'y a aucun des gimmicks traitements de textes : *batterie monolithique, riffs meurtriers* et autres *énergie punk* et *rage des lyrics.* Les gens ont vraiment un net penchant pour la bêtise superstitieuse, et l'effet de la blague a été miraculeux : Lou jure que la meuf de l'accueil se signe à chaque fois qu'elle aperçoit Betty. Quand même, elle préférerait bosser avec des moins cons que la moyenne.

Pimp a surtout changé depuis que Betty a commencé la magie sur scène, dans l'idée d'amplifier la catharsis. Fallait bien tester les nouvelles compos, et Betty Monde c'est sur scène que ça se passe. Énorme expérience, bonne terreur du risque, les énergies de tant de gens mélangées, mais jusqu'ici les résultats ont été à la hauteur de sa foi. La fosse sert de cercle consacré, mais plusieurs fois ça a emporté toute la salle. Pimp était livide, et il n'a pas traîné dans les loges. Ça ne le fait pas rire, tout ça, il faisait plus le malin quand il exploitait le satanisme comme un bon argument commercial, il comprenait au moins. L'axe *Magic Khaos Antechrist,* ça l'amuse beaucoup moins, et depuis il y a un drôle de silence qui se fait quand Betty passe dans les bureaux, ce qui arrive de moins en moins souvent, du coup.

Elle tient quand même beaucoup au courrier, petite réunion chaque semaine, elle aime bien découvrir les gens qui les écoutent, de partout, et faire sentir les vraies personnes derrière le groupe. C'est marrant, les lettres, un mode de communication tellement intime, où tout est révélateur, la forme de l'écriture, les variations de pression du stylo, les espaces et les marges, les petits dessins, certains mettent même des photos, et de temps en temps ils reçoivent un colis, plein de conneries, des vidéos, des bonbons, des pistolets à eau et pour Betty des demandes en mariage accompagnées de chocolats, lingerie et plein de dragons. Il y en a qui partagent des théories, il y en a qui demandent des conseils, il y en a avec qui elle s'embrouille violemment : elle met un point d'honneur à répondre à tous, même un mot d'insulte, car le silence est la politesse des cœurs faibles. Mais surtout, il y en a qui se racontent, au fur et à mesure, qui la font glisser dans leur vie, ils parlent de leurs parents, de leur chien, de leur petite copine, des choses qu'ils n'ont jamais dites à personne, et peut-être, parfois, même pas à eux-mêmes, c'est plus dur de mentir à l'écrit, sans doute, et quand on découvre le bien que ça fait, écrire la vérité, dur de s'arrêter. Lou se fout de sa gueule sur le temps qu'elle y passe, il dit qu'elle devrait demander un salaire d'assistante sociale, elle rit, et elle emmène les lettres *personnelles,* et se raconte aussi, pose les questions qu'ils semblent attendre, conseille et encourage de son mieux.

Lou a fini de négocier le site Internet du groupe la semaine dernière, et il y aura un forum dessus. Il dit que ça va lui simplifier la vie grave, mais elle est sûre que ça sera pas pareil. Elle a quand même acheté un PC pas cher – un truc malencontreusement tombé d'un camion – qu'elle a baptisé RanTanPlan. Elle est encore en phase de dressage, la machine ne vaincra pas. Ce n'est pas évident de comprendre la logique de la bête, et l'empathie n'est d'aucun secours…

Betty sort de l'enveloppe kraft une feuille A4 papier photo, hâte de découvrir l'œuvre : cette fois, c'est un dessin couleur, une femme nue au corps bleu qui marche sur un toit, tenant un cochon rose et dodu en laisse, et le visage est celui de Betty, encadré dans des cheveux bleus en longues boucles anglaises. C'est un créatif anonyme qui envoie une nouvelle œuvre toutes les semaines, il met Betty en scène dans les situations les plus diverses, en collant son visage sur une guenon, un cadavre éventré, une gravure du purgatoire… Elle brandit la nouvelle œuvre en s'extasiant, quand même, c'est dingue ce qu'on peut faire avec Photoshop !

Seth rigole, les yeux explosés, tripote sa longue natte bleue. Ça fait six mois qu'il a pris la basse, et à part ça, dans la vie, il se fabrique des T-shirts collectors. Ce soir, il a un magnifique *URANUS,* avec Betty en string de dos et des anneaux de planète autour du cul. Ce garçon a définitivement bon goût. La première répète où Gabriel l'a amené, il avait un T-shirt *Don't search to belong, Search to be lost,* et ça a complètement séduit Betty, le choix le plus pertinent dans tous les textes de toutes ses chansons. Mieux que flattée, comprise. Lui, il avait été gêné parce qu'il avait pas fait gaffe au T-shirt, Betty l'avait senti, mais elle avait pris ça comme un signe, il faut savoir lire la réalité.

C'est lui qui a amené Anaël, seconde gratte et influence vraiment metal goth, et ça a donné de l'ampleur au son, grave. Ça les a encore obscurcis, et ça tombait bien parce que Betty n'a jamais été aussi sombre dans l'inspiration. Son cœur sanguinolent éclabousse les textes et sa rage gicle en teintes romantiques trash et violacées, la classe quoi, c'est ce qu'on écrit sur eux.

Lou met de coté une demande d'interview pour un zine. Anaël ouvre une autre enveloppe, lettre d'un mec énervé qui réclame un passage à Lamballe, il rigole parce qu'il ne sait pas où c'est, Betty lui répond, c'est là où il y a du chouchen, il est très fort en alcools locaux, et ça l'aide à se repérer. C'est le genre nain des forêts, trapu, massif et ténébreux, peau et tignasse sombres. Sauf qu'il vient de taper la coupe à la Serval, comme deux cornes de chaque côté du crâne, et que Betty vient de le teindre en rouge foncé, ça n'arrange rien. Un visage de troll aux yeux plissés en permanence. Il regarde les gens par en dessous, sans rien dire, mais avec la mine du type qui prépare quelque chose, et est pris de brusques accès de fureur joyeuse, imprévisibles. Il revient juste de Roumanie, il est parti avec un camion sorti d'on ne sait où et rempli d'on ne sait quoi. Il est revenu sans, mais visiblement plus riche. Personne ne pose de question sur ses bizness. Il encaisse mieux que n'importe lequel d'entre eux, n'importe quelle substance, se met le compte grave toute la journée... Des fois, il tombe dans les pommes ou s'endort en sursaut, des fois il tient pas debout avant le set, mais il a jamais fait un pain, jamais. Un mystère biologique, ce garçon.

Betty reprend le bang, et il lui glisse des mains pendant qu'elle prépare sa douille, Lou est blême et gueule des trucs à propos du jus de bang sur le tapis bravo et ça va puer des mois, et elle s'aplatit en excuses. C'est vrai que mystérieusement, il n'y a rien de plus malodorant que du jus de bang. D'un autre côté, ça relativise la tache de marqueur. Seth commente la lettre anonyme qu'il vient de recevoir, menace de mort dans d'atroces souffrances du FAF, Fraction Armée Française, et la range fièrement dans la grosse boîte où ils conservent la collection. Le GOD, le White Pride Possee, et autres groupuscules extrémistes : du fasciste à l'intégriste catho ou islamiste, en passant par les nazillons qui supportent pas que Seth soit égyptien, et de surcroît soupçonné – à raison – de bisexualité. On les accuse en vrac d'antisatanisme, d'antisémitisme, d'antipro-whitisme, d'antiislamisme, d'antiféminisme, d'antipatriotisme, anti-isme, en résumé, ils mettent tout le monde d'accord… C'est le revers de la médaille, mais le côté qu'ils préfèrent : traînés dans la boue par les mass media, leurs vrais ennemis ne s'y trompent pas : dangereux pour la connerie, ils sont, et c'est jubilatoire que tous ces mouvements, opposés a priori, se sentent concernés.

Le portable de Seth se met à bipper, il dit, ça va être l'heure, speede sur MCM, Lou allume la télé, c'est le clip de *Fallin'out of Love.* Betty grommelle et s'appuie contre le canapé, la tête tournée vers la fenêtre, surveille quand même l'écran, du coin de l'œil. Lou vient s'asseoir au-dessus d'elle, lui tapote la tête, allez, fais pas ta grognasse.

Ils ont donné *Fallin'out of Love* pour une compil, *Final Metal*, qui a grave cartonné. Rush voulait à toute force leur faire enregistrer un titre en français, sur pression de leur maison mère Galactica, qui décidait courageusement de se lancer dans le metal local, compte tenu des ventes énormes des groupes ricains. De sombres histoires de quotas. Refus ferme et définitif, rien à foutre de leur compil. Betty ne chante pas en français, avait répondu Lou, sur le même ton qu'il aurait dit, Betty ne mange pas de bébé. Pas pour des histoires de quotas, en tout cas, chantonnait Betty, en français, dans les bureaux de Rush. Galactica a finalement pris *Fallin'out of Love* sur écoute d'une maquette perrave, budget studio et même une petite avance, presque suspect à quel point ils les voulaient sur la compil.

Elle a cru que c'était une blague jusqu'à ce qu'elle voie le CD dans les bacs. Ça la faisait chier, quelque part, de se retrouver au milieu de plein d'autres merdes pop metal commercial, mais Lou avait assené qu'il avait assez confiance en Betty Monde pour jouer avant Britney Spears, ça ne changerait pas une note de leur son. Il avait raison, dans un sens. Et Britney Spears, elle est quand même putain de bonne, elle ferait bien connaissance.

Et puis ils avaient enregistré le morceau avec Gabriel, une petite remontée de bonheur, Seth avait trouvé ça normal, la classe. Le problème, c'est qu'ils s'étaient détachés du lot par un succès commercial, le titre tournait bien en radio et il y avait eu des gros stickers *Betty Monde* sur les réassorts. Et le titre en single, et le clip, et *Walk Your Talk* déjà à 30 000 et encore replacé partout, l'album signé sans galère... Incompréhensible, impossible, dans leur catégorie. Ça vous tue l'ego underground, un coup pareil.

Lou gonfle les joues en tordant un peu la bouche pour imiter la moue dédaigneuse de Betty, il est carrément en train de se foutre de sa gueule, elle se retient de rire, crispe les mâchoires, mais regarde le clip. Simple et efficace, un live très bien monté, elle murmure qu'ils sont beaux, tous les cinq, c'est marrant, on est toujours beau quand on est en train de faire son truc. Même à la télé.

*

Elle l'observe patiemment, dans la jolie lumière de la terrasse de la brasserie où elle vient de le rejoindre. Gabriel parle de tout et de rien, demande des nouvelles de Chat et raconte sa semaine de vacances par le menu. Puis il balance, avec son air super naturel de quand il se sent très mal à l'aise, je sors avec une Allemande. Il l'observe avec inquiétude. Elle apprécie qu'il y ait mis les formes. C'est pas si terrible ni si dévastateur qu'il semble le redouter. Un peu sonnée, un petit nœud dans le ventre… En fait, elle n'en revient pas que ça lui fasse si peu d'effet. Il faut qu'elle dise un truc.

— C'est pour ça, le petit dèj en terrasse, je me demandais aussi pourquoi t'avais pas apporté les croissants chez moi comme d'hab.

Évidemment, la séparation leur a fait un bien fou à tous les deux. Le sexe n'a jamais été aussi bien. Ils ont tenu un mois sans se voir, pour marquer le coup, puis encore un mois à ignorer les montées de désir, le souffle court dès qu'ils se retrouvaient seuls. Ils ont même passé une nuit chez Lou, le soir de la crémaillère, dormi en amis dans le clic-clac du salon. Une nuit à simuler le sommeil, le drap laissait deviner son érection sans fin, et elle la culotte trempée à force de spasmes, étonnée des crampes douloureuses lui secouant le vagin et l'utérus, jamais expérimentées avant à un tel degré de frustration. Marrant de se rendre compte comment ça leur fait mal de bander à vide. Le lendemain, dans l'ascenseur, il l'avait frôlée pour atteindre le bouton, et c'était parti en vrille.

— Ouais bon ça va, sois pas relou.

Il a l'air soulagé et lui décoche le sourire fatal, celui qui éclaire tout son visage d'ordinaire très fermé et impassible. Ce sourire qui la fait fondre et se répandre comme une flaque à tous les coups, encore maintenant, un choc esthétique incroyable, du grand art. Mais c'est pas le moment de se répandre. Les questions se bousculent dans sa tête. Comment elle est ? C'est toi qui l'as draguée ? Depuis combien de temps ? C'est sérieux ? Elle embrasse bien ? Elle fait quoi de sa vie ? Quel âge ? Tu l'as léchée ? Putain, comme c'est chiant d'être curieuse à ce point. Elle aimerait bêtement rester la seule qu'il lèche, encore un peu, s'il vous plaît. Elle se rend bien compte que c'est con. Enfin : humain... autant dire pathétique. Mais le terrain est glissant. Gabriel n'aime pas s'étaler, spécialement sur les trucs susceptibles de provoquer des émotions violentes, et il a l'air d'avoir peur de la tuer. Elle choisit une question, espère le ton aussi détaché que possible.

— Tu la baises sans capote ? C'est sérieux ?

Merde, ça fait deux questions. Il se rétracte, détourne les yeux, mais fait l'effort.

— Ça te regarde pas, les capotes. On sort plus ensemble.

Ils se balancent souvent ça à la gueule, quand ça dérape trop, comme pour s'en convaincre eux-mêmes, ou redéfinir des limites. Elle reste silencieuse, fixe intensément son jus d'orange.

— Oui, on a mis des capotes.

Elle relève la tête et lui sourit. Leur pacte n'est pas rompu, il flippait tellement qu'elle a cru un moment qu'il s'était marié dans son dos et allait émigrer à Berlin dans la semaine. Il enchaîne sans changer de ton.

— Bon, y a une teuf ce soir, genre tech mais privée étudiants branchouilles.

— Ok, je m'occupe de passer prendre les extas.

— Je passe te prendre à 23 heures.

Elle s'approche de la caisse, la tribu l'accueille en braillant qu'elle est chiante ça fait vingt minutes qu'ils attendent en bas. Elle s'installe à l'avant en rabattant le siège sur Lou qui tarde à passer à l'arrière, et marmonne qu'ils devraient rendre grâce à Satan du grand honneur qu'elle leur fait en les accompagnant à leurs fêtes miteuses. Elle sort son paquet de clopes et compte cinq extas, leur en place chacun un dans la bouche, affectueusement, avant de gober le sien et d'arracher brutalement la bouteille de Kro des mains de Mordred en faisant gicler de la mousse partout sur les sièges. Ça la fait rigoler très fort, elle se sent déjà d'humeur crétine, et puis ils le savent qu'elle a jamais su avaler ses cachets sans liquide, ils n'avaient qu'à anticiper.

C'est une fête super étrange pleine de djeunes, dans un genre de grand appart désincarné. Les deux pétasses qui tiennent le vestiaire interrompent leur conversation pour les dévisager, échangent un regard, et sans transition reprennent leur babillage strident. Betty bouscule une bimbo agrippée à son portable qui la regarde d'un air outré sans cesser de parler, mais viens je te dis, y a Mathieu et Guillaume, (gloussements de dinde appelant la saillie) bon je peux pas parler trop longtemps j'ai car-bo-ni-sé mon forfait. Putain, merde, c'est pouffiasse land, Betty ne se sent pas à fond dans son élément, il y a des grappes de garçons bien propres et nets à chemises repassées, on se croirait au casting de *Star Academy.* Toute cette crétinerie massive et sincère, ça la déstabilise vachement. Lou est mort de rire et lui file un grand coup dans les côtes.

— Allez hop, undercover, ma grande, t'oublies ta tête de goth dépressive et tu souris un peu comme tous ces djeunes, personne le saura, et puis tu vas nous faire ripère !

Betty invoque son sourire le plus crétin, toutes dents dehors, Lou rigole. Elle y peut rien, le masque de Sphinx c'est son attitude naturelle. La tribu se fraie un chemin dans blondasse land, ils se dispersent. Betty trouve le bar la première, il est planqué dans un genre de kitchenette à l'américaine. Elle commande cinq bières, les autres vont pas tarder. Elle se tourne pour observer la nouvelle pièce et une grosse bouffée de chaleur l'envahit dans le mouvement. La lumière jaunit imperceptiblement, les formes s'arrondissent, comme un voile de douceur sur le monde. Ils vont pas vendre de la merde, comme d'habitude. Finalement ils ont l'air sympas, tous ces jeunes d'une autre planète. Une techno bien grasse genre acid core pulse dans d'énormes baffles, le chimique a l'air assez dosé MDMA, appréciable par les temps qui courent. C'est fou comme on comprend mieux les musiques électroniques quand on se modifie l'état de conscience.

Lou et Gabriel sont près d'elle, elle leur refile quatre canettes et s'approche d'une enceinte pour étudier plus précisément les effets des bpm sur son organisme. Elle aime bien sentir le souffle des basses, ça fait trembloter son nez si elle s'approche assez. Des gens des sourires et les membres de sa tribu jamais loin. Anaël et Seth sont arrivés. De temps en temps, Mordred vient lui demander des cachets, c'est Lou qui s'occupe des thunes et Mordred qui reçoit les demandes, ça a toujours fonctionné comme ça. Les filles, ça se fait vachement moins fouiller, et la police ne sait pas que Betty n'est pas une vraie fille. Un grand blond avec une bonne tête approche sa bouche de son oreille, ça la contrarie un peu pour la bonne marche du bizness, pour une fois qu'ils essaient de s'organiser sur un truc.

Il veut rien acheter, il veut un autographe. L'exta redescend brutalement, tellement c'est saugrenu, elle bredouille qu'elle a pas de stylo, il part en chercher un. Elle a pas envie, là, c'est déplacé, mais, après tout, qu'est-ce que ça lui coûte. Elle gobe un deuxième exta, et sourit quand il revient, un feutre et un tract à la main.

Elle se retrouve brutalement au fond d'un canapé, dans un renfoncement, collée à Gabriel, ils murmurent des choses aussitôt oubliées, font tourner entre eux bière et clopes. Betty lève les yeux et voit Mordred debout face au canapé, à les observer aussi attentivement que sa raideur le permet. Il fixe sa main, retournée paume ouverte sur le canapé. Elle suit le regard et voit la main de Gabriel dans la sienne, et son doigt qui caresse l'intérieur de sa paume. Le geste lui rappelle des souvenirs de cours de récré, ça veut dire : je veux coucher avec toi, ça la fait rire et ça l'émeut en même temps. Leurs jambes sont soudées. Ça dure depuis si longtemps et c'est si naturel qu'elle n'en avait plus conscience. Gabriel semble ne rien capter d'inhabituel, il comprend au regard de Betty que la tribu est là, il demande s'il est temps de rentrer, négocie encore quelques minutes, pour se préparer psychologiquement à la corvée de voiturage.

Betty referme la porte de l'appartement, jette son sac près du lit, sa veste sur le miroir, et ferme les volets pour ne pas voir le matin blême. Le MDMA s'est fait la malle et il va falloir gérer la redescente des trois x. Ça s'annonce pas trop mal, mais sa nuque est raide et elle a froid, exta coupé avec plus de speed bas de gamme qu'il n'y paraissait. Une fois dans le noir, elle se déshabille super vite, délace une Doc en ouvrant son pantalon de l'autre main, on sent les automatismes et l'urgence de se retrouver sous la couette. Chat saute sur le lit et tâte son ventre du bout de la patte pour déterminer l'endroit le plus confortable, c'est bon signe. Quand les nerfs sont vraiment trop torturés il reste à distance. Elle respire profondément pour évaluer son état, et décide que la redescente est gérable sans Lexomil. Son portable émet deux bips, texto, elle soupire mais se relève parce qu'elle sait que c'est Gabriel.

— JE DEPOSE LES AUTRES LOURDS ET J ARRIVE ?

Direct, réponse réflexe que bien sûr il peut, mais elle est déjà couchée, qu'il se démerde avec ses clefs. Il ne répond pas, ça veut dire qu'il a son double sur lui. Betty se ré-engloutit sous la couette, comate sur fond de sitcoms AB, on ne trouve pas plus rassurant pour les fins de nuit difficiles.

Elle sent son corps chaud se glisser contre elle, elle exhale un soupir endormi en guise de bienvenue. Elle profite qu'elle a l'air inconsciente et qu'ils sont bien déchirés pour se coller complètement à lui sans passer par les formalités habituelles, les rapprochements subtils qui peuvent durer des heures dans un demi-sommeil. Leurs corps s'emboîtent toujours parfaitement, ont appris à se connaître si bien en neuf mois de vie commune que ça semble gravé à jamais. Elle ne cherche pas à provoquer l'acte, sa chaleur la comble, et il a une copine, quand même. Pas de léger mais imparable cambrement de fessier qui les fait glisser à tous les coups, comme involontairement. Il est plaqué contre son dos, elle s'endort paisiblement, concentrée sur le souffle dans sa nuque.

Elle approche de l'orgasme perdue entre rêve et réalité. Il semble s'éveiller aussi, glisse sa main sur son ventre pour la serrer plus fort, tout contre, bouge doucement en elle, tranquillement, tout leur temps, et il enfouit son visage dans les cheveux quand il jouit.

Elle se sent mal à l'aise, pense à sa copine qu'il vient de trahir. Il ne lui dira pas. C'est triste pour lui et triste pour elle-même, de collaborer. Elle peut pas s'empêcher d'être blessée quand ceux qu'elle aime tombent en disgrâce, renient leur éthique. Il voit le changement d'humeur, embrasse son épaule, semble chercher ce qui déconne. Elle soupire, après tout, c'est son problème, elle ne connaît même pas le visage de cette meuf. Étrange de passer de l'autre coté du miroir, du côté de la maîtresse.

— Tu sais, Caroline… Le soir du concert à Chaville, je l'ai pas niquée, juste embrassée, à peine flirté… Après, comme tu m'as fait chier, je l'ai revue plusieurs fois… mais je t'avais pas trompée ce soir-là.

Elle aurait presque envie de rire. Maintenant qu'elle y pense, c'est évident, il a jamais pu la toucher après avoir baisé une autre meuf, et cette nuit-là il lui avait fait l'amour. Absurde. Il croit que la trahison est dans un détail charnel, il prétend qu'un baiser n'est rien, et pourtant, il a menti, trahi, pour ce qu'il juge être sans importance.

— Puis, les autres, c'étaient des pauvres filles, transparentes, elles comptaient pas, pas du tout.

— T'aurais pas dû me mentir. On aurait pu négocier. Avoir envie de baiser des petites bombes, ça s'assume.

— Pff, même pas, le sexe était naze, aucun intérêt.

C'est un grand mystère mystérieux. Elle ne dit rien, le temps d'assimiler. C'est encore pire si elles ne comptaient pas, s'il n'avait aucun plaisir avec elles, parce que ça ne rime à rien. C'était juste pour lui faire mal? À moins qu'il dise ça pour être gentil? Non, il ne peut pas la connaître si mal, et lui mentir *pour son bien.* Comme les gens sont étranges, à s'encombrer de morales et de règles qu'ils ne comprennent même pas, pour les trahir à la première occasion. Comme c'est étrange, de se rendre compte que Gabriel ne l'a jamais crue, jamais comprise. Après tout, peut-être qu'elle n'a jamais compris l'adultère. Peut-être que la raison n'est pas le sexe, peut-être que c'est une façon de faire souffrir parce qu'on dit que souffrance et amour sont liés, et que massacrer l'autre c'est être sûr qu'il t'aime? Ou peut-être que c'est une manière de se croire libre, pouvoir mentir et cacher un jardin secret, peut-être que les autres ne trouvent pas que la vraie liberté c'est dire et assumer ce que tu es et ce que tu fais. Peut-être que le vrai plaisir de l'adultère, c'est justement la trahison, et que le couple libre et loyal qu'elle défend enlève tout le sel de la chose. Incroyable, ça ne lui était jamais venu à l'esprit, qu'on puisse défendre une règle amoureuse pour le plaisir de tricher. Ça lui semble une illusion de liberté pitoyable. Il a fallu qu'ils se séparent, et qu'il soit bien sûr que c'était pas une manipulation, pour qu'il dise enfin la vérité, pour qu'il arrête de nier comme un môme qui craint la punition.

Le couple est vraiment un concept abrutissant, un mensonge encore, terrible et destructeur, qu'on murmure dans l'oreille de tous les enfants, et la vérité naît forcément dans la douleur. Et pourtant on continue de faire comme si le couple était un état naturel de l'humain, quelque chose de dû qui va de soi, et une multitude de règles imbéciles. La certitude qu'aimer te donne des droits sur l'autre, le posséder et le changer, et le jugement compatissant des autres, qui sème le doute et augmente la douleur, et les preuves d'amour à exiger, parce que c'est ainsi. C'est un jeu stupide, elle n'y participera plus. Elle se concentre sur l'essentiel : il a parlé, c'est pardonné, enfin, libérée. Elle dit, moi aussi, j'ai quelque chose d'important à te dire : je n'aime pas trop le chocolat, je préfère la Vache qui rit.

*

Fan observe le premier groupe distraitement. Le chanteur est très maigre, décharné même, sa peau est presque transparente. Il a les yeux hallucinés, le regard vide, et il bouge comme il peut, agrippé au pied de micro. Le public est clairsemé, ils sont tous au bar dans la salle adjacente. Un type en T-shirt blanc *Orange mécanique* sautille tout seul, deux goths fetish bougent les épaules, sur une longue, très longue intro basse. Putain, c'est tellement déprimant que même le chanteur s'est barré, mort de rire. Break, le chanteur revient et le public applaudit mollement. Ils ont des looks étranges dans ce groupe. Le bassiste et le guitariste sont postés de chaque coté de la scène en manteau de cuir, la seconde guitare la joue cow-boy à la Beetlejuice, avec un grand fute rayé noir et gris en toile, un pied de poule et un gilet rouge, les cheveux gris et longs, il semble avoir de graves problèmes de gratte et bidouille des réglages devant son ampli, communiquant par gestes avec l'ingé-son. Le chanteur se tient toujours à son pied de micro en tapant furieusement du pied droit, il recule et avance en essayant de ne pas tomber, ça a l'air périlleux. Il n'a pas de look du tout, en fait, il a les cheveux longs dans la nuque en mèches grasses, passe la main dedans nerveusement. On dirait qu'il se retient de vomir, il arrive pourtant à assurer grave les vocals. C'est la fin du set, le public applaudit gentiment et le chanteur reconnaissant frappe des mains aussi, les deux bras tendus comme une otarie, les mains se rencontrent une fois sur trois, les yeux partent en vrille et ne fixent rien, dérapent dans le vide. Final Rituals, mort de rire, c'est clair qu'il faudrait les achever vite.

Fan sent son cœur accélérer, Betty Monde va débarquer. Il se colle contre les retours et l'aperçoit dans le fond de la scène, en retrait derrière l'ampli. Elle se signe bizarre, c'est pas une croix mais un pentacle qu'elle trace, elle écarte les bras vers le sol, inspire en les remontant et fait claquer ses paumes l'une contre l'autre à hauteur du visage, dans un mouvement ascendant. Les autres membres du groupe sont déjà en place dans le noir, la batterie martèle le ventre, la ligne de basse fait trembler l'air, enfin les guitares se mettent à hurler. Betty apparaît dans la lumière rouge, le visage crispé entre rage et douleur, elle s'est élancée face à la fosse et sa voix explore les aigus hystériques. Elle jette une pincée de poudre dans une coupe en métal, les flammes explosent en dégageant un nuage de fumée dense et écœurant. Betty laisse les tentacules invisibles qui montent de la fosse caresser son âme, le désir, la rage, un mélange unique d'adoration et de fureur, l'explosion des pulsions primitives.

You call me Sinner!
For I say in my heart, I sit a queen,
And am no widow, and shall see no sorrow,
For I stand to challenge the wisdom of the World,
For I stand to interrogate the laws of men and God!

Et elle lance le sabbat. Ses pieds nus martèlent le sol, ses hanches se tordent comme si un grand serpent cherchait à s'échapper de son ventre, elle frappe sa poitrine et se griffe l'épaule, les yeux révulsés. Les mots s'entrechoquent dans la tête de Fan, feu et démons rampants, vrilles de délicieuse douleur, toutes les frontières éclatent et Betty est couchée sur le dos, le corps agité de spasmes elle frappe son ventre et en fait sortir une voix overgrave qui vibre comme si elle traversait les profondeurs des mondes du dessous. La sueur dégouline sur son visage et ses épaules, des gémissements lui échappent entre deux lyrics, une folle en totale transe. Fan donnerait n'importe quoi pour se trouver avec elle, pour la prendre la faire crier, murmurer, supplier qu'il arrête, qu'il continue, qu'il donne et prenne encore. L'amante religieuse. Ça le remue jusqu'au fond des tripes. L'énergie qu'elle dégage, ça frappe de plein fouet, une puissance qui explose en plein visage et dont les ondes s'insinuent et engluent toutes les cellules du cerveau. Elle saute les bras en croix, un pendentif rebondit sur sa poitrine tendue.

Feth Qi'tchi, Merimim, feth Lexihus Lith Merimim
Feth Qi'tchi, Astaroth, feth Lexihus Lith Astaroth

Break, et d'un coup le son glisse du métal vers le punk barbare,

Argh, Fuck, Kill...

Ce qu'il y a de bien avec cette reprise, c'est que tout le monde connaît les paroles, très vite, même ceux qui n'ont jamais entendu parler de DayGlo Abortions. Les démons de la luxure et de la colère ont répondu à l'invitation avec enthousiasme et la charge libérée dans la fosse est monstrueuse.

Fan trouve le public super jeune, comment ces morveux vont rentrer chez leurs parents ? Et dire que c'est supposé être interdit aux moins de dix-huit ans... Il envie un peu la belle énergie déployée dans le pit, c'est pas croyable : ils doutent de rien, se déchaînent au milieu des anciens, ils ont pas l'air majeurs et braillent les paroles en suant dans leurs T-shirts Betty Monde. Si seulement il arrivait à lui parler, faut qu'elle sache qu'il existe.

Silence de mort à présent, un rythme lourd et primitif fait trembler la scène et les épaules de Betty, qui tourne franchement le dos au public. Elle psalmodie des trucs incompréhensibles, les yeux révulsés, et se retourne lentement, couverte de sang, elle l'étale sur sa poitrine et ses vêtements gluants collent à sa peau, elle lèche son bras en partant du coude et sa langue glisse entre ses doigts. *Satan's Slut*, elle chante. Elle se sert de l'ongle en métal de son petit doigt pour déchirer le short en latex, arrache la résille dessous, et se place face au public, jambes grandes ouvertes, descend lentement à genoux, les cuisses écartées, les fesses sur les talons, elle se cambre en appui sur une main derrière elle, tout son corps tendu, son autre main glisse contre son cou, serpente entre ses seins et avance en sinuant, lentement, très lentement, vers sa chatte, agrippe son pubis quand la grosse caisse explose, elle se masturbe, deux doigts tendus sur le clito, elle défie la salle du regard, son bassin baise la terre, les muscles des cuisses tressautent dans la lumière rouge, de plus en plus vite, l'orgasme lui rejette la tête en arrière, les cheveux qui volent, il hallucine, il y a un dragon écarlate dans les volutes de la fumée, moins de deux minutes, il voit bien qu'elle a vraiment joui, il n'en revient pas. Elle se redresse à demi, sur les genoux, brandit un crucifix, et s'enfonce lentement le haut de la croix, et la tête du Christ disparaît dans sa chatte. *Ankh rebirth*! elle crie. Y a un moment de flottement, Fan entend quelqu'un murmurer, eh mais c'est des malades, sérieux.

Elle suinte de souffrance, ça l'affole complètement qu'elle se fasse si mal, il veut savoir, il veut lui faire du bien, il peut la sauver, la tirer hors des griffes de Satan, peut-être qu'il lui fera des enfants. Il la comprend tellement bien, ses textes le bouleversent tellement, il veut la serrer dans ses bras, il faut qu'elle sache qu'il existe. Il vit le set en état de conscience modifiée, ça dure une éternité ou une seconde, quand les derniers accords meurent il réintègre son corps, un peu désorienté, il se sent bizarre, il est lessivé et il a transpiré grave, sans pouvoir se rappeler s'il a été dans la fosse.

Pas moyen de s'incruster backstage à la fin du set, le type de la sécu vérifie tous les pass et il n'a pas l'air d'humeur joueuse. Fan explore la salle, il va bien finir par l'apercevoir, elle doit savoir qu'il existe. Il squatte un moment devant la porte des chiottes des meufs, dévisage toutes les filles qui passent, puis il réalise qu'il doit y avoir des toilettes dans les loges, merde, faut qu'il revoie sa stratégie. Il retourne au bar pour commander sa septième Kro, il doit pas craquer, si près du but. On le pousse dans le dos, il renverse la moitié de son gobelet sur sa parka, se retourne pour engueuler le coupable, à tous les coups c'est encore un merdeux à collier à boules, sûr, et tout à coup il la voit. À deux mètres, accoudée au bar, en train de discuter avec un bouffon à crâne tondu, le genre musculeux et nerveux, avec un démon qui ressemble à un chien tatoué sur le bras. Fan n'arrive pas à le croire. Le moment est arrivé. Il fait glisser son blouson de l'avant-bras jusqu'à sa main pour découvrir son tatouage, faudrait pas qu'elle le prenne pour un bouffon, faut qu'elle puisse voir tout de suite qui il est. Il s'approche et la fixe intensément, met toute la force de ses émotions dans son regard. Betty sent sa présence, elle lui jette des coups d'œil furtifs et un peu interrogateurs, en poursuivant sa discussion. Il la fixe de plus en plus intensément, elle l'a capté c'est sûr, mais on dirait qu'elle évite son regard, son visage est tendu et elle se tourne légèrement vers le bar. Il s'approche, se place entre elle et le grand con, pose son avant-bras sur le comptoir, mais elle ne jette même pas un œil dessus.

— Un putain de set, vraiment.

— Merci, on a vraiment kiffé, nous aussi.

Elle a répondu en souriant, elle lui fait face à présent. Ça y est, elle sait qu'il existe.

— Vous avez d'autres dates prévues ?

— On met ça en place, pour la sortie de l'album, on en discutait justement avec Lou.

Elle désigne le grand con tondu derrière lui, qui est maintenant accoudé au bar. Ah, c'est le batteur, il l'avait pas reconnu tout de suite, planqué au fond de la scène. Fan ne dit rien, il est sûr qu'elle peut le faire entrer dans les loges, ça sera plus confortable pour discuter, maintenant elle sait qu'il existe. Il se réserve pour le moment magique qui va suivre, ils parleront sans pouvoir s'arrêter sur un canapé défoncé, un peu à l'écart dans les loges, ils se chuchoteront leurs secrets et se réconforteront, ils seront exaltés de découvrir tout ce qu'ils ont en commun, elle finira par l'embrasser tout doucement, ils resteront tard dans les loges et on les laissera seuls, et alors…

Le film se fige parce qu'elle s'avance vers lui, dans la réalité, maintenant, son corps frôle le sien, il croit défaillir… elle pose sa main sur l'épaule de Lou derrière lui, plusieurs petites tapes, et lui fait signe qu'elle bouge quand il se retourne.

— Bon, excuse-moi, faut qu'on aille charger le matos. Merci encore, et à la prochaine!

Elle se casse aussi sec vers les loges. Putain. *À la prochaine.* Connasse. Il aurait jamais cru ça, qu'elle se prenne déjà pour une re-sta. Dire qu'il était prêt à n'importe quoi pour elle. Toutes ces choses qu'ils avaient à se dire. Ça lui coûtait quoi de lui accorder deux minutes?! Elle se prend pour qui, le prendre de haut comme ça?! C'est ça, casse-toi, putain de connasse, sale pute, va te tortiller sur scène comme une raclure pour essayer de vendre tes CD merdiques.

Vlad les attend dans les loges. Il bosse chez Rush, et c'est lui qui a signé le nouvel album, *Satan's Slut,* ils viennent de finir l'enregistrement. Betty le trouve infiniment sexy, un métis ziaze, les cheveux mi-longs lisses d'un noir de jais, la nuque dégagée, une peau tendre qu'on a envie de mordre. Un truc de gamin provocant en pleine trentaine, la bouche charnue, des moues furtives, et le regard vif. Elle sent souvent qu'il a envie de la prendre à la hussarde, et il n'en laisse rien paraître, en vrai gentleman. Et ses costards de luxe, sa cravate, tirer dessus pour l'étrangler doucement, elle est sûre qu'il est super vicieux, il se donne trop de mal pour avoir l'air lisse et formaté, sans que ça lui camoufle le naturel. À moins qu'il l'affole complètement juste parce qu'elle sait qu'elle ne peut pas l'attraper. On ne mélange pas bizness et sexe, ça fait des embrouilles.

Vlad, il a pris un flash sur le groupe, et c'est un petit plaisir perso qu'il s'est fait en les signant. Il sait très bien qu'il fera jamais de thunes sur eux, il a plein d'autres groupes pour ça, et c'est pourquoi il ne les trahira jamais. Ils ont une place à part, entre mascotte et oasis d'intégrité, sans doute. Il grimpe très vite chez Rush, et y a bon espoir de promotion chez Galactica.

— Alors, c'est quoi ta bonne nouvelle, Vlad ? Tu nous as dealé Manson en première partie ?

Il rigole poliment, et se rengorge en glissant une main dans sa poche de pantalon, compte deux secondes de silence pour ménager son effet.

— Je viens de passer chez Galactica. Et... ils veulent signer l'album.

— *Satan's Slut*? Il veulent sortir *Satan's Slut*?

— Ouais. Et ils misent vraiment sur vous.

Mordred s'assoit, Seth pose sa basse, Anaël n'a même pas l'air d'avoir entendu. Il attrape une bouteille de vin rouge et boit au goulot. De toute façon, les embrouilles de bizness, ça se règle toujours entre Betty et Lou.

Vlad continue à parler, il parle d'une tournée encore plus énorme, d'un nouveau clip avec un budget, d'une mise en place de 70 000, ça fait vraiment blague. Il finit par s'arrêter, Lou dit qu'ils sont crevés, ils sortent de scène, et il faisait putain de chaud ce soir, ils l'appellent demain. Vlad en a vu d'autres, en fait il doit kiffer les excentricités des musicos, il s'énerve jamais, même s'il est déstabilisé par leur réaction. Betty sent que Lou va encore la faire chier, et qu'il attend qu'ils soient seuls pour la contredire.

— C'est pas possible, on peut pas sortir chez Galactica. On ne peut pas être grand public, Lou. Tout ce qui est grand public, c'est de la merde. Il a des goûts de chiottes, le grand public, de chiottes bouchées, t'allumes ta télé des fois ?

— Y a des exceptions, et on a toujours été exceptionnels, c'est toi qui le dis.

— Sur un malentendu ? Être écouté par des milliers de connards qui captent rien ?

— Mais qu'est-ce que tu crois, que ceux qui sont dans la salle, là, ils comprennent tout ce que tu dis ? Sur mille, y en a combien qui captent quelque chose ? T'as pas vu les zig'aï dans le fond ? T'es revenue combien de fois dans les loges désespérée par les types avec qui t'avais parlé ?

Non, elle n'a pas vu les zig'aï dans le fond. Ça y est, elle est désespérée. Il a raison. Statistiquement, c'est équivalent, faut pas se voiler la face. Elle le déteste quand il a raison. Elle se renfrogne.

— C'est quoi, Betty, ton délire ? Toi, tu vas faire le plan de reculer devant un nouveau front ? C'est plus facile de crever d'une OD dans les chiottes que de réussir sa vie.

— Tu te le carres dans le cul, Henry Rollins.

C'est vrai, quoi. Il lui a déjà sorti ça pour la compil. Il arrête même pas de parler.

— T'as la trouille ? Tu veux rester reine de l'underground ? Enjoy ta cave ! J'aurais cru que tu voulais affronter le monde, là où ça se passe, et que t'aurais envie de hurler ce que t'as à dire. On met tout ce qu'on a dans ce groupe, tous.

Fils de sa mère. Il a raison, et il sait exactement par où la prendre, exciter son nerf de la guerre, frapper en plein dans son sens de l'honneur et de la loyauté. Elle a la trouille, en vrai. Elle s'est jamais attendue à ça. Et ça lui fait mal au cul de devoir intégrer que son éthique à la con ne tient pas le choc de la réalité. Elle se traque la bêtise en permanence, et elle continue, à son âge – très avancé, d'après ses critères – de se découvrir des incohérences monstrueuses. Elle soupire. De toute façon, d'où elle la ramène, depuis le début elle le laisse gérer le bizness, pour pas mettre les mains dans la merde, et c'est lui qui se tape tous les connards. C'est lui qui assume l'ambition du groupe, depuis le début, comme un truc trop sale pour elle. Ça mérite le plus grand respect.

— On signe avec le Diable, dans un sens. Ça se défend. Même pas peur.

Il rigole devant son air buté, les autres se rapprochent, l'orage est passé.

— Mais tu sais qu'on va payer le prix pour ça.

— Ouais, ouais, on paiera. Tu devrais faire une thérapie, t'as dû être caissière dans une vie antérieure.

*

— Vas-y, t'as qu'à suivre les caisses de la gendarmerie maintenant, on doit pas être loin !

Ça fait plus d'une heure et demie qu'ils sont à fond dans le jeu de piste pour trouver ce putain de technival de Marigny, un dimanche soir sous la flotte. Betty a trois cartes dépliées sur les genoux genre copilote, et elle dirige Gabriel en commentant la souplesse de sa conduite. Lou lui tire les cheveux depuis l'arrière à chaque fois qu'il estime qu'elle hésite trop à une intersection, c'est-à-dire à chaque fois qu'il en aperçoit une au loin. Seth ne dit rien, mais on sent bien qu'il n'en pense pas moins, et Anaël alterne les phases calmes et les pétages de plomb où il se met à hurler en headbanguant sur le CD de Fatboy Slim en s'agrippant aux deux sièges avant pour mieux rebondir sur son gros cul de nain de jardin. Ils commencent tous à avoir les jambes qui fourmillent. C'est pénible, les voyages avec ce groupe, pénible. Et Gabriel remonte pas le niveau.

Gabriel vire super brutalement sur la route où une voiture bleue est garée, les phares éclairent trois gendarmes à l'intérieur, on commence à entendre des basses pulser, ils en croisent plusieurs autres, puis un car de CRS garé en biais à un carrefour. Un des CRS les arrête avec une grosse lampe torche et leur ordonne de faire demi-tour, on voit les lumières de la teuf derrière, à un kilomètre. Gabriel fait un demi-tour en dérapage et prend le chemin de terre en face, se gare. Au moins, en se garant pas loin du car, ils se feront pas voler la caisse. Ils sortent tous de la voiture, Seth sautille sur place et Anaël manque d'oublier sa bouteille de Jack, Betty se dirige vers un petit groupe de CRS et leur demande le chemin le plus court pour la teuf, un grand brun lui montre la droite, impassible. Elle remercie, faut bien qu'ils servent à quelque chose quand même, et la tribu se dirige à grands pas décidés vers la lumière.

Par la droite, c'est à travers champ, et avec la pluie fine et persistante, au bout de dix minutes ils se retrouvent embourbés jusqu'aux genoux. Lou commence à rigoler parce qu'il imagine super bien le paysan du coin venir leur coller un coup de fusil, et qu'à ce rythme-là, ils arriveront pas à la teuf avant demain. Anaël est super véner parce qu'il est venu en baskets, pour une fois. Demi-tour, Betty est vexée, évidemment qu'il ne faut jamais croire un CRS.

De toute manière, les derniers mètres jusqu'à l'entrée ressemblent à une route indienne pendant la mousson, il y a une cinquantaine de personnes qui arrivent ou repartent, mais un bon nombre rebroussent carrément chemin. Le sol est glaiseux et mouvant, des coulées et des trous d'eau boueuse, on se croirait à Fort Boyard et des vannes fusent entre les groupes d'aventuriers, il y en a un qui vient de s'étaler en survêtement blanc. Ils entrent dans l'autre dimension par un style de passage en arche, entre deux baffles.

C'est comme un parking géant et circulaire, des travées qui s'entrecroisent, Gabriel dit que c'est une base militaire désaffectée. Lumières colorées, écrans géants, des dizaines de sons différents... Des milliers de personnes de tous horizons, des punks à chiens, étudiants bien proprets, des technoïdes à trous, des cailleras, d'honnêtes travailleurs, si ça se trouve ils vont tomber sur un ancien prof… Ça danse, ça déambule, ça rit, ça scotche, hystériques ou hallucinés, feux d'artifice et écrans géants pour aider les acides, hardcore et gabber pour le speed… C'est un État dans l'État, faudrait qu'ils fassent venir l'armée pour arrêter ça, Betty jubile, c'est vraiment plus impressionnant que les free party dont elle se souvient, et ça fait du bien de voir que ça existe. Des stands de merguez et des buvettes se sont implantées de partout, du couple de routards avec la glacière en plastique à la tribu bien organisée avec frigo sur groupe électrogène.

On dirait que le plus dur, ça va être choisir leur produit, vu l'offre. Ils ont décidé de ne rien décider, de laisser la magie les guider, *Aucune Obligation et Aucune Limite Rule.* Suffit de marcher, et de tendre l'oreille : coke ici, extas par là, trips, de la skunk dans des sacs en plastique Carrouf, agités à bout de bras, ça surprend quand même. Du coup, Betty veut du speed, et c'est un peu plus difficile, il n'en reste pas beaucoup en fin de week-end. Elle est obsédée par l'idée, ça fait trois ans, trois ans qu'elle a pas eu l'occasion, elle répète en sautillant dans la gadoue. Ils discutent avec un mec tout halluciné en treillis qui en cherche aussi, ils se promettent de se tenir au courant, sans être bien sûr de se retomber dessus dans un bordel pareil. Ils continuent à marcher, partout où ils posent les yeux ça donne envie de s'arrêter et de graver la mémoire, puis Betty s'arrête sur un qui renifle drôlement en proposant ses x à cinq euros à la criée, et il lui reste trois paquets de speed. Elle pécho les trois, à ce moment le type en treillis apparaît dans son champ de vision, c'est beau. Elle va lui proposer un paquet et on dirait qu'il a vu la Vierge, bonnes vibes, ici.

Elle rejoint Gabriel, Lou, Anaël et Seth qui la surveillent d'une buvette improvisée, et elle réalise que ça va pas être simple de taper le speed debout sous la pluie, les pieds dans la boue. Lou se dirige vers une des voitures garées derrière un son, en roulant un tract énorme pour se faire une paille. Il sort sa carte d'identité et sa CB, les pose sur le toit et Betty ouvre le pochon plastique, pense qu'il faut vérifier, on sait jamais ce qu'on tape, ici, mais dès qu'elle déplie le paquet ça pue le speed dans un rayon de trois mètres. C'est marrant comme cette drôle d'odeur est inoubliable, une pure madeleine de Proust, elle se revoit galoper dans un squat, dans une salle de jeu à Répu en train de soulever un baby-foot, dans des toilettes avec son premier amoureux, avec la tribu dans le bois de Vincennes, toutes ces choses oubliées qui ressurgissent en images animées, d'une toute petite poche de plastique…

Elle pose un peu de poudre sur le bout de sa langue, par principe, et comme sa langue ne se couvre pas immédiatement de pustules douloureuses, elle décide que ça a l'air fiable, et laisse Gabriel galérer à tracer les lignes, la bruine s'est gentiment calmée, Seth étend son manteau au-dessus de l'atelier. Betty se roule le ticket de métro que Lou lui tend, et ronchonne quand elle voit les gros morceaux qui restent dans sa ligne, franchement dès qu'on fait pas tout soi-même c'est le bordel, Gabriel lui tend sa carte bleue d'un air blasé et elle réduit les cristaux en s'excusant d'avoir des petites narines délicates, elle. Ça fait mal au nez, grave, coulée d'ammoniaque sur les muqueuses.

Au bout de quelques minutes, Betty se souvient pourquoi elle a toujours préféré le speed à la coke, même si c'est moins cher, *la* drogue du punk. Ça lui met un rythme de croisière, comme c'est bon de marcher, jambes en coton et bonne énergie mentale, l'esprit aiguisé et le corps alerte, pas de redescente direct ni l'envie impérieuse du trait suivant l'autre, comme avec la cé. Par contre, ça fait vraiment mal au nez, peut-être que pour étudier scientifiquement la substance, elle devrait penser à sniffer du Skip à la maison, voir si c'est aussi nocif.

Ils finissent quand même par pécho des extas, Gabriel a décidé des papillons bleus, elle aurait fait pareil. La montée les prend devant un écran géant plein de spirales psychédéliques, tellement forte qu'ils se retrouvent sur le bord, parce qu'ils avaient besoin de le faire savoir, et ils se remettent à marcher dans les allées du monde parallèle.

Betty stoppe devant un stand Médecins du Monde trop mortel, et commence à s'extasier sur les brochures, les examine une par une. Putain, il y en a sur toutes les drogues, et qui savent de quoi elles parlent, ça change du ministère de la Santé. Elle se remplit les poches de pailles prédécoupées et sérum physiologique pour se nettoyer le nez, étalés dans des jolis petits paniers en osier, et aperçoit à ce moment les capotes avec doses de lubrifiant. Elle commence à piailler sur comment c'est classe qu'enfin quelqu'un pense au lubrifiant vu comme ça accroche le latex, ça, on le dit pas aux jeunes, hein.

Le mec derrière le stand a l'air perplexe devant tant d'enthousiasme, mais reste aussi neutre et calme que la Suisse, et Betty déchiffre derrière lui un grand panneau qui annonce *Massages,* Gabriel à côté d'elle lui explique que dans la tente derrière il y a un atelier pour tester ce que tu viens de pécho, et encore derrière, un espace de repos, avec des lits, pour les bads trips et les redescentes hardcores.

Betty reste coite, les mots lui manquent pour une fois, Gabriel la tire par un bras avant qu'elle trouve un moyen de se rendre utile à cette organisation tellement merveilleuse qu'elle ne se doutait pas que ça pouvait exister et que tous les humains ne sont donc pas bêtes et mauvais.

Le groupe avance encore et c'est comme si le Technival n'en finissait jamais, les allées doivent être circulaires, configuration rêvée pour ce genre d'événement. Ils sont occupés à communiquer, à quel point ils s'aiment, ce qui les a marqués dans la petite enfance ou les dernières soirées, les angoisses, les projets, et à quel point c'est bon d'être ensemble, Seth, Anaël, est-ce que vous vous rendez bien compte de ce que vous avez apporté au groupe, dis-leur, Lou, et Mordred manque cruellement à cet instant, Betty l'appelle sur son portable pour lui faire écouter un peu le son et lui dire que même s'il a dû rester avec Lucie, il est toujours un peu avec eux. Heureusement c'est la messagerie.

Ils se perdent, trop déchirés et absorbés dans la fusion mentale par petits groupes. Seth perd son portable, aussi. Betty est connectée sur l'allure de Lou. Elle parle sans discontinuer, comme c'est important, ici et maintenant, ce que ça représente, tous ces gens différents qui se regarderaient en chiens de faïence dans la vie et qui vivent leur trip côte à côte, sans drame, sans chef, et comme ici, c'est un espace de liberté, de vraie liberté individuelle, ça prouve que l'organisation hiérarchisée n'est pas condition obligatoire à toute vie en société, et c'est ça qui leur fait peur, c'est pour ça qu'ils veulent l'interdire, c'est ça qui terrorise tout le monde. Imagine, un jour, si ça se trouve, on sera obligé de penser par soi-même.

Il fait jour, et il faut rassembler la troupe. Comme ils sont malins, la première chose qu'ils ont faite en arrivant, c'est se filer un point de RV, un genre de phare miniature près de l'entrée, repérable de très loin. Ils arrivent presque tous en même temps et se posent sur un son, tout à coup les Bérus remplacent la tech, et ils restent là sans parler. Betty se sent à sa place dans l'univers, reliée au monde par une multitude de fils invisibles, elle s'assoit et regarde la tribu, Seth et Anaël pogotent avec d'autres irréductibles, Gabriel vient s'asseoir à coté d'elle.

Elle sent son regard dans son cou, se tourne lentement en lui souriant. Il a l'air tendu, la bouche un peu crispée et les yeux mobiles, sa redescente est peut-être mauvaise, elle pose une main apaisante sur son bras, rassemble ses esprits et attend que les mots rassurants coulent de ses lèvres, ils viennent toujours. Gabriel dit quelque chose, il a un air grave qu'elle ne lui a jamais vu, et elle ne comprend pas, tu ne crois pas qu'on devrait arrêter de jouer comme ça, tous les deux, elle l'interroge du regard, on n'a qu'à arrêter d'être bêtes, nos conneries pour se rendre jaloux, maintenant, et elle croit bien qu'elle comprend et qu'elle préférerait pas, il a le regard perdu et attend qu'elle dise quelque chose, et elle ne sait pas quoi dire, l'absolue certitude qu'elle ne veut pas se remettre avec lui, l'absolue certitude qu'il croit qu'ils le veulent, l'absolue certitude qu'elle l'aime mais pas comme il croit, et surtout l'absolue certitude que c'est le pire endroit et le pire moment.

Ensevelie sous une avalanche de certitudes, mais évidemment pas l'ombre d'un début d'indice sur comment gérer. Il lit l'incompréhension, puis la peur dans ses yeux avant qu'elle se détourne pour cacher la répulsion et la terreur que ses mots ont provoquées. Il se rétracte, reste silencieux quelques instants, puis ils font tous les deux comme si les dernières minutes n'avaient jamais eu lieu. Le son change encore, tech hardcore, et ils se lèvent dans un bel ensemble pour rejoindre les autres qui dansent dans le petit matin.

Betty va acheter des sandwiches et des bières, un type discute avec son pote en la montrant du doigt, si, si, c'est elle. Elle se souvient jamais de personne, ça devient pénible. Il vient vers elle, poussé dans le dos par son pote, lui demande si elle serait pas chanteuse dans un groupe de hard-rock, elle acquiesce d'un signe de tête, super minée, du hard-rock maintenant, c'est pas facile tous les jours. Elle dit qu'elle est pressée, ses bras chargés l'aident à être convaincante et elle trace vers le son, rabat sa capuche, elle aurait jamais pensé se faire brancher ici, ils sont pas supposés être tous trop raides ? Morte de rire.

Ça va être l'heure de rentrer, ils retraversent la boue, les CRS n'ont même pas gardé la voiture, il n'y a plus de car. L'ambiance est beaucoup plus calme, Seth est silencieux et doit réfléchir aux conséquences de la perte de son portable, Betty essaie de le rassurer et le félicite en boucle de l'avoir éteint, et personne pensera que le code pin est 0666, et elle peut lui prêter un ancien à elle, qui est magnifique, avec une coque zébrée, il gagne au change. Tout à coup, ils se retrouvent en plein embouteillage au milieu des champs. Une longue file de voitures immobilisées, une quinzaine facile. Betty passe le buste par la fenêtre, elle espère qu'il va pas falloir gérer un accident, dans son état, mais c'est un barrage de flics, un fourgon et une voiture banalisée. Ça va faire des embrouilles, Betty se voit mal se taper la redescente en garde à vue, rien que l'idée de la fouille de la caisse, et pire, une fouille au corps, eurk, elle commence à se sentir mal, c'est bien le moment de les faire chier. En fait, on dirait qu'ils ne fouillent pas, c'est impossible de fouiller sur une nuit dix mille personnes qui ont toutes quelque chose à se reprocher.

Ils doivent chercher des gros dealers, qui ont certainement pas attendu 11 heures du mat' pour rentrer chez eux. Une fliquette avec plein de cheveux frisés qui dépassent de sous la casquette, souriante et détendue, prend les papiers de tous ceux qui font la queue, et va les filer à ses collègues qui bidouillent des trucs dans la caisse avec. Betty part dans un fou rire quand Gabriel redémarre, soulagé, elle braille : me voilà fichée teknivaleuse aux pupilles dilatées comme des soucoupes, il me manquait plus que ça, c'est énorme.

Gabriel est monté chez Betty, comme une évidence. Il sort deux extas qu'il a pécho en plus pour eux en cachette, et lui propose. Un truc entre eux deux. Betty écarquille les yeux en demandant, là, maintenant ? et elle montre l'heure sur le magnéto, 13 heures quand même. Il hausse les épaules, déçu, et elle se ravise, gobe le cachet. Il gobe le sien et déclare qu'il doit passer chez lui, il revient tout de suite. Betty essaie de ne pas paniquer, de se convaincre qu'elle peut lui faire confiance, maintenant, et que même s'il la zappe pendant la montée, elle peut affronter l'angoisse de la redescente et la montée suivante dans un corps épuisé nerveusement. Elle ouvre la baie vitrée du salon, et contemple le jardin, l'arbre, et elle se revoit enterrer la pomme entre les racines. C'est toujours là, enfoui. Le MDMA monte d'un coup, l'étourdit, et elle va se vautrer sur le canapé.

Chat est serré contre elle, elle lui roucoule l'air du Mogwaï et il répond en petites mélodies, elle pointe son doigt pour lui appuyer sur le bout du nez, et voit sa main atterrir sur le coussin à coté. Putain, elle avait jamais réalisé que ça détruisait la perspective à ce point, les extas, c'est un miracle que Gabriel ait réussi à conduire sans les planter dans ces conditions. Elle ferait bien des expériences visuelles plus poussées, cherche un mètre ou une règle pour calculer la distorsion spatiale en centimètres. Son portable sonne, Gabriel, elle a un pincement en pensant qu'il l'appelle pour dire qu'il reste chez lui, puis décide que c'est déjà bien qu'il l'appelle. Il parle très vite, il est en pleine montée, il voulait savoir si ça allait, si, il vient, il arrive, là, en fait, et on dirait qu'il monte des escaliers, à tout de suite. La porte s'ouvre et elle raccroche, Gabriel entre, jus de fruits et croissants, des clopes, de la Vache qui rit, pas de chocolat.

Elle insiste pour qu'ils aillent dans le parc, et ils déterrent le sortilège ensemble, ils creusent avec leurs doigts et s'envoient des poignées d'herbe dans la figure, elle rit qu'il vise aussi mal qu'elle. Elle a seulement dit, je n'aurais pas dû faire ça, et il n'a posé aucune autre question, juste un éclair de reproche et de surprise dans le regard, aussitôt dissipé. Le pochon est tout ratatiné, plus petit, le tissu est un peu moisi, ils le font brûler dans le salon, en l'arrosant d'essence à Zippo dans un grand plateau en métal, Gabriel a rempli un grand bol d'eau pour parer au risque d'incendie. Chat a décidé que c'était pour lui et lappe bruyamment.

✶

C'est la fin du set, elle est exténuée, le dragon gavé d'énergie tournoie dans son ventre, il faut passer par la salle pour rejoindre les loges. Elle est prise d'assaut, des mains qui se tendent et son nom qui résonne, elle sourit à des visages qui se succèdent trop vite pour qu'elle puisse s'en souvenir, elle a envie de prendre une douche. Une dizaine de jeunes avec des appareils, elle ne peut pas refuser, elle pose mécaniquement, elle s'imagine ailleurs, sous un jet d'eau brûlante et noyée dans la vapeur, tous ces gens, cette scène, elle est entourée de mecs radieux, qui veulent sa signature, une image avec elle, c'est complètement irréel, comme un rêve. Non, comme une illusion, comme un mensonge. C'est de plus en plus désagréable. Elle pense à la croyance africaine, chaque photo te vole un petit bout d'âme, elle visualise son aura en train de s'effilocher, continue à sourire à ceux qui partent avec un fragment d'elle.

Seth ouvre le frigo des loges et enfonce sa tête dedans, hurle qu'il ne reste que de la Kro à l'intention des groupies sagement rangées sur le canapé, et sort un tas de canettes. Lou et Mordred discutent avec Loki, à l'autre bout. Betty se tâte, déjà déchirée, y a un petit jeune avec un gros collier en bois et une touffe de locks brunes qui la regarde avec les yeux écarquillés depuis qu'il est rentré dans la loge avec ses deux copines, une brune aux yeux bleus, cheveux en pétard et maquillage qui coule, et une blonde un peu grasse à l'air parfaitement candide. Ça la fait chier, les groupies, en vrai, trop facile. Il y a quelque chose de décourageant dans leur attitude de proie consentante, ça ne leur vient même pas à l'idée de faire semblant de courir. Seth regarde la blonde d'un air concupiscent. Il en attrape une de temps en temps, Anaël aussi, quand il a pas trop bu. Betty finit son breuvage spécial concert, un philtre perso à base de vin rouge mêlé de coke et d'épices, elle s'en fout partout pendant le set, mais ce soir il en reste. Elle cherche comment occuper la fin de soirée. Seth vient se poser à côté d'elle, sans quitter la blonde des yeux.

Betty lui murmure, je me fais chier, tu veux jouer? Il suit le regard de Betty, et acquiesce. Ils jouent souvent tous les deux: *Faster Catcher*, une cible et que le meilleur gagne. Ça a commencé sur les dates en province, on se fait vite chier dans une salle perdue au milieu des champs ou d'une zone industrielle. Il est presque aussi obsédé et mental qu'elle, et les autres ne captent rien à leurs tractations secrètes ou font semblant poliment, en tout cas personne n'en parle. Betty n'est pas remise de sa dernière défaite, un grand ange brun à Toulouse, que Seth a sucé dans le bus. Elle va s'asseoir sur l'accoudoir du canapé, à moitié vautrée sur la blonde, lui ouvre une canette, caresse ses cheveux, la blonde se crispe un peu, Betty n'arrive pas à se souvenir de son nom, elle la complimente sur son visage doux, lui pose des questions sur ce qu'elle écoute, sans temps mort pour maintenir le contact visuel, effleure son bras et son épaule à plusieurs reprises, Seth n'arrive plus à en placer une, déjà hors jeu parce que Betty a envahi l'espace comme si le dragon avait doucement posé une aile autour de la proie. Ça commence à activer les neurones sexuels, elle lui propose une clope, la blonde rougit quand elle lui effleure le sein en se penchant pour prendre le briquet de Seth, assis en face du canapé. Dix minutes plus tard, elle demande à la blonde de l'accompagner aux toilettes, parce qu'elle est bien bourrée. La blonde a un moment d'hésitation, Betty titube déjà vers la porte, elle sent qu'elle la suit.

Elle la plaque contre le carrelage du mur dès que la porte se referme, l'embrasse dans le cou et emprisonne sa taille entre ses mains, descend le long des hanches lourdes et pétrit la chair, sa langue glisse autour de son oreille et des mèches de cheveux se coincent entre ses dents, la fille est pétrifiée une seconde, merde, puis se relâche entre ses bras, elle cherche sa bouche et mordille les lèvres avant d'enfoncer sa langue brutalement, elle lui rend son baiser, c'est parti, Betty l'attire dans un des toilettes et ferme le loquet, glisse une main sous le T-shirt et fait claquer les agrafes du soutif entre le pouce et l'index, sans cesser de lécher et d'aspirer la peau tendre du cou, elle mordille et sa main relève le T-shirt, un sein lourd et blanc, une large aréole très rose, elle effleure la peau et la peau se couvre de chair de poule, le genre de peau laiteuse qui marque si facilement qu'on a envie de torturer, elle pince violemment le téton entre ses doigts, la fille pousse un petit cri affolé et affolant et Betty glisse son autre main derrière la nuque et agrippe la masse de cheveux blonds, tire la tête en arrière, dévore la gorge offerte, ses doigts défont deux boutons du pantalon et glissent dans la culotte contre des poils soyeux, elle est déjà humide, Betty pose le bout de ses doigts à plat et appuie très fort sur les grandes lèvres encore serrées, elle sent le clito enfler à travers la couche de chair, la blonde se tord, elle la retourne et la cambre, mains en appui contre le mur, pour bien faire saillir sa croupe, elle descend le pantalon aux genoux, se colle à elle une main plaquée sur les seins et lèche ses doigts avant de replonger dans la toison pubienne, joue un instant avec une mèche, la fille se cambre en soupirant, Betty glisse deux doigts vers le clito gonflé, petits mouvements concentriques en variant le rythme, brusques accélérations et ruptures de tempo, tout en fluidité, jusqu'à ce qu'une coulée de cyprine inonde sa main, la blonde jouit en poussant des petits halètements aigus, le visage écrasé contre le mur et les joues en feu, et se laisse tomber à genoux sur le carrelage. Betty la regarde, elle sent qu'elle ne mouille même pas vraiment, une légère excitation de vice, mais plus envie de cette blonde. C'est pénible, ça lui fait toujours ça avec les filles. La blonde la regarde d'un air interrogateur, cherche sans doute à savoir ce qu'elle est supposée faire. Betty lui sourit et la relève doucement, l'embrasse encore sur la joue en remontant son pantalon, une main effleure timidement son cul, elle s'écarte et redescend le T-shirt, ouvre le loquet, et sort.

Elle croise le regard de Seth, qui a déjà commencé à entreprendre la brune avec les cheveux en pétard, histoire de se remettre de sa défaite. Pas en état de faire des efforts pour alimenter une conversation, le jeune à collier à boules l'effraie un peu. Elle rejoint Lou, Mordred et Loki qui roule un énorme joint de beuh, il disserte sur la manière dont il s'est fait larguer il y a un mois, ça a l'air passionnant. Elle supplie qu'ils bougent quelque part n'importe où mais elle étouffe ici.

Loki suggère qu'elle se déshabille un peu, c'est vrai qu'il fait chaud, avec un petit sourire vicieux, elle l'entend à peine parce qu'elle est en train de penser qu'Anaël a disparu depuis un moment, elle n'arrive pas à se souvenir s'il a dit quelque chose, mais ça fait chier de l'attendre, il a dû bouger avec Komodo et le matos, tout ce qu'elle veut, là, c'est quitter ces loges oppressantes, elle commence à s'agiter et à tourner en rond en hululant. Un des mecs de la salle pousse la porte en braillant que c'est tard dans la nuit, que ça ferme, elle le remercierait à genoux. Seth bouge avec la brune, les deux autres restent sur la canapé pendant qu'ils rassemblent leurs affaires. Betty va dire au revoir très chaleureusement à la blonde pour qu'ils comprennent qu'il n'y aura pas d'after. Elle est mal à l'aise, c'est toujours délicat de les quitter sans être blessante, faudra qu'elle se souvienne de ne plus jamais attraper de groupie.

Dans la rue, Betty galope devant avec Loki, en secouant une bouteille de vodka. Elle lui explique des choses cruciales sur l'attrapage de groupie, et à quel point ça fait des embrouilles, l'air de la nuit la rend super volubile.

— D'ailleurs, tu sais pourquoi Lou n'en attrape plus ? C'est depuis qu'il a serré une goth qui l'a suivi partout pendant deux mois, elle avait réussi à trouver son adresse on ne sait comment, elle a dormi devant la porte de l'immeuble plusieurs fois, et elle le regardait de loin avec des yeux implorants, il osait plus sortir de chez lui ! Il a essayé de lui parler plein de fois, rien à faire, ça commençait à le névroser sévère et on se foutait tous de sa gueule en croyant qu'il exagérait, il suffisait qu'il arrête de l'encourager.

— Arrête ton délire, Lou harcelé par des groupies ? C'est du mytho. Je l'ai jamais vu avec une meuf, déjà.

— Ouais, il les planque d'habitude, chais pas. Mais je te jure, un jour, il nous a rejoints à une terrasse de café, et elle le suivait encore, elle s'est arrêtée en face de l'autre coté du boulevard, à pleurer toutes les larmes de son corps. Quand elle a vu qu'il ne viendrait pas, elle s'est couchée au milieu de la rue, t'imagines pas la scène, une goth avec le maquillage tout baveux en train de chialer comme une madeleine face contre terre et les voitures obligées de s'arrêter… J'ai été la relever et je me suis tapé deux heures de négociation avec elle, que le mariage à son âge c'était pas raisonnable, que Lou était franchement puant, qu'elle se faisait du mal toute seule, rien à faire : au bout d'un moment j'ai réussi à la convaincre que quelqu'un l'avait envoûtée. C'était de bonne guerre, franchement, on aurait pu appeler Sainte-Anne. Ça refroidit grave.

Elle ralentit le débit et la marche. Elle préfère pas raconter le désenvoûtement dans un hall d'immeuble, et comment elle a *transféré le sort* dans un pseudo cœur d'agneau, en fait un foie de veau parce que c'est tout ce qu'ils avaient au Franprix, et comment ça crisse bizarrement sous les ongles, les abats.

— Et puis, à chaque fois je suis bizarre après avoir attrapé un fan, moi, rien que le mot me met mal à l'aise, fan, y a un côté glauque, un déséquilibre, tu sais jamais ce qu'ils ont dans le crâne. Et je peux jamais savoir dans les concerts, du coup j'attrape plus d'inconnu, et du coup j'attrape plus grand-chose.

— Mais qu'est-ce que tu te fais chier avec des groupies, sérieux, regardes, moi je suis là ! Si tu veux un copain, je suis là à disposition, y a pas meilleure offre sur le marché.

Betty est prise d'une inspiration subite. Il a raison, c'est compliqué les inconnus, à son âge.

— Je veux pas de copain. Mais si tu veux, tu peux venir dormir chez moi.

— Tu peux préciser ?

— Ben là, tu viens avec moi, et tu dors chez moi, juste une nuit.

Loki se fige, il rigole, se retourne et braille dans la rue à l'attention de Mordred et Lou.

— Eh les mecs, y a Betty qui veut que j'aille dormir chez elle !

C'était pas prévu, ça, Betty est super impressionnée par le rebondissement, mais continue à marcher en fermant son visage pour étouffer le fou rire qui lui monte. Elle réfléchit si elle a merdé, et comment elle aurait pu être plus subtile, mais elle ne trouve pas. Lou se cale sur son rythme.

— C'est quoi ce plan ?

Le ton est sec. Elle décide de passer outre, et rigole qu'effectivement, il l'a sidérée là, depuis le temps qu'il la chauffe, si ça se trouve il faxe l'AFP demain… elle avale une longue lampée de vodka, ça n'a pas l'air de le faire rire, il hausse les épaules. Elle attrape jamais les potes, mais bon, Loki c'est un pote de deuxième cercle, merde. Le groupe se disloque et se reforme, avance sur le boulevard dans un silence malaise. Un taxi passe, Loki traverse en courant et l'arrête pour Betty, lui ouvre la portière, garde la poignée dans la main le temps qu'elle arrive. Elle se demande si elle a envie de ce jeu, décide que oui, les garçons ont bien le droit de se faire chasser correctement après tout. Elle le pousse très facilement dans la voiture, s'installe et entame les négociations.

— Eh oh, qu'est ce que tu fais ?

— République s'il vous plaît.

— Nan, moi je vais à Nation.

— Arrête ça, tu viens dormir chez moi.

— Nan, t'as qu'à me déposer, c'est sur le chemin.

— C'est pas sur le chemin du tout, puis maintenant t'es monté dans le taxi viens chez moi. République, s'il vous plaît.

Le chauffeur est parfaitement impassible et neutre, un vrai Suisse, il ne bouge pas un cil et ne démarre pas. Loki joue à fond l'effarouché et tente à présent d'ouvrir la portière de son coté, assez maladroitement pour que ça prenne du temps, mais assez de fougue pour obliger Betty à une intervention physique. Incroyable qu'avec tant de conviction il ne soit pas déjà dehors, la classe. Faut changer de stratégie.

— Allez, déstresse, tu viens juste dormir chez moi, en plus j'ai le câble et j'ai plein de vidéos mortelles, t'as vu *Gladiator* ?

Elle lâche le ton *aies confiance* et passe au mode chef-qui-ne-souffrira-aucune-discussion-aucun-délai en se tournant vers le chauffeur.

— République.

Il démarre. Betty l'imagine raconter la scène à ses collègues et espère qu'elle retombera pas sur lui avant un moment. Loki lâche la poignée et met ses mains sur le sac à dos posé sur ses genoux, il murmure :

— Moi aussi, j'ai des vidéos, dans mon sac.

— Cool, c'est quoi, tu les a vues ? Tu l'as vu *Gladiator ?*

Elle continue à parler tout le long du trajet, passe devant dans les escaliers, referme la porte derrière lui, l'invite à se mettre à l'aise. Elle se déshabille de dos au milieu de la pièce, enfile sa nuisette, surtout ne rien brusquer. Il se met en caleçon, putain comme il est gaulé, le surfeur, Betty fait un effort pour pas le mater trop outrageusement et enclenche la vidéo, tamise les lumières une fois qu'il est couché.

— Tu ramasses souvent des mecs pour les ramener ici ?

— Nan, t'es le premier que j'amène chez moi.

Elle remercie que ça soit vrai. Le pire, c'est qu'il la joue inquiet pour elle. Elle se place derrière lui, passe son bras sous son cou. Elle le trouve beau doux et chaud, ça sent le sel et le soleil, sa peau est dorée et imberbe, ses muscles fins qui jouent dessous. Il lui caresse le bras, sa tête au creux de l'épaule de Betty, elle se colle contre son dos. Elle fait semblant de mater le film en attendant de le sentir acclimaté. Les effleurements sur son bras couvrent toute sa peau de chair de poule, enfin il lui caresse la cuisse, c'est bon.

Elle l'embrasse en caressant sa nuque, ses épaules, descend sa main très lentement et prudemment vers son caleçon. Elle découvre sa bite à travers l'étoffe, elle caresse et étreint, il réagit très vite, entre le murmure et le rugissement, *arrête ça,* le *r* vibrant, le *s* sinuant, il lui attrape le poignet, fermement, souffle rauque dans son cou, elle manque de s'évanouir, tellement il sonne bouleversé.

Il se déchaîne à présent, l'embrasse, il embrasse vraiment bien, sa bouche est douce, ses lèvres chaudes, sa langue agile et fraîche, le genre de baiser qui descend jusque dans les entrailles pour y coller un bordel pas possible. Fougueux et impérieux, il a les mains partout, ses seins, sa chatte, il enfonce brutalement ses doigts, plusieurs et vraiment impatients, il est maladroit et il la déchire, ça fait mal comme ça, mais les terminaisons nerveuses de Betty ne veulent plus faire la différence.

Il a posé sa tête sur son ventre, tout près, mais ne descend pas pour la lécher, il regarde entre ses jambes sans oser franchement, elle s'imagine, plus tard, lui attraper la nuque pour coller sa bouche entre ses cuisses, regarde, regarde bien ma chatte, rien de terrifiant dedans, pas de dents acérées, rien que tu puisses craindre, l'image la fait jouir et elle veut le sucer.

Elle passe sur lui, descend en embrassant son torse et son ventre, la peau est atrocement, abominablement douce, elle embrasse son pubis et son sexe, le prend dans sa bouche doucement, le goûte, l'avale en entier. Elle ne tient plus, elle descend à reculons du lit et attrape une capote, en le dévorant des yeux.

— Laisse tomber.

Betty se fige, à genoux par terre, les mains posées sur le bord du lit. Pas de capote, mais qu'est-ce qu'ils ont tous, et après c'est moi la goth ?

— Quoi ?

— Pas de pénétration.

Elle se laisse tomber sous le choc, tête écrasée sur ses bras écrasés sur le lit, le regarde sans comprendre.

— Qu'est-ce que tu entends par *pas de pénétration*?

— J'peux pas.

— Problème biologique? Nan, je vois bien que tout marche très bien.

Elle cherche, elle cherche, elle le dégoûte visiblement pas, elle ne lui a rien fait de désagréable, il ne fait pas trop chaud ni trop froid, Chat ne fait pas le voyeur pour une fois…

Qu'est-ce qui la retiendrait, elle? Loyauté.

— Tu sais que je suis plus avec Gabriel…

Il ne répond pas, regarde ailleurs, elle comprend.

— Oh, t'es toujours amoureux de ton ex…

Silence. Betty sent les nerfs qui lui montent, au rythme des pulsations dans son bas ventre.

— Tu m'embrasses, tu me doigtes, je te suce, tu crois vraiment que ça ferait une différence cruciale pour elle? Putain de merde… Franchement, j'essaie le plus dur que je peux, mais tous, vous avez des principes qui défient mes capacités de compréhension.

Il a l'air d'un môme, tout désolé, elle sent qu'il a les boules. Merde, dégoûtée.

— Enfin bon, ce que j'en dis moi, c'est pas si grave hein. Par contre, ça me gonfle, les préliminaires. Tant pis.

Elle lui sourit gentiment et se recouche, le câlin semble autorisé par le règlement. Il lui dit que sa peau est douce, il répète ça en boucle, elle adore ça. Il commence à la questionner sur ses textes, et puis sur ses pratiques sexuelles, et finit par lâcher sa bombe: la sodomie, à chaque fois ? Betty pouffe de rire en captant, nan, trop de sodomie tue la sodomie, des fois ça le fait et des fois ça le fait pas, par exemple, là, ça le fait pas, a priori. Il sourit et vient sur elle, regard planté dans le sien, glisse entre ses jambes, il prend la capote abandonnée au bord du lit et lui donne. Il la domine en appui sur ses bras, elle ouvre les jambes et déchire l'emballage avec ses dents, ça marche du premier coup, elle crache un morceau d'alu et sort le latex, le pose sur sa bite et le déroule d'une seule main, dans un mouvement fluide, c'est carrément miraculeux, c'est bien la première fois qu'elle réussit un coup pareil. Elle le guide entre ses lèvres et il s'enfonce d'un coup sec, il la baise en l'observant, ça donne l'impression étrange d'être offerte à l'œil d'un microscope, et une vague de jouissance très physique et mécanique, grossière et brutale. Il est complètement affolé, elle le sent, mais il lutte pour garder le contrôle, masque presque impassible, il jouit très vite aussi. Il lui sourit l'air gêné, et continue de lents va-et-vient. C'est con, les garçons. Elle l'attrape et le colle contre elle, l'embrasse dans le cou, lui flatte le dos, jusqu'à ce que leur respiration soit calme. Il se lève pour jeter la capote, et s'enferme dans la salle de bains un bon moment, bruits d'eau dans le lavabo, super longtemps, ce garçon est à cheval sur l'hygiène.

Il la boit des yeux.

— Me regarde pas comme ça, tu vas me faire flipper !

Elle plaisante qu'à moitié. Elle soupire et se love contre lui.

— Raconte-moi une histoire

— Une histoire ? J'sais pas faire, j'connais pas d'histoires…

Faut vraiment tout leur expliquer, parle-moi, elle dit, juste le son de ta voix. Il est tout ramolli et se lance dans de grandes déclarations lyriques.

— La courbe de tes reins, ça me fait glisser tellement loin… Ta peau est tellement douce, j'ai des frissons quand je te touche… Tes yeux sont tellement troublants, j'aimerais les arracher pour les contempler, les regarder quand je veux…

Betty se demande ce qu'on leur raconte sur les filles, quand ils sont petits, n'importe quoi, mais peu à peu elle se laisse bercer par la voix, poésie naïve des clichés sirupeux. Elle s'endort, dos tourné dans sa moitié de lit, une main sur le corps étranger en signe de paix, une nuit ponctuée par les caresses et effleurements du demi-sommeil.

Au réveil ils recommencent. Il s'écrase contre son dos en tirant sur ses épaules, délicatement, comme s'il voulait les souder. C'est doux, ça dure longtemps, c'est une journée magnifique.

Elle se lève et commence à s'activer, prépare un petit dèj de gratitude, et enchaîne café-clopes. Il rebranche son portable et commence à régler des bizness, il est visiblement en train d'insulter un mec qui lui a revendu des amplis perraves, il fait des grands gestes énervés. Comment c'est beau, ensoleillé, ce garçon qui braille dans son lit, elle admirerait ça pendant des jours, mieux que des chants d'oiseaux dans la montagne, mieux que le clapotis des vagues… Elle le boit des yeux.

Au quatrième café qu'elle lui sert, elle commence à se sentir mal à l'aise, il n'a pas l'air pressé du tout de partir. Des bribes de conversation sur l'oreiller lui reviennent. *Je sais que je devrai zapper mon ex. Tu vois beaucoup de garçons en ce moment?* Elle déglutit.

— Excuse moi, j'ai des milliers de trucs à faire, faudrait que tu tardes pas trop…

Il acquiesce et fume sa clope tranquillement. C'est dingue comme elle se consume pas vite. Il sort lentement de sous la couette, se lève et commence à s'habiller. Il suspend un geste, et lui fait face debout au milieu du salon, lève un peu le menton et se lance :

— Comment ça se passe, je t'appelle et je passe te tirer ?

Elle fond complètement, tellement charmant de provocation, on dirait que ça lui brûle la bouche. Il a l'air mal à l'aise, vaut mieux qu'elle la joue compétente.

— Si tu veux, tu appelles, faudra pas que tu le prennes mal si je peux pas. Sinon, moi je tenterai peut-être ma chance de temps en temps aussi.

Il dit rien, se rassoit sur le lit à côté d'elle pour remettre ses chaussures. Il se fige, comme s'il pensait subitement à un truc, et se jette sur elle sauvagement, elle rit. Il la serre très fort contre lui, l'embrasse doucement, dans le cou, sur les lèvres les yeux fermés, une grosse bouffée de tendresse qui jaillit d'un coup. C'est pas tirer un coup pour la route qu'il veut, elle sait plus quoi faire, petite panique irrationnelle, elle n'ose plus bouger du tout. Ose pas se dégager pour pas faire de peine, s'en veut de pas le faire, au risque qu'il s'imagine *des choses.* Au bout d'une éternité il relâche son étreinte, elle reprend son souffle comme une noyée, les poumons se remplissent par à-coups.

Elle l'accompagne à la porte pour fermer derrière lui, muette, tente de sourire, mais rate, se glace quand il fait mine de l'embrasser sur la bouche, et lui fait la bise le plus froidement qu'elle peut. Il insiste plusieurs fois, elle est obligée de dire *Non je ne veux pas*, ça lui arrache la gueule.

La lumière a changé, le temps est dégueulasse. Qu'est-ce qui lui arrive? Elle se sent conne, anormale, elle aurait peut-être dû l'embrasser, sans faire chier. Non, faut bien mettre des barrières symboliques. Faut pas qu'elle les laisse venir chez elle, entrer dans sa maison. Tout ce bordel pour un coup de reins, putain, ça l'angoisse, et puis on est mercredi, et elle a un truc crucial à faire.

Elle est agenouillée au centre de l'autel, en transe, elle brandit une dague au-dessus de sa tête et la gorge tremble, elle fait face à la pointe de l'étoile où brûle l'encens, à l'est. Elle brise un vieux thermomètre gradué au-dessus du miroir, et commence à psalmodier, en fixant les gouttes de mercure sur la surface réfléchissante.

Gardien de l'Est, Esprit de l'Air,
Apporte-moi ta lumière,
Par le Mercure et le Verre,
Accélère mes idées, et multiplie les mots
Illumine mon esprit, et sers mes idéaux

Elle sent l'énergie affluer dans un souffle d'air, pénétrer en elle en filaments glacés, glissant dans les veines par les mains tendues. Elle rapproche ses paumes à hauteur de son front, l'aura est gris bleuté autour de ses doigts crispés, la lumière pulse au rythme de son cœur, un cri sort du ventre quand elle envoie la charge vers le miroir devant elle. Les gouttelettes de mercure s'éparpillent en étoile, filent sur la surface polie et le miroir se trouble, l'onde rebondit et lui revient en plein visage, les cheveux volent dans la bourrasque qui se forme, l'air tourne sur lui-même dans la pièce trop petite, éteint la flamme sur l'autel, le cœur de Betty manque un battement, trop de puissance, et elle perd connaissance.

Quand tout est calme, Chat saute de son observatoire, tranquillement, vient se glisser au creux de son cou, en ronronnant, et lui lèche le menton. La sonnerie du portable la fait émerger, elle se tâte le front, ouvre les yeux en grognant, saloperie de langue râpeuse, j'ai pas besoin de gommage, sale bête.

Elle mate le texto, *Rodrigue est à Paris :* trop fort le codage, morte de rire, ça veut dire qu'il y a de la putain de bonne coke, sûrement colombienne, qui vient d'arriver. Chat bâille, elle en profite pour lui enfoncer un doigt dans la gueule et il hausse le menton, ferme les yeux en tendant le cou pour qu'elle le gratouille.

Elle se sent bien, en fait, pas le temps de te gratter Chat. Elle sort du cercle et désagrège l'autel, allume la télé. Ils parlent du Technival, partout. Marrant. Elle zappe sur les chaînes info, des agriculteurs gémissent en pleurant sur les dégâts écologiques, personne ne précise ce qu'ils faisaient pousser sur la base militaire, zap, les monceaux d'ordures laissées par les teufeurs, plan large sur un très beau tas de sacs poubelles en pyramide et bien ficelés, quelle horreur, zap, les méfaits de la drogue et d'ailleurs le Samu a dû intervenir, zap, le Samu est intervenu une fois pour un type qui s'est battu, une rixe pour cinq jours de teuf et cinquante mille personnes, ça laisse rêveur, mais personne ne pense à comparer avec les statistiques d'un match ou d'une kermesse, elle éteint la télé, c'est grotesque. Elle rappelle Nada, le dealer bienheureux, il sera en bas de chez elle dans une heure. Parfait, la coke. Ça fait pencher la balance du cerveau côté lobe rationnel, esprit accéléré et émotionnel ralenti.

Pendant trois jours et trois nuits, elle absorbe les informations sur le Net, s'immerge dans la toile, la main droite clique de lien en lien et la guide, elle enregistre les données et vérifie les sources, recoupe et compare, théorise l'instinct. Elle se documente sur la religion de la Déesse Mère, présente sous de multiples formes dans toutes les civilisations antiques, elle trace les symboles depuis les origines, le serpent de la sagesse, de l'intuition et des médecines antiques, dont le caducée est l'ultime résurgence, le figuier-sycomore, arbre de vie, devenu arbre au fruit défendu, la Coupe de la Grande Mère déguisée en Graal, Lilith, la prêtresse de la Déesse sumérienne, transformée en compagne révoltée d'Adam et en mangeuse de bébé, et toutes les données rentrent dans le système, comment l'humanité veut se couper de la Déesse Terre, pour atteindre le Père Soleil, coupés en deux, comment ils ont diabolisé leur nature, au lieu de trouver l'alchimie, d'incarner l'esprit et de spiritualiser la chair, et le monde de folie et de fureur qui l'entoure est le prix à payer pour ça. Elle se gave d'informations et d'idées, sur l'ère de l'esprit pur, l'ère de Dieu. Elle trace des lignes sur un miroir, et le miroir lui dit :

— Tu prends les armes de l'ennemi.

Elle relève le menton et lui répond :

— Celui qui règne par l'esprit, périra par l'esprit.

*

Gabriel a l'air tout mal, angoissé, il a appelé pour demander ce qu'elle faisait ce soir, et au ton de la voix, elle a répondu, ben, je t'invite à dîner, et a annulé le restau avec Vlad qui voulait leur présenter un type pour la pochette. De toute façon, Lou et elle ont déjà fini la pochette. Elle a loué des Jackie Chan, et il est arrivé avec des gros sacs de McDo. Chat l'a attaqué direct, coups de pattes dans le kraft, miaulements rageurs. Il a un problème avec les frites, et Betty est à genoux en train de lui expliquer que les chats n'aiment pas les frites, pour qu'il ne puisse plus faire comme si personne ne l'avait mis au courant, elle lui tient les bajoues entre les mains et il essaie de se dégager en se tortillant vers l'arrière. Gabriel ricane, laisse tomber, il bouffe même des chips ton rat, et Betty gronde Chat parce que c'est vrai, et qu'il pourrait faire un effort, regarde, tout le monde se moque de moi à cause de toi. Chat arrive à se dégager, en poussant très fort la main de Betty avec une patte avant, et Betty ouvre le sac et lui sort sa petite frite rien que pour lui. Fière de lui. Gabriel chope le paquet et agite un bâtonnet graisseux en l'air, Chat bondit comme un animal de cirque, les deux pattes se referment sur la frite, il avale sa proie d'un coup, puis plonge le museau dans la barquette de sa petite frite. Rien ne peut le détourner de la frite, ni le Mac Bacon ni le Filet'o'fish, peut-être un truc freudien.

Gabriel ne dit toujours rien, même pas détendu par Jackie Chan. Ça n'a pas l'air d'être un truc qui la concerne directement, mais elle commence à être contaminée par son malaise. Empathie pénible.

— Ça se passe bien, l'album de ton groupe de bourrins ?

— Ouais, on vient de trouver un tourneur parfait.

— Ça va, niveau thunes, tu taffes toujours avec ton pote péruvien ?

— Ouais, ouais.

— Mathilde, ça va Mathilde ?

— Mouais.

Et son visage se plisse de contrariété.

— Elle est toujours mignonne, rigolote, amoureuse ?

— Raide dingue. Je l'emmène en week-end surprise, je l'invite dans des restos secrets de ouf, je l'amène en concert dans des squats, elle me regarde comme un héros, je lui en mets plein la vue, elle arrive même pas à y croire.

— Mais ?

— Mais, putain, c'est trop facile, elle m'énerve, elle me regarde comme un dieu vivant, c'est tout acquis, insupportable ! Toi, au moins, je flippais tout le temps, comment tu me mettais la pression, sérieux, défi permanent, t'étais jamais contente, je pouvais me plier en quatre et y avait toujours un truc qui déconnait, quand je t'ai emmenée en Bretagne, tu faisais la gueule parce que j'avais pas pris la bonne tente, tu faisais la gueule parce que je t'offrais une rose jaune, tu faisais la gueule parce que...

Betty est un peu vexée, elle sait qu'il peut continuer sur sa lancée un moment, elle le coupe dans son élan, très sérieusement, tu le savais que ça serait dur de trouver une meuf aussi facile à vivre que moi, toute en délicatesse et en joie de vivre, il bloque une seconde et ils explosent dans un fou rire de mômes. Chat en profite pour venir lécher le polystyrène du burger. Betty hoquette de rire, je pensais pas que vous étiez masos à ce point, je croyais bêtement que c'était un handicap, être chiante, je me disais que c'est ce qu'on s'est donné l'un à l'autre, ma gravité, ta légèreté, mais je pensais pas t'avoir plombé à ce point, faut que tu retravailles l'équilibre, et moi je vais écrire des manuels pour les filles, *Mégère Rules,* ou comment rendre un garçon amoureux. Elle arrête de rire, les yeux brillants, et il sourit pensivement, un peu forcé, retombe déjà dans l'humeur maussade.

— Je flippe quand même, je tombe plus amoureux, même pas un début, néant. Hier, on regardait un film chez moi, et elle était collée à moi, toute caressante, elle m'embrassait, elle me chatouillait la nuque... Elle me dégoûtait, je te jure, j'avais envie de la repousser, de la dégager, je la méprise, j'ai rien à lui reprocher, mais elle me dégoûte.

Il parle très vite, le regard fixe, urgent que ça sorte de lui, il a la bouche tordue par la saleté des mots, effrayé et triste de ressentir ça.

You choose your own fate, but this ain't mine
You've fallen from grace
I won't let you fall this time

Elle prend son temps, s'assoit en tailleur face à lui, réfléchit à comment il faut dire ça. Elle trace deux rails sur leur CD, *Walk Your Talk,* le laisse taper la première, et renifle un bon coup avant de se lancer.

— Gabriel, ça fait un an qu'on s'est quittés. Ça fait un an que tu te tapes que des petites pétasses, et je dis pas ça méchamment, je les connais même pas, et je veux pas les connaître. Si ça se trouve, elles sont mortelles, mais c'est toi qui m'en parles comme ça. Y en a pas une qui t'impressionne. Mais le problème, dans le fond, c'est que toutes, toutes, tu les as trompées avec moi. C'est toi qui merdes. Tu leur donnes pas une seule chance. Et tu oses venir geindre après. Tu les trompes, tu leur mens, et après tu les méprises parce que toi, tu te conduis comme une merde. C'est à toi que tu manques de respect, et t'as que ce que tu mérites.

— C'est toi qui dis ça ? Je croyais que t'étais pas pour la fidélité.

— T'as rien compris. T'assumes tes règles, pas celles du voisin. Ma vérité n'est pas la tienne. Toi, t'es pour la fidélité, pour des raisons qui m'échappent, ok, ou au moins tu le crois, tu casserais pas les couilles comme ça sinon. C'est pas elles que tu trahis, c'est toi. Et t'assumes même pas de te comporter comme un merdeux, par rapport à ta propre loi, tu oses leur en vouloir pour tes trucs cradingues. Et je sais très bien comment ça te rend, de te sentir coupable, parce que j'ai subi un moment. Tu te souilles en baisant, en embrassant, en murmurant des choses tendres à des filles que tu respectes pas. Ça m'étonne pas que tu te sentes mal, c'est comme si tu mangeais de la merde.

Il encaisse, dents un peu serrées. Elle a peut-être été un peu directe.

— T'es dure, Betty, t'es méchante. Tu vois pas que je suis mal ?

— Tu m'as demandé mon avis. Ça me faisait chier de penser des trucs sur toi sans t'en parler, parce que tu te fais pas du bien, alors que t'as tellement la classe, tellement de lumière. Et je sais pas être ton amie autrement. Je te juge pas, Gabriel. L'amour aveugle, c'est que des conneries de handicapé, aimer quelqu'un vraiment, c'est le voir en entier, pas effacer ce qui te plaît pas. Je te connais trop bien, depuis le temps. Et tu me connais aussi, tu savais très bien que j'allais pas te plaindre et te donner raison, si je trouve que t'as tort. T'aurais été voir quelqu'un d'autre si t'avais eu besoin de ça.

Il murmure, en fait, tu as ce que tu as toujours voulu. Elle ne comprend pas tout de suite, il ne peut pas croire qu'elle se venge, ou qu'elle ait dit ça en ignorant ce que ça impliquait, qu'il faut arrêter de baiser parce que ça ne lui convient pas, à lui, et que ça va lui manquer, à elle. Il dit, oui, ce que tu as toujours voulu, l'amour libre, et elle sent sa vague de tristesse, et elle réalise que c'est vrai, elle a eu ce qu'elle voulait, sans s'en rendre compte, comme d'habitude, et elle se mange en pleine face la peine que ça fait aux autres, quand elle a ce qu'elle veut.

*

Elle suit du bout des doigts les scarifications sur les bras de Komodo, les figures tribales en relief, il est dans son dos, les mains serrées autour de son cou, ses avant-bras écrasent ses seins, il fore son ventre, en mordillant la nuque, elle adore voir les mains d'ébène contraster sur sa peau blanche, elle se remplit de l'image ça fait presque mal aux yeux, flashs gravés dans la tête. Elle grimpe sur lui, les mains à plat sur son torse, ses fesses claquent contre ses cuisses, elle fait courir ses doigts sur le torse, et lui pétrit ses seins, agace les tétons avec son pouce, ça tord le nerf jusque dans le ventre, l'amazone prend le contrôle, de plus en plus furieuse, le dragon pendentif frappe contre sa poitrine et le visage de Komodo, elle essaie de l'enlever et la chaîne se brise, elle le jette au loin, il transpire, sort d'elle, il se branle, à genoux, et elle se met à genoux devant lui, elle se branle aussi, caresse son sein droit avec l'autre main, le front posé sur l'épaule de Komodo, hypnotisée par la main va-et-vient sur la colonne de chair, elle retient l'orgasme et attend le sien, les peaux sont trempées et brûlantes, alors qu'ils ne se touchent pas, mais le contact est tellement fort, il se contracte et son souffle s'accélère encore, il aime éjaculer sur elle, elle le prend dans sa bouche et il se branle dedans, une main dans ses cheveux, et le sperme gicle contre son palais, l'orgasme longtemps contenu fuse et transperce ses entrailles en éclair rouge, elle s'abat, spasmes, couchée sur sa main trempée prisonnière des cuisses verrouillées, il se laisse tomber aussi.

Elle redescend, et éclate de rire, voilà, j'en ai encore plein la gueule, et elle est secouée par le fou rire, complètement réjouie par l'idée, il sourit et lui tend une serviette pour qu'elle s'essuie, et commente sa délicieuse délicatesse de femme des cavernes pour enlever ses bijoux, la chaîne brisée gît près de la porte.

Ils s'attrapent depuis quelques semaines, régulièrement, c'est arrivé le soir de la fête organisée pour le départ de Komodo, qui lâchait sa place d'ingé-son pour se consacrer à un nouveau groupe, et il a trouvé judicieux de le faire avant que l'énorme tournée commence. Betty a trouvé judicieux d'en profiter pour essayer de le serrer, puisqu'il quittait la caste des garçons-avec-qui-on-travaille-donc-on-les-attrape-pas-sinon-ça-fait-des-embrouilles.

La première nuit a été un peu fouillis, parce qu'ils étaient déjà super raides après la fête, et que le plus subtil que Betty avait trouvé pour le serrer, c'est insister pour aller boire un dernier verre chez lui. Après, il a proposé qu'ils se voient régulièrement, en toute amitié, absolument contre le couple aussi, il est.

Il lui raconte ce qu'il aime chez elle, comme sa peau est douce, atrocement douce, comme elle devient tellement bouillante et en transe dès qu'on pose la main sur elle, que c'est terrifiant. Elle aime qu'il la taquine là-dessus mais ne recule jamais. Avec lui elle peut parfois se laisser glisser dans la confusion des sens, dans le tourbillon écarlate, sans avoir peur à chaque seconde qu'il se sauve en courant. Elle aime qu'il soit vicieux, et explorer ses petites manies avec lui.

— Lou m'a dit que vous aviez un procès sur le dos ?

Elle éclate de rire.

— Ouais, cinq procès, même, des assos de scouts à hublots, des têtards de bénitiers, en plein an 2000, y en a qui doutent vraiment de rien… Ça contribue à la légende, je suppose.

Il rigole et se lève pour aller chercher de l'eau et un cendrier, s'assoit pour mettre du son.

— Tu sais, ce qu'on avait dit… Qu'on s'attrapait en toute amitié, sans se sentir d'obligation sentimentale, tout ça… Je crois que ça pourrait, que c'est en train de changer.

Betty jette un coup d'œil paniqué à la fenêtre, réfléchit qu'on est au sixième étage et fait un énorme effort pour se reprendre, ne sois pas ridicule, on dirait une bête traquée, il n'y a pas de fusil, pas de meute de chiens après toi, pas de sons de cors. Elle se racle la gorge.

You say you love my life
You say you love my style, you say…
But do you really know
What it means to be with me

— Je crois pas que ça soit une bonne idée, du tout. C'est bien joli, tout ça, mais à chaque fois ça fait des embrouilles, ça finit dans le sang et les larmes, et c'est de ma faute, toujours de ma faute.

— Betty... C'est pas Betty Monde que je kiffe. C'est toi, vraiment, la manière dont tu ris, comme t'es crétine et tendre, ton museau tout froissé le matin, et tes petits grognements, c'est pas la star que je veux, c'est toi, faut pas avoir peur.

Elle est interloquée. Ça lui était jamais venu à l'idée, qu'un garçon puisse ne pas faire la différence entre elle et l'image, qu'ils croient coucher avec Betty Monde, tellement elle existe, elle. Étrange théorie. Il veut lui faire du bien, mais il lui en fait déjà. Il peut pas plus, pas comme il croit.

— C'est plutôt le problème inverse que j'aurais... Comme on peut aimer « moi vraiment » et pas supporter ce que je fais. Et je ne veux pas, je ne peux pas me couper en deux. Il faut pas que tu tombes amoureux, je le souhaiterais pas à mon pire ennemi, et je t'aime vraiment bien.

You know they'll never cease to burn you up inside
You know they'll never cease to burn
To burn you up inside...

Les guitares pleurent, ça tambourine dans sa poitrine, elle s'oblige à rester dormir quand même, comme d'habitude, pour qu'il ne croie pas qu'il est puni d'avoir parlé. Qu'est-ce qu'il faut faire ? Ça brûle déjà dedans, comment elle sentira sa douleur s'il tombe amoureux, quand il verra qu'il peut pas la changer, qu'elle ne peut pas être comme il veut, pour pas lui faire de mal. Il a déjà dit que ça lui ferait trop bizarre de la revoir sur scène, maintenant. Qu'est-ce qu'ils ont tous, comment elle peut être plus claire que ça ? Elle leur donne en entier, son cul, pour de vrai, tendrement, pourquoi ils veulent ce qu'elle peut pas leur donner, ce qu'elle n'a pas ? On glisse trop vite du corps au cœur. Ils veulent quelque chose qu'ils ne pourront jamais supporter. Ils glissent trop vite du cœur au couple.

Ils peuvent pas comprendre, la sensation-amour, irrationnelle et pourtant bien plus réelle, douce et apaisante, il leur faut du sentiment, de l'amour-pensée, rationnel, et tout de suite derrière, respecter les règles et le conditionnement social, culturel, tout ce qu'il faut faire et pas faire, et Betty, elle ne peut entrer dans aucune case, même si elle est prête à se découper des grands morceaux de chair, ça rentrera jamais, elle sait qu'ils ne désirent pas ça en vrai, profondément, on leur a dit que c'est ce qu'il faut désirer, et ils seront aussi désolés qu'elle, en pièces devant le désastre, et écrasés par le prix du sacrifice.

I feel the pain, all that pain, for you and I
There is no more place, no more place
For you in my life…

S'il est déjà amoureux, il ne lui dira pas, pour pas la perdre. S'il n'est pas déjà amoureux, il faut empêcher que ça arrive. Le lendemain, une fois chez elle, elle lui envoie un long mail pour lui dire adieu. Désolée d'avoir encore fait des embrouilles.

✶

— Betty, réponds, merde, décroche, faut que je te parle.

La voix de Lou à travers un brouillard, mais qu'est-ce qu'il fout là… Elle grogne, enfonce sa tête dans l'oreiller. Chat, qui squatte l'oreiller, essaie d'ouvrir ses yeux tout collés pour identifier la raison du glissement de terrain, s'étire le dos en bâillant, puis se recale en boule dans le creux du bras de Betty.

— Il se passe un truc grave, Betty, décroche, s'il te plaît…

Le brouillard se dissipe d'un coup, la voix de Lou est tendue, sur le répondeur. Betty se lève d'un bond, et court au bureau, Chat se pète la gueule et grogne.

— Qu'est-ce qui t'arrive ma poule ? Tu veux venir ? T'es où ?

— Je viens d'entendre sur France-Info qu'on est interdits. J'ai cru qu'ils déconnaient, j'ai quand même appelé Galactica pour les avertir. Pour une fois, c'est pas des conneries. La tournée est annulée.

Betty cligne des paupières. C'est pas une blague, c'est pas le ton d'une blague. Lou n'a jamais été drôle à ce point-là. Elle n'assimile pas bien. Il est déjà 14 heures, sur le magnétoscope. Il faut qu'elle prenne une douche.

— On a rendez-vous chez Vlad.

— J'arrive. T'as appelé tout le monde ?

— Je le fais là. Speede-toi, Betty.

Betty ouvre son placard, s'habille super vite, appelle la borne de taxi en laçant ses pompes, attrape ses clefs qui ne se cachent pas pour une fois, et sort. Dans l'ascenseur, elle commence à assimiler l'info. Putain, comment c'est possible, interdits de tournée ? Ça se peut, ça ? En France ?

Qu'est-ce que Lou va faire maintenant qu'il a largué son taf, et Mordred, qui a largué Lucie à cause du groupe, quasiment, et tout le monde, merde, tous ceux qui bossent pour Betty Monde, et le festival, t'as fait chier tout le monde avec ton festival, tout le monde a tout mis dans cette tournée, qu'est-ce que j'ai foutu avec mes conneries, on m'avait prévenue que c'était vraiment abusé, et je riais, pauvre folle, pauvre conne, à m'enfoncer des crucifix dans la chatte.

Tout le monde est déjà là quand elle arrive chez Vlad. Elle a honte d'arriver la dernière, comme si elle en avait rien à foutre, alors que c'est sa faute, à elle, comment ils ont fait pour se déplacer si vite ? Elle s'assoit sans rien dire sur la moquette du salon, face à l'écran-plat-géant-coins-carrés-antireflet-plasmotron-6025, c'est les infos et on peut même mater plusieurs chaînes en même temps sur ce truc, des petites fenêtres superposées à l'image principale, elle n'en demandait pas tant. Seth zappe et il semble qu'ils sont sur toutes les chaînes, elle voudrait bien qu'il arrête, Vlad est au téléphone avec le service juridique de Galactica, il arpente le couloir, Mordred le suit du regard, hypnotisé, ça fait presque peur pour sa santé mentale.

Lou vient s'asseoir à côté de Betty avec un gin tonic pour elle, et il parle, mais elle ne comprend rien, trop de procès dans plusieurs villes, le TGI de Nice, la loi

Jolibois, il lit un fax, *atteinte à la dignité humaine,* elle scrute le fax, *grave offense contre la tradition chrétienne dont les valeurs universelles sont inscrites dans le cœur de chaque homme,* un truc de dingue, *incitation à la haine religieuse,* elle scrute le fax plus intensément, mais ça reste insensé, *amende de 50 000 euros,* bla bla, et son regard s'arrête sur *interdiction d'exercer pour une durée de douze mois,* elle sent que le dragon se cabre dans son ventre, fou de rage et de frustration, elle lâche le fax. Vlad a raccroché, il dit qu'il y a possibilité de faire appel mais qu'ils sont baisés, ça peut prendre des mois et des mois, l'album est enterré, de toute façon, sans la tournée promo, Galactica ne veut pas prendre de risque, il ne peut rien faire. Il n'y a rien à faire, rien d'autre que tracer des lignes blanches sur la table en marbre noir. Qu'est-ce qu'elle va faire du dragon, gavé de puissance, elle le lâche de plus en plus loin, elle l'excite depuis des semaines pour qu'il la serve sans faillir pendant la tournée glorieuse, elle n'est pas sûre de le contrôler maintenant, elle le sent qui gronde à l'intérieur, et qu'est-ce qu'ils vont tous devenir, sans la scène.

Vlad leur appelle un chauffeur, ils ne veulent pas rentrer, pas rester là. Betty dit, au Pulp. Musique. Bruits. Gens. Néant.

Le Pulp est fermé, il ne reste que Lou avec Betty, qu'est-ce qu'on peut faire, le bar en face du Gibus est toujours, toujours ouvert, elle veut, elle a besoin de boire encore.

Martini, encore, le ventre brûle et le cerveau est blanc, elle se touche le nez sans arrêt, étrange impression qu'il est couvert de farine, Lou revient des toilettes et lui rend sa carte orange, elle file s'enfermer à son tour, prise d'un vertige dans les chiottes, elle essaie de ne pas paniquer, c'est normal, elle se souvient pas avoir mangé aujourd'hui, ne tombe pas dans les pommes ici, la porte fermée, le cœur bat très fort trop, les doigts glissent sur le loquet, ça s'ouvre, respire, calme, elle va au lavabo et s'asperge d'eau, elle ne se reconnaît pas dans le miroir, un fantôme, la peau brille bizarrement, reflets blancs et verts, ça doit être le néon.

Nerfs massacrés, le huitième Martini n'a eu aucun effet, elle titube un instant dans les toilettes, puis la bonne montée d'énergie, elle traverse le bar d'un pas alerte et décidé, tout à coup la lumière s'éteint dans un grand fracas de tables et de chaises.

Elle entend, de très loin, réveille-toi, sent une main contre sa joue, je ne sens pas son pouls, elle n'a plus de pouls, mais de quoi ils causent, elle ouvre les yeux, elle est à demi couchée sur une chaise et un tas d'humains penchés sur elle, le barman et les deux autres clients qui étaient à la table du fond, et Lou, qui lui met une grande gifle, un des types enlève les deux doigts qui pressent sa carotide, le barman lui donne un verre d'eau, pas soif, qu'est-ce qui se passe ? Il faut marcher, Betty, lève-toi, et Lou passe son bras sur son épaule, la tient solidement par la taille, marche, respire, il la fait marcher devant le bar, le long du trottoir, doucement, les types du bar sont collés à la vitre et les matent, Lou murmure, les pompiers vont arriver, elle essaie de se dégager, ça va très bien, et le trottoir se jette sur elle, Lou coupe le trottoir dans son élan en rattrapant Betty par la taille. Ne panique pas, c'est rien, il disait qu'il ne sentait plus ton pouls, il a demandé si tu avais pris un truc, j'ai dit, de la coke, donne. Et elle donne la coke, il la laisse tomber en marchant et la pousse du bout du pied dans l'égout, elle ne comprend pas grand chose, alors elle se rappelle de son empathie et ouvre. Et elle sent la peur la tristesse et la colère terribles de Lou, mais il ne dit rien, alors elle parle, pardon, elle est submergée par la honte, je ne te ferai plus jamais ça, je sais comme tu as dû avoir peur, je ne voulais pas. Et elle ne comprend pas comment ça a pu arriver, ce n'est jamais arrivé, l'instinct sait toujours ce qu'il lui faut, qu'est-ce que ça veut dire ?

Les pompiers sont complètement charmants, ils prennent sa tension et ils veulent l'emmener à l'hôpital en observation, c'est étrange et rigolo d'être entourée par tous ces garçons bienveillants, elle dit à celui qui parle, insolemment, en levant le menton, vous ne pouvez pas m'obliger, et il convient que non, lui fait signer une décharge.

Lou la raccompagne à pied, ça fait du bien de marcher, elle doit s'arrêter sur un banc, plus de souffle, le cœur faible, tellement fatiguée, ne t'inquiète pas, je vais bien dormir. Devant chez elle, il demande, jure-moi que tu n'as plus de coke, que tu ne vas pas retaper maintenant, et elle jure, on sait tous les deux que c'est pas la coke qui manque à Paris, et que c'est un coup de fil à passer, mais ça ira, là, ça ira pour cette nuit.

Quatrième partie

Angel Dust

These shall hate the whore, and shall make her desolate and naked, and shall eat her flesh, and burn her with fire.

For God hath put in their hearts to fulfil his will, and to agree.

Holy Bible

— **Ça va aller ? Vous voulez quelque chose ?**

Lou répond oui, un whisky, Seth aussi, Anaël demande une bouteille de Jack et Pimp ne comprend pas s'il plaisante ou pas, Mordred veut une bière, Betty dit que non, ça va aller, juste de l'eau. Pimp dit qu'il va falloir y aller. La salle de conférences doit déjà être pleine, ils sont en retard. Le brouhaha leur parvient jusque dans le couloir où ils attendent. Betty sent l'odeur de leur peur, l'odeur qu'ils dégagent ensemble avant de monter sur scène, sauf que justement ils ne monteront pas sur scène avant un moment. Ça fait une heure que Pimp les soûle avec la demande énorme, gigantesque, pour la conférence de presse, et tous les journalistes ont eu un dossier de presse, l'album et le clip, c'est une chance unique de vous exprimer, on a dû refuser du monde, bla bla…

Ils entrent dans la salle en file, il y a une longue table où cinq micros sont posés. Betty entre juste avant Lou, a un temps d'arrêt quand elle découvre la salle blindée. Il y a au moins 150 personnes dans une salle de 80 chaises. Betty avance et s'assoit face à un micro, vite, pour ne pas ralentir Lou. Elle tripote le micro, respire et lève les yeux. Ça fait comme un tas, un énorme tas de journalistes, hérissé de bras et d'appareils photo, de pieds de caméras, de dictaphones brandis vers eux. Betty rebaisse les yeux. Elle entend la première question. Elle se sent nue, aussi vulnérable que pendant un set, mais sans savoir quoi leur donner en pâture, sans que ça ait un sens.

— Vous êtes vraiment monstrueux, un message abominable de haine, vous brûlerez en enfer avec votre maître Satan !

Betty réfléchit que ce n'est pas une question, et qu'elle n'a pas à répondre à ça, elle ne peut pas le faire sans devenir très désagréable. Qu'est-ce qu'il fout là, le scout ? C'est une conférence de presse metal, pas l'ouverture des JMJ. Elle est quand même toujours ébahie de constater qu'on puisse mal comprendre ce qu'elle fait à ce point.

Elle sent Mordred s'agiter à sa droite. Seth se balance sur sa chaise, tire sur son T-shirt *I saw the light and I was not impressed*, il a vraiment le sens du slogan. Anäel a fini par avoir sa bouteille de Jack, il en vide un quart en une lampée. Comment il fait ça ? Technique d'avaleur de sabre, sans doute. Une voix de meuf à présent, au premier rang.

— Je regrette beaucoup que vous ayez été interdits…

Betty essaie de se concentrer. Il y a dans l'atmosphère quelque chose qui la rend presque malade, sans qu'elle arrive à savoir quoi.

— Parce que ça vous fait un maximum de publicité, alors que vous êtes abjects, dangereux, et que votre musique est la chose la plus insensée que j'aie jamais entendue, du bruit, des hurlements, on devrait même pas appeler ça de la musique.

— On n'a aucun intérêt à se faire interdire de concert juste avant notre première grosse tournée !

Qu'est-ce qu'elle a, sa voix, bordel, quel drôle de timbre, elle sonne un peu fragile dans les retours. Elle boit une gorgée d'eau, des verres sont apparus sans qu'elle s'en soit aperçue. Elle relève les yeux vers ceux de la dame qui parle. C'est une dame en escarpins, collants couleur chair, en tailleur bleu marine, elle tient un des micros qui tournent dans la salle d'une main aux ongles longs et vernis, et porte une étole rouge, et elle a des lunettes allongées. Elle a les yeux qui brillent, d'un éclat mauvais. Betty continue.

— Je suis complètement d'accord avec vous, on n'a pas mérité toute cette publicité. Mais ce n'est pas de notre responsabilité, notre taf, c'est faire de la zic, et le contenu des médias, c'est le vôtre.

Betty voit sa main aller vers le verre de whisky de Lou. Elle lui demande la permission du regard, il acquiesce d'un signe de tête, sans se souvenir qu'elle déteste le whisky. Betty boit le verre cul sec, sans s'en souvenir non plus. Ça l'énerve, putain ça l'énerve, de se sentir déconnectée. Une autre voix enchaîne déjà.

— Comment pouvez-vous exploiter un blasphème si odieux, souiller ainsi la Croix du Christ !

J'ai bien, très bien intégré le christianisme, voyez vous. Je suis parfaitement hiérophile. Arrête ton humour pourri, ils ont vraiment pas des têtes à avoir un second degré. Qu'est ce qu'ils font là, tous ?

— Le christianisme a corrompu tous les symboles sacrés anciens. La croix de vie est un symbole de l'Égypte antique, elle représente le sexe féminin et le sexe masculin, unis dans la création. La croix du Christ en a fait un symbole uniquement phallique, en supprimant la boucle supérieure. Et morbide, historiquement c'est une guillotine ou une chaise électrique, version antique. Vous trouvez ça beau, moi pas. Cet acte est un acte de réparation, Ankh réparée dans ma chair.

S'ils croient que c'est facile en plus, elle s'est blessée plusieurs fois, quand même. Sans les enceintes, le brouhaha de la salle couvrirait sa voix. Elle balaie la foule du regard, ils ne l'écoutent pas, ne l'entendent pas, ils ne veulent pas, et en les regardant elle ouvre son empathie, et un souffle abject lui coupe la respiration, haine pure et hostilité irrationnelle.

Une bourrasque d'une force comme Betty n'a jamais senti, qui la fait se sentir toute petite et impuissante. Une volée de lames de rasoirs qui lui déchiquète le thorax. Ça rétracte ses poumons, ça lui fige le sang, paralysie générale. Une voix dans le cerveau, urgente, *verrouille, verrouille*! Betty baisse les yeux et entend un drôle de truc résonner en elle, un bruit de porte de prison. Tout semble irréel à présent. *And all this controversy circles me and it seems like the media immediately points a finger at me…* Qu'est-ce qu'elle a fait pour mériter cette haine ? Elle a cru parfois qu'elle avait la haine, elle montait la rage contre des concepts et parfois la colère l'envahissait, en puissante vague rouge, mais ce truc-là, ce truc qu'ils déversent sur eux est hors de contrôle, elle ne savait même pas que ça existait.

Des insultes fusent, *putain du diable,* et ils connaissent au moins le titre de l'album, elle essaie de rire, sorcière, pédophiles, assassins, si fort que ça la frappe dans le ventre, et elle a senti tout à l'heure qu'ils ne désirent rien tant que leur dresser un bûcher, comme si leur vie en dépendait, un dossier de presse vole vers eux, et quelques projectiles suivent, un verre s'écrase sur la table, elle est subitement désespérée, le *courage* de ceux qui se savent protégés par l'anonymat du nombre, le courage de la vermine, l'honneur d'une meute de hyènes, et ce sont des humains, des humains qui expliquent aux gens quoi penser, c'est terrifiant et désespérant.

Mordred se dresse et gueule qu'il les encule tous, tous, tas de connards, un type en rouge brandit le poing en hurlant aux nazis, Seth arrête de se balancer et se lève lentement, les poings sur la table, Betty se sent loin, elle pense non, non, il ne faut pas rentrer dans leur jeu, pas perdre le contrôle et se laisser emporter dans la haine, elle a envie de dire à Mordred qu'ils ne savent pas ce qu'ils font, c'est impossible, elle voit Anaël accroupi sur la table, sa bouteille à la main, il avale une de ces énormes lampées dont il a le secret et recrache un long jet jaunâtre sur le tas de journalistes qui commence à refluer, les joues gonflées et une posture d'homme des bois, qui va incroyablement bien avec sa coupe de cheveux à la

Serval, le troupeau bat en retraite dans le plus grand désordre, Betty pense qu'il doit vraiment être hors de lui pour gâcher le liquide ambré sans hésitation, le sang qui coule dans ses veines, carrément, et elle a envie de rire, comme une folle.

Lou saute par-dessus la table, seul dans l'arène et se dirige droit vers le type qui les a traités de nazis, c'est pas le genre de choses qui l'amuse, le militant du SCALP se réveille en lui, et il a retenu le visage, Betty monte sur la table en back-up et sa Doc fait tomber un micro, elle saisit le mini-pied de micro au cas où il faudrait faire face à un assaut massif, scrute les mouvements de la foule autour de Lou, Lou s'immobilise devant son adversaire et lui propose froidement de régler ça, à la loyale, l'autre fait le malin parce qu'il est très largement en surnombre, cinquante contre un au bas mot, quand même, Seth est à l'affût et Anaël se lève sur la table, mais personne n'intervient, que cette masse est pathétique, tellement lâche, un grand vide se forme autour du type en rouge, abandonné par ses pareils, il panique et frappe Lou de toutes ses forces avec son appareil photo, Lou le regarde avec tellement de mépris sincère dans les yeux que l'autre devrait périr de honte, mais non, il ne connaît pas la honte, alors Lou lui met une gifle, juste une, et Betty est fière de lui, de voir qu'il a retenu sa force, le type en rouge reste bouche ouverte, stupide, et Betty a le temps de voir que sa lèvre tremble un peu avant qu'il batte en retraite.

Une gifle, il doit revivre tous les traumatismes de l'enfance, les humiliations de l'armée, sa mère autoritaire, son grand frère castrateur ou le chefaillon de la classe de 6e, Betty essaie de se connecter sur ses émotions pour être sûre qu'il est blessé encore plus profond qu'il croit, qu'il se sent comme une merde pour ce qu'il lui a fait ressentir, avec sa meute de hyènes, mais elle n'y arrive pas, curieux, puis elle pense que le sentiment de vengeance est en dessous d'elle, même par empathie, et qu'elle a tort de vouloir ressentir ce qu'ils ressentent, la boue, Mordred est en train de résister à une furie qui lui met des coups de Bible, c'est une énorme Bible en cuir brun usé par les ans, mais d'où elle sort, celle-là, on se croirait dans un film, un mauvais film de série B, Mordred hoquète de rire et se protège, plié en deux, ça a l'air d'aller, Anaël va vers lui, le service d'ordre de l'hôtel apparaît dans le fond, ils foncent vers Lou, le premier a la main sur une matraque, Betty parierait que ça craint, elle saute de la table, au même moment Mordred repousse du bras la folle qui vient de frapper dans sa côte fragile, sans cesser de rire, plié en deux, elle glisse et tombe en hurlant.

Betty a rejoint Lou et elle s'aperçoit qu'elle a toujours le pied de micro dans la main, elle le lâche en se plaçant entre le vigile et Lou, pour éviter la bavure, elle commence à parler quand le vigile la frappe, c'est le coude qui mange, décharge électrique dans le bras, elle gueule sous l'effet de la douleur, il la refrappe dans le ventre, elle tombe, Lou attrape le vigile par le col, le vigile lève sa matraque et ça fait partir le coup de boule fatal de Lou en réflexe, un bruit de truc qui craque, le vigile s'effondre sur le sol à côté de Betty qui est couchée en chien de fusil, la joue contre le sol, la masse bleue apparaît brusquement dans son champ de vision dans un angle pas habituel, hémoglobine, il a le nez écrasé par terre et la bouche en relief, petit caillot et sang épais qui fait des bulles sous la narine gauche, elle entend Lou qui murmure un *merde* vraiment désolé, elle étouffe de douleur et le fou rire la prend, elle se relève à demi, cherche à reprendre son souffle, et là-bas Anaël est à côté de la folle toujours vautrée qui se débat les jambes en l'air, elle crie au viol, au secours, Anaël essaie de lui attraper un bras pour la relever, elle lui met un grand coup de talon, se roule par terre comme si on l'égorgeait, deux vigiles plaquent Seth contre le sol, Mordred ne rit plus, des flics arrivent en cavalant par la porte du fond, Lou est projeté contre la table, il a les bras écartés et un flic accroché à chaque biceps, il se mange l'angle de la table dans le dos, elle a mal pour lui quand le choc résonne, elle balaie la salle du regard encore une fois, chaises renversées, verres brisés dans la fuite, cinq vigiles et les flics, la folle qui hurle encore à propos de Satan, et là-bas encore quelques journalistes, trois caméras qui tournent. Elle savait bien que ça ressemblait à un film.

Elle vient de rentrer, ils ont tapé le petit dèj sur les quais en sortant de garde à vue, en plein après-midi, contusionnés, sales et froissés, se gavant du soleil froid de l'hiver et de l'air vif, et c'était marrant de voir Anaël téter le goulot d'une bouteille de lait chocolaté. Elle a pris une longue douche en rentrant mais elle se sent encore sale et visqueuse.

À la télé, il y a les images de la conférence de presse, montage rapide et haché, ils disent que le groupe sataniste a mis l'hôtel à feu et à sang et que les journalistes ont du être évacués et qu'il y a treize blessés dont deux graves, qu'une honnête mère de famille est en observation à cause du choc post-traumatique, et on voit Mordred qui hurle subitement et sans raison qu'il les encule tous, puis il frappe la folle à bible, Lou face à la hyène et il brise l'appareil photo, elle-même qui se rue vers la caméra avec le pied de micro à la main... Et elle ne sait plus, elle n'est plus sûre de ce qui s'est passé. Elle voudrait qu'ils expliquent quelque chose, quel groupuscule a réussi à s'introduire à la conférence et à la saboter, quelque chose, n'importe quoi, mais on voit bien à la télé qu'ils sont des agresseurs sanguinaires, elle ne sait plus, ça a l'air tellement vrai, à la télé, leur réalité, ils sont tellement nombreux, est-ce que sa réalité à elle peut tenir le choc contre le bloc des réalités adverses, est-ce que s'ils sont si nombreux, ce ne sont pas eux qui ont raison ?

Chat change de chaîne en se vautrant sur la télécommande, et redresse la tête, oreilles frémissantes, se met à ronronner pour accompagner le flot d'injures dont Betty l'agonit. Il est énervant, ce truc, il se met à ronronner à tout bout de champ, qu'on lui tire les moustaches ou qu'on lui gratte le duvet blanc du ventre. Elle tire brutalement la télécommande de sous Chat, qui ne cille pas, il a mis *Jerry Springer Show*. Elle fixe l'écran en tripotant son piercing, la peau est sèche tout autour du nombril, elle tire sur le bijou, le fait tourner entre le pouce et le majeur, geste automatique.

Jennifer est venue annoncer à son fiancé qu'elle a couché avec son cousin. Le public hue. Son cousin à elle, pas à lui. Le public hue. Pour de l'argent. Hystérie dans le public. Jerry fait le point : il est venu et il a dit, voici 50 dollars, couchons ensemble ! ? Elle répond, non, 400 dollars. Jerry demande combien elle prendrait pour coucher avec son frère, le public l'acclame.

Qu'est-ce que les gens ont dans le crâne pour venir déballer leur linge sale à la télévision ? Est-ce qu'ils sont stupides au point d'être prêts à tout pour passer à la télé ? Est-ce qu'ils ne se rendent pas compte à ce point ? Pourquoi est-ce qu'ils sont prêts à piétiner leur honneur, dévoiler leur intimité pour ça ? Pour s'exposer sous l'œil du microscope, se soumettre au jugement de millions de personnes assises bien confortablement dans leur canapé, qui se feront une idée exacte de leur personne en deux minutes d'images ? Comment font donc les stars des médias, les idoles des foules ? Comment supportent-elles d'être adorées ou haïes pour ce que les gens projettent sur elles ? Le pire, c'est que tu sors fatalement de la projection, à un moment ou l'autre, au hasard d'une rencontre ou d'une déclaration, et que ceux qui t'adorent sont ceux qui te détruiront avec le plus de rage, ivres de rancœur pour une trahison imaginaire, incapables de supporter que tu détruises leur rêve, et il faut bien un coupable pour la mort de leur illusion. C'est forcément leur idole qui est coupable dans cette société infantilisante. Il faut être stupide ou inconscient pour aimer ça, comment est-ce qu'ils gèrent ? Et puis, t'as pas le droit de te plaindre quand t'es célèbre, parce que la masse rêve de ça, et que la masse ne veut pas voir l'envers du décor. La masse a envie de croire en un idéal de bonheur total, la masse ne veut pas savoir qu'il y a un prix à payer pour chaque chose, que l'actrice à paillettes sur le grand escalier rouge se tord de douleur la nuit et abuse des antidépresseurs qu'elle fait passer à la vodka pure, tellement elle se sent mal aimée, que l'animateur-vedette est blindé de coke et passe ses nuits en boîte à partouze pour oublier que son entourage n'en veut qu'à son fric, que le comédien célibataire ne discute plus qu'avec des putes de luxe parce qu'elles sont les seules à ne pas le juger, à ne pas espérer un rôle ou un grand mariage. Ça la fascine, c'est tellement naturel pour elle, de voir la lumière dans l'obscurité et l'obscurité dans la lumière, de chercher et sentir derrière l'apparence…

Accepter de payer ce prix quand tu as quelque chose à dire, pour ton travail, musique, photos, peinture, c'est une chose, discutable, sûrement, mais compréhensible. Se jeter au feu sans raison, ou plutôt être prêt à tout pour avoir sa place sur le bûcher, ça la dépasse. On voit Jennifer et son cousin s'engueuler dans les loges, à présent, elle dit qu'elle se dégoûte et ne veut plus jamais le revoir, il dit qu'il l'aime du plus profond de son cœur et qu'il la rendra heureuse. Elle le jette. On revient sur le plateau, le cousin arrive, il a les bras levés, fait face au public, tous les gradins scandent des injures en brandissant le poing et ce geste rappelle de drôles de choses. Le cousin se frappe la poitrine en absorbant les you suck, you suck, asshole et autres dirty pig. Debout, il crie je l'aime, fuck you, les bras écartés. Il se tient, debout, la tête haute. Peut-être, peut-être qu'ils ne sont pas payés pour venir faire le show. Peut-être que c'est un moyen extrême de faire face à sa propre honte et à sa propre culpabilité, se soumettre à la rage de la foule hostile, au jugement écrasant, une thérapie à coups de marteau, un truc de guerrier émotionnel. Le fiancé débarque sur le plateau, s'assoit calmement à coté de sa compagne, il sait bien sûr qu'on va lui apprendre quelque chose de grave puisqu'il est là, il est tendu, scrute le visage de sa compagne. Elle raconte, il se jette sur le cousin, le service d'ordre intervient, les sépare juste ce qu'il faut pour que ça reste spectacle, tout la salle est debout et crie, les encourage à frapper plus fort, et à ce moment, on aperçoit dans un mouvement de caméra-épaule le cousin qui étouffe un rire en plein milieu de l'empoignade. Des acteurs. Pas mauvais, en fait. Ça explique mieux le concept, pour Betty, elle aime bien son idée de thérapie sauvage, mais il faut bien reconnaître qu'il y a peu de guerriers spirituels chez ses contemporains, certainement pas de quoi remplir la programmation en tout cas. Elle ne zappe pas, pourtant, elle continue à regarder, avec le même sentiment de malaise, voyeuse, ça reste sale et fascinant, sans qu'elle s'explique pourquoi. Le fiancé traite Jennifer de bitch, avec son propre cousin, salope, le public se joint à lui. Elle explique qu'elle est rongée par le remords, et pourtant, quand elle regardait le show et qu'elle voyait des gens qui avaient couché avec leur cousin, elle les exécrait, oh, ça la mettait dans un état de rage, elle aurait cassé sa télé, et pourtant c'est elle qui est là aujourd'hui. Le public ne semble pas entendre ça, mais il se réveille quand le fiancé bondit pour essayer d'en coller une au cousin s'il ne laisse pas Jennifer tranquille, la salle se lève et vomit sa haine, frappe encore l'air du poing. Betty écarquille les yeux, ne zappe toujours pas. La fenêtre entrouverte sur la noirceur de l'âme humaine, le sale fascinant, c'est eux, bien sûr, le public, tous ces gens venus juger, d'autant plus cruels qu'ils savent dans le fond de leur cœur qu'ils auraient tous leur place sur une des chaises de Jerry, si seulement ils avaient le courage de se regarder en face. Le micro tourne dans la salle, ils sont supposés questionner les invités, critiques et insultes fusent, un grand blond à hublots, eh, Jennifer, combien tu prends pour coucher avec ton père, un quadragénaire roux en jogging, eh, le cousin, tu ferais bien de te mettre au régime parce que t'as le plus gros cul que j'ai jamais vu, et c'est vrai qu'il n'a que 10 kilos en trop, alors que le cousin en a peut-être 15, et ils rient de leur humour brillant, émerveillés d'avoir tant d'esprit, une black grassouillette pouffe d'avance de ce qu'elle va dire, et se lance, eh la pute en rouge, si tu veux mettre un décolleté, regarde, voilà à quoi ça ressemble, espèce de planche à pain, et elle écrase ses deux seins entre ses mains en se penchant en avant pour bien montrer son décolleté à la caméra, c'est le pompon, la salle applaudit comme à chaque mesquinerie, comment est-ce que c'est possible que tous ces gens ne se rendent pas compte qu'ils se souillent, et tout à coup, l'esprit de

Betty pédale dans le vide, incapable de comprendre ces humains, la salle est peut-être remplie d'acteurs aussi, ça ne peut être que ça, c'est à devenir dingue.

*

La boutique est quasi vide, c'est bientôt la fermeture. Elle grimpe l'escalier en colimaçon qui mène dans les cabinets particuliers des pierceurs, Charlie doit l'attendre. Son nombril est salement infecté et faut faire quelque chose. Elle aime bien l'endroit, couleurs chaudes et fauteuils défoncés et profonds, elle aime bien les vitrines pleines d'artefacts en pierres et alliages étranges et colorés, parce que ça occupe de deviner quel bijou se met où et pour quoi faire, et elle aime bien Charlie aussi, depuis leur première rencontre.

Elle était venue le voir sur recommandation d'un pote, pour se faire percer le nombril. Il y avait plein d'instruments prêts sur la table, dans un petit plateau en acier. Elle l'avait harcelé de questions lourdes sur le piercing génital, pour essayer de gagner du temps parce qu'elle se sentait pas complètement rassurée de se faire enfiler une grande aiguille dans la peau du ventre, mais elle ne l'aurait jamais avoué, même sous la torture. Il avait répondu patiemment, illustrant ses explications sur son bras tendu comme un phallus, alors un prince Albert, c'est un anneau qui traverse le gland à la verticale, par l'urètre, et ressort par en dessous, juste sous le gland, comme ça, et il formait un cercle avec ses doigts gauches sur son poing droit fermé et ça ne ressemblait pas vraiment à un gland mais elle comprenait quand même. Toutefois, vraiment, un frenum, elle ne comprenait pas. Il n'avait pas que ça à foutre non plus. Alors il s'était levé, et avait déboutonné son treillis, l'air à moitié résigné à moitié en mission, et lui avait sorti sa bite. Un naturel époustouflant. Rien de sexuel, rien du misérable exhibitionnisme agressif du frustré dans le métro, juste elle l'avait cherché et elle l'avait trouvé, total respect. Betty avait contemplé sa bite, deux billes en métal brillant de chaque coté du frein, reliée par une barre d'acier chirurgical, on aurait dit une petite bête avec les deux yeux écarquillés, ça donnait envie de la faire parler en l'agitant doucement.

Après ça, le seul moyen de reculer encore l'opération trouage de nombril, c'était de demander de quoi ça avait l'air en érection, mais ça semblait un peu disproportionné comme stratégie. Alors, Betty s'était allongée super sagement sur la table, avait relevé son bustier, baissé un peu son pantalon et n'avait plus bronché. La peur avait tout de suite fait monter une grosse vague d'adrénaline brûlante, défoncée, elle flottait déjà quand il avait enfilé des gants en latex blanc. En fait, l'aiguille passait bien avec le gel lubrifiant, ça brûlait un peu, une douleur plus aiguë quand il avait fait glisser la banane derrière l'aiguille, rien de dramatique, c'était déjà fini. Il lui avait conseillé de rester allongée un peu. Cool, parce qu'elle avait la tête qui tournait encore à cause de la bouffée d'adrénaline, et il avait commencé à lui parler de Bonobo, un pote journaliste qui avait un prince

Albert, si ça l'intéressait. Betty, même complètement raide, s'était rétractée à cette idée complètement saugrenue, faut pas déconner avec les muqueuses, quand même, c'est ça qu'elle a de plus précieux. Depuis, à chaque fois qu'ils se croisent à un concert, ou qu'elle vient changer de bijou, il la vanne et envoie des textos à son pote, ou fait semblant. C'est devenu un petit jeu entre eux, Betty enrage et jubile en même temps qu'il essaie de lui arranger un plan comme en primaire, et lui a l'air complètement ravi de la taquiner.

Elle s'installe sur la table, il siffle entre ses dents en voyant la peau autour du nombril, écarlate et enflée.

— Putain, qu'est-ce que t'as foutu, t'as voulu le nettoyer au Destop ? On va remettre un anneau, mais si c'est pas mieux dans une semaine, faudra tout virer. T'es pas malade ?

Elle grommelle qu'il fasse son job, point. Elle a pas envie d'expliquer qu'elle a plus ses règles depuis trois mois, qu'elle tape trop de coke et qu'elle a fait deux angines. Elle sait trop ce que ça veut dire. Elle le laisse enlever son bijou, un soleil dont le centre est en hématite, avec des rayons en argent tordus et ciselés qui s'étalent comme des pétales torturés, ça lui fait trop de peine pour qu'elle le fasse elle-même. Ça fait mal, saloperie d'infection. Deux semaines qu'elle en chie. Il désinfecte, passe un anneau, ça déchire et elle serre les dents, il attrape la bille d'acier noir et referme l'anneau dessus, elle est soulagée quand il repose la pince.

— Alors, le festival est maintenu sans vous, j'ai vu ?

— Ouais.

Elle a pas envie de parler de ça non plus. C'est une grosse date avec cinq groupes, qu'elle tenait à faire à tout prix sur Paris, avant la tournée, pour jouer avec des bons et dire au revoir aux potes. Lou s'est cassé le cul pour faire entrer Galactica dans le plan. Ils ont pas pu se retirer, presque tout était payé d'avance, à part les groupes, et un seul a annulé faute de cachet. Faudra y aller quand même et être dans le public, pour les trois groupes restants.

— Tiens, y a Bonobo aujourd'hui, il est parti faire une course, il revient tout de suite. Je lui ai parlé de toi un paquet de fois et il a hâte…

Betty reste stoïque, sourit un peu.

— Ouais ouais, c'est ça, change de disque, les plaisanteries les plus courtes sont les meilleures.

Elle n'en pense pas un mot, y a rien de tel que le comique de répétition, mais elle est d'humeur maussade. Elle se redresse et allume une clope, Charlie met un skeud. La porte s'ouvre et Bonobo fait son entrée. Charlie a l'air très content de lui, les présente sommairement pour faire genre civilisé, mais pas assez pour qu'ils se sentent à l'aise quand même. Bonobo s'assoit sur la table à côté de Betty. Subitement le mur du côté libre de tout Prince Albert la fascine. En fait, c'est une mauvaise idée, parce que le mur en question est couvert de photos de tatouages et de piercings, ça ne l'aide pas beaucoup. Charlie et Bonobo parlent d'un article sur une performance dans une soirée fétish, un genre de spectacle de marionnettes, à ce qu'elle peut comprendre. Bonobo est journaliste à *Metal Mag*, mais elle l'a jamais vu avant, curieux. Ils parlent de poulies qui bougeront les fils, ils ont prévu une cinquantaine d'aiguilles dans la peau des bras et du dos, Charlie explique que c'est très joli parce que ça décolle bien la peau, ça fera des photos mortelles. Betty n'est pas concentrée du tout. Elle est incapable de regarder le visage de Bonobo, son cerveau est envahi par une succession d'images, tentatives de visualisations de son pénis. Elle doit ressembler à un type devant la vitrine d'un sex-shop, avec la bave qui dégouline. Incontrôlable.

Elle prend un drôle de plaisir à la situation. Il allume une clope super improbable au clou de girofle. Betty sent qu'il faut qu'elle dise un mot ou qu'elle fasse un truc de temps en temps, entre deux observations de mur, elle lui taxe une latte. C'est infect, ça a un goût de dentiste et ça laisse un voile sucré sur les lèvres. C'est le seul moment où elle arrête de visualiser le prince Albert, pendant quelques secondes elle imagine le goût que doit avoir sa bouche. Ce garçon doit être bizarre de partout.

Le boss vient les dégager, il voudrait pas abuser mais ils ont pas un chez-eux où ils pourraient rentrer ? Le prince Albert se lève, elle mate son cul, qu'on devine petit et ferme sous le Baggy, puis la silhouette générale, à peu près sa taille, plutôt sportif, tignasse brune et petites locks, piercing au sourcil, elle voit pas bien son visage de profil, le tout fait grand singe dégingandé, mais souple et sans les poils, il bouge comme quelqu'un de bien dans son corps.

— Tu veux qu'il te raccompagne ?

Quel bon arrangeur de coup, ce Charlie, tout dans la subtilité, il a l'air de jubiler de voir Betty Monde aussi désemparée qu'une gamine de douze ans. Faut dire que ni elle ni Bonobo n'ont l'air motivés pour prendre la situation en main. Betty se renfrogne et bredouille un mouais, puis essaie de se tourner vers Bonobo, qu'elle ne voit pas très nettement, submergée par une vague de bonne terreur. Le dragon se retourne dans sa tombe, quelque part dans son ventre. Du métal dans moi. C'est comme si j'allais me faire dépuceler. Elle s'entend parler, mais c'est pas ça qu'elle dit, heureusement.

— Yes, t'es garé loin ?

Le ton sonne peu enjoué mais normal, en fait. Bonobo dit que oui, il est garé loin, c'est pas facile dans le coin, et brusquement l'instinct de conservation de Betty prend le dessus. Elle s'entend expliquer à toute vitesse que, sa foi, elle va rentrer en taxi, elle est crevée y a une station pas loin et puis ça ira plus vite hein ! Elle sort de la boutique comme une trombe, et gambade vers la station de taxis en gloussant, complètement réjouie de sa bêtise. À peine montée dans le taxi, deux bips de texto.

— ALORS IL TE PLAIT PAS MON COPAIN ?!

— C EST PAS PASKE JE ME SUIS SAUVEE EN COURANT KIL ME PLAIT PAS, T CON OU KOI ?

— ON VIENT AU FESTIVAL

Ça lui fait une semaine pour y penser. Après tout, c'est peut-être le meilleur, envisager, caresser l'idée, faire monter la peur et jouer avec, après tout, tant qu'on a peur, on sait qu'on est vivant.

*

Livre des ombres, carnet de rêves, extrait.

Je marche sans but dans la nature, j'aperçois quelque chose au loin, entre les arbres. C'est une très grande maison en chantier, j'entre, des ouvriers m'observent, j'ai l'impression de déranger. Enfilade de pièces aux ambiances diverses, meubles poussiéreux et antiques mélangés avec du contreplaqué, je dois monter un étage, je grimpe sur une échelle recouverte de tissu, le tissu tombe, l'ouvrier de la pièce me regarde sans rien dire, j'essaie de replacer le tissu et il se déchire, je suis confuse. C'est comme un labyrinthe, j'évite les obstacles et c'est très dur de ne pas me péter la gueule, une autre échelle recouverte de tissu, cette fois je prends un autre chemin, même si je sais que c'est un détour. L'ouvrier de la pièce, déjà ennuyé de ma simple présence, a l'air soulagé. Je passe dans un salon où un ouvrier essaie de faire tenir beaucoup de meubles, en dépit du bon sens, capharnaüm d'armoires impossibles à ouvrir et de commodes face au mur, mais il est proche de tout faire rentrer, il doit tout rebouger pour me laisser passer. Personne ne m'arrête mais je sens l'hostilité, l'inquiétude ou la peur, le reproche ou la tristesse résignée.

Je me retrouve dans un hall où il y a d'autres paumés, déjà aperçus au cours de mes allers et retours. Ils sont assis par terre, à attendre quelque chose, leur visage est enflé et bizarre, comme une allergie ou des piqûres. Je passe devant eux, j'ai honte parce que mon visage est sale d'avoir exploré tant de pièces, les lèvres noires, j'essaie de me nettoyer. Je continue à avancer dans un couloir gigantesque, structures métalliques à ciel semi-couvert, j'ai un mauvais pressentiment, des piqûres, des piqûres de quoi ?! Je veux trouver un autre chemin, trop tard, je suis attaquée, vibrations de frelons tout autour de ma tête, vrombissements méca-

niques, je cours en me protégeant la tête sous mon long manteau en cuir noir, mais je sens que j'enfle, déjà infiltré, je retourne le manteau en continuant à courir, mais l'intérieur est contaminé par des drôles de bêtes blanches et cotonneuses, tout à coup l'obscurité, je ne vois plus qu'un écran, des cadrans qui clignotent et des pourcentages qui s'affolent, couleurs phosphorescentes, explosion de revendication en rafale dans ma tête, je ne me souviens que de bribes : «je veux bien crever mais», «prévenir»,« manipulations génétiques», «prévenir», «coupables», des preuves et des données incroyables, une multitude de clefs défilent à grande vitesse sur l'écran, je veux tout retenir, mais je suis en danger, les pourcentages augmentent dans le rouge, je pense d'un coup : je vais mourir, et cet écran va disparaître, c'est horrible, les preuves. Je repense au regard des paumés enflés, assis et passifs, qui m'ont regardé passer sans dire un mot, des aiguilles affolées dans des graduations rondes, je n'arrive plus à respirer et la douleur terrible dans ma tête, tout se fige, je meurs, soudain je pense, ce n'est qu'un rêve, et je répète, tu es en train de rêver, je m'accroche à cette idée parce que c'est le seul moyen de me soulager. Horrible malaise toute la journée.

✶

Betty poursuit Lou dans les escaliers, il maîtrise grave les dérapages, Anaël se pend à la structure en fer d'une main en poussant des aboiements et en agitant sa bouteille de Jack. Seth lui fait remarquer que ça va commencer et qu'il rentrera pas avec sa bouteille. Il a un sweat à capuche *I'm not Crazy, I'm Mad*, et il a l'air de se geler. Anaël se laisse tomber, instantanément sérieux, Betty propose de faire passer la bouteille dans son sac à main magique, ça doit rentrer juste et elle a un doctorat de déconcentration de videur.

Anaël penche la tête en arrière et descend la moitié de la bouteille en deux lampées, technique d'avaleur de sabre. Il la fatigue, elle se jette sur lui pour sauver le fond, il fait assez froid pour boire même du whisky. Ils se dirigent vers le cabaret sauvage, l'humeur tourne au grave au fur et à mesure qu'ils se rapprochent. Betty traîne un peu les pieds. Elle n'est pas sûre d'avoir envie de voir tous ces gens, elle en connaîtra au moins la moitié en plus, et de toute façon, même l'autre moitié la connaîtra, en fait elle n'aime pas les gens. Elle envierait presque Mordred qui est malade, soi-disant, mais qui est sûrement en train de se prendre la tête avec Lucie, elle n'arrête pas de le harceler depuis qu'il l'a plaquée.

Elle essaie de ne pas trop penser qu'elle devrait être sur scène ce soir. Ça fait bizarre, en fait, que Mordred soit pas là. Bof, y aura Bonobo, quand même, ça fait des semaines qu'elle n'a pas baisé. Elle cherche tout de suite les chiottes, fait le tour de la salle, scrute dans tous les coins, rien. C'est un complot ou bien ? Ils sont dehors, dans des genres de mobile homes, ça va être compliqué comme soirée. Pas d'abattant sur la cuvette, le sol est humide et très, très douteux. Elle remercie l'État français pour sa nouvelle carte d'identité plastifiée, bien rigide et juste au bon format, et la pose sur le dévidoir de PQ. Elle sort son étui de carte bleue, le pochon plastique tout neuf encore scellé et le fait rouler entre ses doigts pour préécraser la coke. Ça va être une galère à piler correctement, dans des conditions aussi déplorables.

Elle s'applique du mieux qu'elle peut, tapote les boulettes, le support n'est pas stable et y a des cristaux qui sautent, mais elle préfère ça que se retrouver avec des morceaux coincés dans le nez qui rongent les parois nasales, déjà très éprouvées, ses parois nasales. Elle tire sur la chaîne autour de son cou et colle sa nouvelle paille bijou en métal à sa narine, tire la chasse en reniflant pour pas se faire trop griller. Elle penche la tête en arrière et renifle une seconde fois très fort, encore protégée par la chasse qui se remplit, la coulée âcre et chimique descend dans sa gorge. Toujours aussi bonne, elle sent déjà son palais qui s'engourdit, les gencives qui changent de forme. Elle réintègre la salle et file droit vers le bar, descend une première Kro cul sec, collée au bar pour pas laisser d'ouverture à un éventuel bavard, et repart avec une deuxième. Le premier groupe va finir son set.

Betty arpente la salle de long en large pour canaliser l'énergie du son brutal, amplifié par la coke. Pas se poser, pas laisser de prise aux gens-qu'elle-ne-connaît-pas-mais-qui-la-connaissent-et-ont-tous-un-truc-crucial-à-lui-dire, ni aux gens qu'elle connaît d'ailleurs, ils ont sûrement des trucs à lui dire aussi. Qu'on vienne encore lui parler de la chance qu'ils ont, d'être interdits, toute cette pub… L'argent la décapotable les putes et la coke, c'est ça ouais, *Bitch is on my dick cause I got da money and da power*, c'est ça qu'ils imaginent, bande de malades, quand elle crève de pas monter sur scène.

Elle aperçoit Lou à une table et le rejoint, il est avec trois des musicos qui doivent jouer ce soir, Cobra, Taz et Léo. Betty pose bien poliment plein de questions sur l'évolution de Black Bomb A, sans faire semblant d'écouter les réponses, de temps en temps elle capte quand même un mot et s'en sert pour dire quelque chose. Tout le monde s'en tape, de toute manière. Ça lui fait penser qu'elle taperait bien une cinquième ligne – ou sixième, elle a arrêté de compter les expéditions chiottes. Il y a la queue maintenant, elle barbarise les lignes, par respect pour les réelles envies de pisser pressantes, et aussi parce que l'état de ses parois nasales lui semble un problème de plus en plus abstrait. Elle passe quand même son doigt sous un filet d'eau au lavabo, et renifle la goutte d'eau posée sur son index pour diluer les résidus, sous le regard consterné d'une meuf qui attend son tour. Pas grave, les regards consternés, Betty lui sourit cordialement.

Elle vient de se rasseoir avec sa bière, elle fait de grands gestes, disserte un moment sur la fraise qu'elle se ferait bien tatouer sur l'oreille, c'est un bon sujet de conversation ça. Ses interlocuteurs restent toujours stoïques, c'est devenu un sport de haut niveau, trouver la déclaration la plus incohérente possible, et observer ses effets. Il semblerait que tout soit permis. Elle explique à Cobra en tirant sur le lobe de son oreille que sinon, la mort a un plan, comme dans le film pourri là, ça tiendrait peut-être en caractères gothiques ? Léo scrute la salle, s'exclame, oh, Bonobo !!! Putain, Bonobo, enfin. Léo vient de lui éviter un incident diplomatique : elle ne l'aurait même pas reconnu, tellement focalisée par le prince Albert qu'elle ne se souvient absolument pas de sa tête. Elle reconnaît vaguement sa bouche, quand même, qu'il a souvent ouverte, l'air parfaitement absent. Un air d'animal un peu stupéfait qui, curieusement, lui va très bien. Il s'assoit à côté d'elle et elle essaie de réfléchir sur le moyen de l'entreprendre.

— Alors, on vous verra pas sur scène ce soir !

Il dit ça, super enjoué. Elle fait un effort pour ne pas mal le prendre.

— Non…

— C'est con je vous ai jamais vus, et j'ai même pas l'album, je l'ai pas trouvé en magasin et ils l'ont plus, à *Metal Mag*.

Je sais, putain, je sais… Pas de réassorts pour l'album, des mises en place retournées, et l'album a sans doute été retiré des rayons dans la plupart des magasins, vu que personne ne le trouve plus. Impossible de comprendre si c'est les distributeurs, Galactica, Dieu ou le syndicat des boulangers, mais c'est comme ça. C'est bizarre, quand même, parce que les distributeurs sont supposé distribuer, et voilà que contre toute attente, ils se mettent à avoir une éthique… C'est complètement inédit, ça. Ça doit être un complot. Elle se demande si elle a envie de supporter sa conversation, les Black Bomb A ont bougé dans les loges… Il faut qu'elle y mette du sien, qu'elle change de sujet avant de changer de disposition à son égard. Il a des mains immenses, et les doigts tatoués, des lettres noires sur les phalanges : HATE, LOVE. Des mains fascinantes. Beaucoup plus grandes que les siennes, les doigts noueux, la paume large. Elle décide d'abandonner toute tentative de subtilité dans l'approche.

— Alors, t'as un prince Albert, ça change quoi sexuellement ?

— T'as jamais essayé ?

— Non, j'aimerais bien. Tu veux bien me montrer ?

— Ben, si tu veux, tu me feras écouter l'album et je te ferai essayer mon prince Albert.

— Ok, il est chez moi, l'album, tu me raccompagnes à la fin ?

Elle se dit, l'album servira toujours à ça, elle essaie de trouver ça marrant. Betty n'a plus grand-chose à lui dire, et, plus grave, plus rien à boire. Elle se casse au bar. Une main sur son épaule, elle se retourne et cherche une réplique psychiatrique, t'aurais pas vu une paire de chaussures bleues, par exemple, pour changer de la fraise déjà surexploitée ce soir, mais pas besoin, c'est Lou. Il n'a plus de cé, il a tout fait tomber dans une flaque de pisse. C'est une tragédie.

Ils partent aux toilettes pour partager le deuxième paquet de Betty en deux. Betty en profite pour se rebooster un peu, elle commence à avoir la mâchoire crispée, faut pas qu'elle abuse. La coke, c'est pas idéal pour baiser, si elle se souvient bien de ses notes. Des montées de plaisir au-delà du réel, en vagues puissantes, mais qui ne brisent jamais. L'orgasme, faut le conquérir de haute lutte. T'es à fond dans le trip, surmotivé, et d'un coup sans raison, tu te mets à penser à complètement autre chose, la couleur du rideau ou ce que t'a dit le voisin aujourd'hui. Tu te retrouves complètement hors de l'action, décorporé, à observer la chair qui maintient le rythme hystérique. Puis tu te reconcentres, quelques minutes, et tout proche du moment crucial, ça t'échappe de nouveau. Ça peut durer des plombes dans la frénésie, parce que l'orgasme au bout du tunnel promet d'être dévastateur.

Lou est en train de discuter devant les mobile homes avec une nana à très grosse poitrine et son copain. Betty trace vers l'entrée, tête baissée et les yeux qui balaient de gauche à droite en repérage, l'environnement est hostile. On se gèle. Elle sent une présence à quelques mètres à sa droite, jette un œil, c'est Bonobo qui se dirige vers le parking. Aucune dignité qui tienne, elle lui court littéralement après, le rattrape à sa voiture. Il est avec Charlie, qu'elle n'avait même pas remarqué au concert. Ah merde, elle avait zappé le concert.

— C'est fini, tu te casses sans moi ? Tu me donnes ton numéro au moins ?

— Non, je raccompagne juste Charlie, je reviens.

— Ah. Ok, à tout à l'heure.

Tant qu'à faire, elle repart en courant aussi, genre c'est comme ça qu'elle se déplace habituellement, Lou s'esclaffe super bruyamment.

— Merde Lou, tu vas me faire remarquer. Tu crois que ça m'amuse ?

— Je t'ai jamais vue avoir faim à ce point, mort de rire.

— Dis donc, ça fait des mois que j'ai rien vu d'attrapable, t'es marrant toi.

— Arrête, c'est blindé de volontaires, c'est toi qu'a un problème, y en a plus un qui t'affole. Moi, je suis pour que tu redeviennes magnanime, mais il a quoi en plus lui ? Tu l'as bien regardé ?

— Je l'ai pas encore bien regardé partout, mais il a un piercing sur la bite.

Lou se courbe un peu en la fixant, un drôle de réflexe de protection de sa braguette, et ne répond rien, le regard interrogatif.

— Oui, je sais, on s'occupe comme on peut, hein…

Elle est un peu triste d'un coup, ça doit être la redescente de sa dernière ligne, elle repart s'enfermer dans les chiottes.

Black Bomb A joue déjà. Ils sont monstrueux, en live, pétrifiants. Taz l'hystérique vibre de toutes ses émotions dans les aigus et les mélodiques, tout décadent, et Léo joue le terroriste mental, martèle et rugit, met ses textes en scène.

Il les appelle on stage, dit quelque chose à propos d'interdit d'interdire. Elle a envie de se barrer, même pas peur, blasée et fatiguée, mais elle voit Lou qui monte squatter la guitare, elle le suit en se signant, rituel immuable, mais le pentacle tracé sur son corps n'a aucun effet, trop de coke peut-être, elle escalade la scène et Taz commence à chanter,

Early man walked away, as modern took control…

Bad religion, ça lui convient parfaitement et elle enchaîne,

He died a confused man,
Killed himself with his own mind,
elle manque de conviction, sort pas la rage, lâche pas le dragon, mais personne ne semble s'en apercevoir.

Lou rend la gratte à Cobra et slamme sur Seth et Anaël, qui poussent des hurlements sauvages. Mouvement de foule vers l'endroit de la scène où elle se tient, bras tendus prêts à la rattraper aussi, hé hé, ils seraient ravis, ravis qu'elle leur saute sur la gueule, toutes ces mains avides de la toucher partout et qui la feraient voguer sur la marée humaine, ça leur plairait, et ça lui plairait aussi, quelque part... Mais elle a toujours trouvé ça complètement saugrenu, de se faire porter par des gens. Elle reste là, Léo gronde à nouveau,
I am so different in all my emotions,
I want to change the way of my reflexions,
et il lui laisse la place,
I am O.K now to begin the fight,
I want to escape, I don't care for the price.

Le son enveloppe Betty, s'enroule autour d'elle, elle ferme les yeux pour se laisser emmener. Taz lui fait cadeau encore de sa dernière partie, il arpente la scène en se tordant comme un incube de BD, un diable de dessin animé, un toon lubrique, surpuissant, les riffs guerriers s'effacent derrière la texture de voix plaintive de Betty.

I was wrong I can't lie, I am too weak to fight...

Law's phobia, ça aspire toute sa douleur, dans une longue plainte qui monte du ventre. Elle trouve que leur fin pue vraiment, aimerait changer les paroles et partir en impro mais rien ne vient, rien du tout,

I feel too much pain, poison runs in my veins
Now I can't stand the shame, cause I have lost the game
More poison in my veins, I diiiiiiiiiiie!

Douleur brutale, en même temps violente et diffuse, dans la gorge nouée, ça fait mal, mal, tous ces gens qui sont là et qui l'entendent chanter qu'elle a perdu, et est-ce qu'elle ne vient pas de se ruiner les cordes vocales? Elle n'a même pas envie de pleurer, se sent les yeux secs et l'âme gelée, elle checke la main de Taz et celle de Léo en quittant la scène, et elle sent qu'elle les déteste, un instant, et elle sait que ça n'a rien à voir avec leur prochaine tournée qui sera pas interdite, elle.

Elle déteste le feu sacré qui rend Taz incandescent et qu'elle ne sait plus réveiller en elle, elle déteste les textes écrits exprès pour la faire chier, elle déteste le regard clair de Léo, parce qu'un instant elle a eu l'impression qu'il a vu, derrière le brouillage des mouvements d'air et des bavardages hystériques, qu'elle est morte, elle pue la mort, un cadavre undercover, elle les déteste aussi parce qu'ils sont deux, parfaitement en phase et complémentaires, en alchimie, et qu'elle n'est même plus une, éparpillée, et incapable de retrouver les morceaux. Oh, putain, elle se déteste.

Rhooo, ce bad trip, sale redescente, il est vraiment plus que temps de se refaire une ligne. Lou l'attrape par les épaules, lui tend une bière, y a des gens qui s'amassent autour d'eux. Bonobo l'a trouvée vraiment énorme, et ça sonne vrai, encore plus impatient de rentrer avec elle, et tout le monde l'a trouvée énorme, on dirait. Les gens ne voient donc vraiment rien. C'est rassurant. Ou le contraire... Elle tousse, ça racle, manquerait plus qu'elle ait chopé la crève.

Ça danse hypnotiquement, fin de soirée des irréductibles. Betty est en train de tracer des lignes sur une table dans la salle. Elle l'a bien essuyée avec sa manche avant, quand même. Elle s'en souvient parce qu'elle a tout le bras poisseux. Lou fait la toupie avec sa bouteille de Kro dans une main, vautré sur la table, en jetant des coups d'œil circulaires comme pour s'assurer que personne ne les voit, sauf que son œil n'accroche plus rien du tout. Bonobo s'arrête près de la table, l'air consterné. Betty le regarde, et s'interrompt pour lui tendre sa bière, pleine de bonne volonté.

— Non merci, je bois pas d'alcool.

— Tu veux rouler un bedo ? Lou, il te reste de la beuh ?

Lou entend son nom et essaie de se redresser à demi, porte le goulot à ses lèvres et bave de la bière partout sur la table.

— Putain, fais gaffe merde, la coke !

Bonobo enchaîne comme si de rien n'était.

— Nan, je suis straight-edge.

— Déconne pas, et t'es végétarien et tout, straight-edge en vrai ?

— Voilà.

Ça réveille complètement Lou, il regarde Bonobo avec des yeux ronds, puis Betty, fixement, et il est pris d'une crise de fou rire, hoquète :

— Betty nan, l'ultime tabou, t'es trop forte !

Et encore d'autres choses qu'heureusement on ne comprend pas bien. Elle voit que c'est pas le moment de lui dire qu'il est journaliste, en plus.

Quelque part, c'est agréable de l'amuser à ce point, ça fait longtemps qu'elle ne l'a pas fait marrer comme ça. En fait, la dernière fois c'était la phase flics en uniforme, ceux qui font leur service là, tout jeunes avec des épaulettes vertes. Incontrôlable, elle s'était même retrouvée dans un bus par inadvertance : elle rentrait chez elle, ils attendaient sagement à l'arrêt en face, elle avait pas pu résister et elle s'était tapé quatre arrêts à pied, après, sans avoir rien tenté quand même, mais c'était marrant de les mater en imaginant des trucs à base de matraque.

Quand même, Lou manque d'à-propos, là, il va lui casser son plan. Elle tape sa ligne et lui fait une paille avec un tract, il arrête de rire pour faire disparaître son trait. Elle lui murmure qu'elle s'en tape, qu'il boive pas, fume pas, mange pas de viande, du moment qu'il baise ! Ça reste un straight-edge raisonnable. En fait, ça lui donnerait même du charme. Un mec avec des convictions, c'est important ça, et même bien plus intéressant s'ils n'ont pas les mêmes, on peut pas baiser n'importe quoi quand même. Bonobo n'a pas bougé, elle arrive pas à imaginer ce qu'il en pense.

— On y va quand tu veux.

— Ben, maintenant ?

C'est pas con, parce qu'elle commence à se demander si elle est en état de quoi que ce soit.

Elle s'allonge en travers du lit, il s'allonge à coté d'elle. Elle ne sait pas bien comment se comporter, c'est toujours bizarre d'avoir fait des travaux d'approche uniquement verbaux. Peut-être qu'elle aurait dû l'emballer dans la voiture, elle n'y a même pas pensé. De toute façon, elle a bien compté les points, et c'est son tour à lui, à cause du sprint sur le parking où elle a pris de l'avance. Il met une éternité à se décider, ça l'énerve brutalement, marre de toutes ces tafioles, elle voudrait une meuf, elle serrerait une meuf, elle est au bord de lui demander de partir, quand il passe à l'action. Il surgit au-dessus d'elle, et l'embrasse. Quelque chose explose dans sa tête, grand flash blanc aveuglant. Elle ne peut plus respirer et le cœur bat à cent à l'heure, décharge électrique dans le ventre, elle voit sa main droite dégrafer son corset et la gauche tirer sur la ceinture de Bonobo, qui a un imperceptible mouvement de recul, mais se reprend immédiatement en enlevant ses baskets avec les pieds. Il se débarrasse de son sweat en appui sur une main. Betty a déjà fait glisser son pantalon en se tortillant sous lui, sa main glisse dans le caleçon, il bande dur. Tout son corps tremble, elle est complètement partie, ses mains ses jambes ses bras s'enroulent et se tendent comme pour l'aspirer. Elle ouvre les cuisses et plaque ses mains sur ses fesses, jette un coup d'œil au bijou sans qu'il s'en rende compte, un bel anneau luisant, large et de bon diamètre, très impressionnant, elle le fait entrer en elle d'un coup de reins, le métal glisse entre les lèvres, elle tend le ventre en l'attirant plus près, plus profond, elle sent l'anneau en elle, et c'est très étrange d'avoir un point de repère aussi précis dans le mélange des chairs, comme si elle découvrait des recoins inexplorés. Complètement nouveau. Il la laboure et fait glisser son soutien-gorge, malaxe son sein gauche comme s'il voulait l'arracher. Elle se caresse le clito, fait glisser l'index et le majeur en V autour de sa queue pour la presser plus fort, et sentir le mouvement en elle avec ses doigts aussi, il bouge bien, vraiment bien, une énorme vague blanche se fracasse dans la tête de Betty. Il se retire, elle se couche sur le ventre, elle serre les cuisses et il s'enfonce encore, ses énormes mains compriment ses fesses autour de sa queue, il la couvre et se couche sur elle quand elle est à nouveau prise de spasmes, son poids l'empêche de reprendre le contrôle, la deuxième vague est encore plus puissante, il la fait durer longtemps, une main sur la nuque de Betty, jusqu'à ce qu'elle en pleure presque. Ils laissent la vague redescendre, restent soudés quelques instants, elle ondule doucement sous lui, et il se redresse, s'appuie des deux mains sur ses reins, et la déchire jusqu'à ce qu'elle crie encore, il éjacule dans les spasmes de sa jouissance à elle.

Betty : 3, Coke : 0.

Bonobo dit :

— J'ai jamais vu quelqu'un se déshabiller aussi vite.

Betty ne se demande même pas comment elle doit le prendre, éperdue de reconnaissance et complètement dans les vapes.

— Tu veux que je dorme ici, ou que je rentre ?

Gros effort de réflexion. Elle ne l'a même pas encore sucé. Et il est 7 heures du mat'.

— Si tu veux, tu peux dormir ici, je m'en tape.

Faudra quand même qu'elle pense à changer de verbe, à un moment.

*

— Je t'invite au resto chinois ?

Elle répète stupidement, tu veux m'inviter au resto chinois ? Merde. Qu'est-ce qui lui prend ? Il la baise déjà depuis une semaine, c'est louche. Si elle refuse ça va encore faire des embrouilles. Grave problème éthique, on n'accepte pas un cadeau de quelqu'un qu'on n'apprécie pas. D'un autre coté, on ne fait pas de peine à un garçon qui te baise aussi bien. Elle n'a rien contre lui, en fait, elle ne le connaît pas, elle ne le connaît en tout cas pas assez pour devenir sa débitrice. On dirait qu'il va falloir faire connaissance. Elle est prise d'une inspiration subite, demande s'il aime les fruits de mer, il ne sait pas, elle pouffiasse qu'il faut ab-so-lu-ment qu'ils fassent ça, elle l'invite d'ailleurs, si, ça lui fait plaisir, vraiment, et puis la prochaine fois ça sera son tour.

Elle adore manger avec les doigts et se battre avec la carapace des crustacés, les morceaux de cartilage qui te sautent au visage, les gestes de femme des cavernes, et le petit rince-doigts en métal over-bourgeois qui contraste à côté du saccage. Elle a oublié qu'il était straight-edge et elle est obligée d'assumer la bouteille de blanc toute seule, misère.

— Dis, Betty, toi et moi, on est comment ?

— Ben, je sais pas, on est… on est… on est pas mal, là, non ?

— Je veux dire, on est ensemble ?

Putain, pourquoi il faut toujours qu'on lui demande des trucs ? Qu'est-ce qu'elle en sait, elle ? Elle vide son verre de blanc, ça lui brûle un peu l'estomac. Elle pense à l'ulcère de Mordred, continue à boire. En fait, ça ne lui est jamais venu à l'idée, sortir avec un mec dont elle était pas déjà amoureuse. Mais bon, c'est pas comme ça que font les gens, et les gens galèrent moins qu'elle. Faut peut-être qu'elle arrête de vouloir plus grand plus fort plus beau que la moyenne, il paraît que ça vient parfois avec le temps, tomber amoureux. Peut-être qu'elle s'y prend mal. Ça marche pas bien, sa technique, elle se ramasse juste de plus haut. Ça semble pas stupide de se simplifier un peu la vie. Et puis, elle ne trouve aucune bonne raison de le contrarier. Faut qu'elle arrête de penser à l'envers, elle fait chier tout le monde. Elle bredouille qu'ils peuvent essayer un truc, et qu'elle veut bien qu'il dorme chez elle, une deuxième fois. Elle regarde ses mains, si elle se concentre assez, ces tatouages, ça lui fait un truc dans les entrailles.

Raconte-moi une histoire, elle soupire. Le guitariste de Anal Karsher a couché avec la copine du batteur de Desillusion, et… Elle l'interrompt, saloperie de journaliste, non, non, raconte-moi, raconte-moi… ce que tu vas me faire. Et il commence à parler, la voix un peu étranglée, de ce que vont lui faire ses mains, HATE et LOVE. Betty ferme les yeux.

Il est collé contre son dos, les mains autour de ses hanches. Elles remontent dans le dos et malaxent les muscles, il éparpille des baisers sur la nuque. Les lèvres sont humides et chaudes, la langue glisse derrière l'oreille, les reins de Betty se cambrent pour sentir la queue dure collée à ses fesses. HATE et LOVE viennent emprisonner ses seins, les écrasent, le pouce et l'index de LOVE tirent sur le téton, pendant que HATE soulève Betty et fait pivoter son buste. La bouche se pose sur le sein libre, mordille, lèche et suce. HATE passe sur le ventre, contourne le pubis et caresse le genoux, remonte par l'intérieur de la cuisse. HATE explore les lèvres, E se rend compte qu'elle mouille, et se presse contre le clito. Bientôt, A et T n'en peuvent plus et le rejoignent. LOVE vient serrer la gorge offerte de Betty. E vient agacer la bouche, se fait happer et engloutir par la cavité humide, acculé contre le palais par la langue furieuse. LOVE et HATE s'allient pour ouvrir les cuisses et la bouche se colle à la chair brûlante et dégoulinante, goûte et boit la liqueur. La bouche s'écarte et il n'y a plus que le souffle, et LOVE et HATE qui poussent sur la chair fragile des cuisses. Soudain la langue remonte entre les lèvres, s'enfonce dans le sillon, et frappe le clitoris gorgé de sang. H en profite pour fouiller le vagin, s'agite contre les parois palpitantes, A, T et E se bousculent à l'entrée et finissent par forcer le passage, explorent l'intérieur, pressés les uns contre les autres. HATE, LOVE et la bouche se retirent, disparaissent et la bite surgit devant le visage, aussitôt aspirée et avalée jusqu'à ce que la gorge proteste, LOVE attrape les cheveux. HATE prend appui sur le ventre et la bite redescend pour s'enfoncer dans la chatte brûlante. Les bouches se mordent avec frénésie, la langue de Betty glisse sur les dents et s'introduit dans tous les recoins, les va-et-vient s'accélèrent et les bas-ventres se jettent l'un contre l'autre de toutes leurs forces, les peaux transpirent et glissent. LOVE vient serrer sa gorge et HATE attrape son cul, Betty se laisse soulever et emporter alors que l'air lui manque, LOVE serre de plus en plus fort, elle jouit juste avant que ses poumons explosent, et LOVE relâche son étreinte. Les yeux fermés, elle se laisse glisser dans la torpeur, les ventres continuent à bouger. Elle entend le souffle qui sort de la bouche au-dessus d'elle s'accélérer et des mots se détachent, *je t'aime*, le souffle meurt et le corps s'écrase sur elle. Betty est sortie de la torpeur, elle a froid d'un coup, elle essaie de se repasser la bande audio de la scène, décide qu'elle a dû mal entendre. Une semaine qu'ils se connaissent. Ce n'est pas le genre de choses qu'on peut dire à la légère, au pire un moment d'égarement dans l'ivresse de la jouissance, pas la peine d'en faire un drame. Elle fait semblant de dormir.

*

Bonobo a tenu à venir la chercher après la réunion chez Lou. Lou s'est super énervé parce qu'elle rigolait d'avoir reçu du courrier chez elle, une feuille blanche avec écrit *une balle pour toi*. C'est presque de l'art, et elle riait, et il trouve que ça craint que le

GOD sache où elle habite, et voulait qu'elle s'installe chez lui direct. Tout ça la fatigue grandement. Elle se gratte le nez, renifle par petits à-coups, un peu de coke restée dans la narine. Elle est bien là, dans la voiture, les lumières de la ville la nuit, blafardes et bleutées, les rues désertes et calmes, elle monte l'autoradio. Bonobo demande si elle a mangé, elle dit qu'elle n'a pas faim du tout, il se gare en warning devant le grec près de chez elle.

You're always talking but the things you say,
Have no meaning, they carry no weight...

Elle coupe, ça la fait trop penser à Gabriel, ce CD, et ça semble déplacé. Bonobo revient avec un énorme paquet avec de la viande grasse qui dépasse, ça lui donne envie de gerber. Elle dit, c'est gentil mais je t'ai dit que je n'avais pas faim. Il dit, c'est pour moi. T'es plus végétarien ? Il répond, si, elle demande, mais il y a des barquettes de frites et des pizzas au thon, non, ou on peut aller ailleurs, et il dit, non, trop compliqué, pas envie de ces trucs, ça ira bien, en emplissant sa bouche de l'animal mort. Baudelaire dit, un homme qui ne boit que de l'eau a un secret à cacher à ses semblables, Nietzsche dit, je cherchais de grands hommes, je n'ai trouvé que des hommes singeant leur idéal, Betty ne dit rien elle a trop les boules. Elle regarde le rétroviseur extérieur, qui lui dit, tu mérites l'internement, on se sent pas trahi pour végétarisme défaillant, qu'est-ce que ça peut te foutre ?

Betty jette un regard désespéré sur les foulards, les deux ceintures de peignoir et la ceinture en cuir qu'elle a *négligemment laissés traîner* à des endroits stratégiques, tout autour du lit. En pure perte. Bonobo souffle comme un phoque au-dessus d'elle, le rythme lent et appliqué, il ne semble remarquer ni le mal qu'elle s'est donné pour lui stimuler l'imagination, ni son manque d'enthousiasme. Elle tente une nouvelle fois la stratégie levrette, il doit bien y avoir un moyen de lui réveiller l'animalité, mais non, il s'est visiblement mis dans le crâne qu'il voulait lui faire l'amour, et il a une notion étrange de la chose, ralenti mais pas à l'écoute, mécanique, affreusement chiant. Il lui tripote un sein, toujours de la même manière, en l'écrasant très fort. Ça l'énerve, elle lui a déjà démontré le miracle qui se produit quand on effleure les terminaisons nerveuses du téton, sur lui, sur elle, il en a rien à foutre : il a une méthode, il s'y tient, c'est encore pire au ralenti. Elle glisse une main entre ses jambes, elle se sent à peine mouillée, même pas envie de se faire jouir elle-même, il accélère un peu, une main sur chacune de ses épaules qu'il tire sous lui, il la grimpe en la poussant vers le bas de toutes ses forces, il s'est cru à la montagne ou quoi, elle se retient de pouffer, ce serait tout à fait inadéquat, il pousse un grognement et éjacule. Pff. Faudrait que ça lui passe vite.

— Je te trouve… moins, euh, énervé au lit…

— Je préfère, j'aime tellement te faire l'amour.

— Je sais pas si c'est tellement mon truc… Tu veux pas… Qu'on joue un peu ?

Elle caresse son torse, attrape un de ses tétons et le pince doucement, en le fixant dans les yeux, il va bien finir par s'énerver, elle embrasse son ventre et commence à le sucer, faire monter la pression et le laisser en plan, ça semble pas mal comme nouvelle tactique, elle le couche, lui plaque les bras sur le lit en le maintenant par les poignets, laisse-toi faire, elle lèche la hampe de bas en haut, de haut en bas, joue avec le frein du bout de sa langue, et le happe, lui immobilise le bassin en posant ses coudes en haut des cuisses, et avale sa queue d'un coup, le plus profond qu'elle peut, le baise avec sa bouche, la salive dégouline sur ses couilles, il s'agite un peu, gémit, elle le bloque juste ce qu'il faut, soudain, il balance un grand coup de reins inattendu, l'anneau vient se fracasser contre une dent du fond, tape à plat sur l'émail, élancement de douleur qui fuse dans tout le nerf et remonte dans le crâne, ça pulse déjà dans toute la tête.

Ça y est, elle a plus envie. Putain, putain, mais qu'il est con, on se fait pas mettre du métal au bout de la bite quand on maîtrise pas ses coups de reins, est-ce que je lui plante mes talons aiguilles dans l'œil moi ?! Elle retient les insultes qui se pressent à ses lèvres, ses mots vont dépasser sa pensée. Il lui demande si ça va, s'excuse même pas, elle dit rien, ça demande sans doute trop de confiance en soi-même de s'excuser, elle prend quatre Nurofen et essaie de somnoler, que les nerfs lui redescendent.

*

— J'ai dit à Charlie que j'étais avec toi.

Elle répond, ah, cool, comment il va, et se concentre sur les dessins qu'il trace dans son dos, du bout du doigt. Elle adore ce jeu, mais il dessine un je t'aime, trop original.

— Va bien. (Pause.) Je l'ai dit au bureau aussi.

Il doit vouloir en arriver quelque part. Elle pivote légèrement pour le regarder.

— Cool, et alors qu'est ce qu'ils ont dit ?

— Ils m'ont tous félicité, la classe, et tout le monde le sait maintenant ! J'ai même un pote qui m'a appelé de Rennes !

Il se rengorge, bombe légèrement le torse, le regard pétillant. C'est pas possible, il est pas en train de se vanter devant Betty de sortir avec Betty Monde. Double crime, vanité et stupidité. Il peut pas être con à ce point. Sans compter qu'elle est malade, déchue, brisée, et qu'elle le *jugerait* plutôt, de sortir avec elle dans cet état. Mais si, il peut, ses yeux continuent à briller fièrement.

— Et ta mère, tu l'as dit à ta mère ?!

Elle regrette tout de suite le ton méprisant, se détourne pour cacher son expression dure, ralentit sa respiration.

— Ben, oui, enfin je lui ai dit que je sortais avec une chanteuse connue, sans préciser, quoi… Avec l'histoire du crucifix, bon…

Elle a envie de lui cracher à la gueule, il faut qu'elle prenne sur elle, elle est d'humeur infecte en ce moment. C'est elle qui doit le contaminer, il est peut-être pas à l'aise, faut pas être trop dure, ça arrive de dire des conneries. Elle se crispe quand il commence à l'embrasser dans le cou, s'il essaie encore de lui faire l'amour elle va se mettre à hurler. Elle se lève pour faire couler un bain.

*

L'apéro est largement entamé quand ils arrivent. C'est l'anniv de Mordred, et il y a une grosse Couscous Boulaone Party. Bonobo a pris l'air abattu quand elle lui a dit qu'elle se cassait à la fête, comme si c'était haute trahison qu'elle bouge sans lui, et elle lui a proposé de l'accompagner. Bonobo s'assoit sur le canapé et regarde les gens boire, un coca à la main. Il va se détendre... Elle se pose un peu à coté de lui, le temps qu'il s'acclimate, puis file dans la cuisine, pour checker le frigo. Elle soulève le couvercle de la couscoussière pour inspecter la sauce, Lou la bouscule pour l'empêcher de piquer une cuisse de poulet, et il dit, ah, ton mec est végétarien, je vais voir avec lui comment on peut faire. Bonobo se renfrogne quand ils expliquent le menu, et dit qu'il ne peut pas manger des légumes qui ont cuit avec de la viande. Et la semoule toute seule... Betty ne s'énerve pas, il a peut-être oublié son grec maintenant qu'il l'a digéré.

— Bon, c'est pas grave, on va aller t'acheter un truc, on bouge au rebeu.

Il se renfrogne encore, demande si il est loin, pas trop envie de bouger visiblement, Mordred fait irruption, tout bourré, et gueule que quoi, pas question, c'est sa fête, il sait recevoir lui, et il y va au rebeu, non mais alors. Bonobo ne bronche pas. Betty s'assoit à l'autre bout, je ne peux rien dire, il est sur mon terrain, je ne peux pas faire ça, comment est-ce qu'on peut laisser assumer son éthique par les autres, comment ?

Elle file taper un trait dans la salle de bains, goût un peu métallique dans la gorge, ça va mieux, c'est une bonne soirée, tout se passe bien, Mordred va pas tarder. Elle a pas faim du tout, évidemment.

Détesté, par l'monde entier, l'nez troué par la cé…

Bonobo discute avec Lou, Lou a l'air de se tendre au fur et à mesure, le ton monte. Keskisspasse ? Elle s'assoit et observe. Ça a l'air intéressant.

Je bouffe de la merde, je vis dans la merde,
Je nique de la merde,
L'année 2000 c'est la merde, merde…

Bonobo accuse Kickback d'avoir pourri la scène hardcore en véhiculant une mauvaise image, mauvais textes, et les pits surviolents, et *c'est pas ça le hardcore*, Lou lui jette son regard méprisant qui tue, et lui demande c'est quoi le problème, et qu'il savait pas que le hardcore c'était un truc de hippies, tous en saris orange avec des petits tambourins, alors, explique-moi ce que c'est, le hardcore, parce que moi je sais pas, Bonobo répète que *le hardcore c'est pas ça*, Lou dit que Kickback est là depuis un moment, et qu'il était où, lui, il écrivait les dix commandements du hardcore pour venir faire chier les anciens dix ans après, Bonobo répète que *le hardcore, c'est pas ça*, il y a un message et tout, Lou éructe maintenant, petit con, t'étais où toi et qu'est-ce que t'as fait, Bonobo répète que Kickback représente le hardcore en France, et que c'est leur faute si *le message du hardcore est mal compris*, Lou dit que c'est un discours fasciste, et que s'il a un message lui, il a qu'a monter un groupe et le faire marcher ou monter un parti, d'ailleurs, au lieu de baver comme une merde, parce que les autres ne sont pas comme il veut, Bonobo commence à répéter que *le hardcore c'est...* et Lou commence à s'énerver franchement, ça sent le coup de boule fatal, mais il dit qu'il a intérêt à fermer sa gueule parce que non seulement il aime pas les langues de pute mais en plus il supporte pas la stupidité, Kickback beugle *Ruin the show, agaaaaaaaain,* Lou se lève et se barre dans la cuisine.

C'est complètement fascinant. Comme les gens stupides s'accrochent à une idée et la répètent en boucle, obstinément, dès qu'il y a trop de concepts et de données dans une conversation, pour pas mettre en péril le fragile édifice mental, agrippés à leur tout petit système de pensée et à leur petit monde, et comme Lou fuse, jaillit, rebondit de partout. Dommage que ça résonne dans le vide, en face. Betty le rejoint, il dit, désolé, mais c'est pas possible, un con pareil, un chrétien du hardcore elle répond, qui réclame reçoit, Lou la scrute et dit, tu devrais ralentir la coke, Betty, je sais pas ce que tu fais, je sais pas ce que tu fais avec lui. Elle dit, je ne sais pas non plus. Pour la première fois elle est mal à l'aise devant Lou, parce qu'elle sait qu'ils savent tous les deux. Elle part taper une ligne dans la salle de bains.

— T'en veux à Lou ?

Betty répond au miroir

— Non, pas du tout. Je suis sûre qu'il aurait arrêté de le pourrir si je lui avais demandé, s'il avait vu que ça me faisait chier.

— Pourquoi tu lui as pas demandé ?

— Quoi, Bonobo, il est assez grand pour se défendre tout seul, non ?

Silence.

— Ça m'a fait plaisir. J'aurais aimé, j'aurais aimé qu'il le frappe. C'était trop con ce qu'il disait. Je l'ai jamais entendu dire du bien de qui que ce soit, de toute façon.

— Qu'est-ce que tu fous avec ce type ?

— On a le mec qu'on mérite.

Il fait la gueule dans la voiture.

— Il a abusé, Lou, tu vois pourquoi je bois pas ? T'as vu ce que ça fait, l'alcool ?

Elle répond rien. Il devrait faire attention, elle est bourrée aussi. Comme il manque de dignité, toujours, toujours la faute de quelqu'un d'autre, de quelque chose d'autre que lui. Elle n'aime pas le ton légèrement accusateur. Il monte chez elle sans qu'elle ait rien proposé, elle fout direct le disque de Kickback, il fait la tronche, mais reste là, elle se demande pourquoi il se barre pas, elle le méprise tellement qu'elle en a mal.

Il est là, à bouder comme un connard sur son canapé, ça l'excite d'un coup,

Back again in this bitch,
With these sick thoughts in my head...

elle rampe vers lui, il la repousse violemment, elle revient à la charge, le touche partout, il repousse sa main quand elle attrape sa braguette, elle l'ignore, assaut après assaut, les boutons de la braguette sautent, il regarde le plafond en faisant la gueule, se débat comme une chose soumise et sans volonté, mollement,

Burning all my bridges, no remorse, no regrets...

elle caresse le tissu du caleçon, il commence déjà à bander, son corps trahit son esprit, il ne veut pas, pauvre merde, ça l'excite, elle tire sur le Baggy et le descend aux genoux, un couteau papillon glisse de sa poche, elle se lève à demi et fait glisser son pantalon et sa culotte, elle s'assoit sur lui pour le bloquer, enlève son chemisier, et fait glisser le sweat pour découvrir son torse, les bras entravés, il est lié aux genoux et sous le cou par ses propres fringues,

No respect for human lives,
Fuck you world, fuck you life...

elle mordille ses tétons et lèche sa paume ouverte, glisse sa main vers la queue qui est dure, elle le lubrifie et le fait entrer en elle, il a le visage fermé, résigné, elle le chevauche et il évite son regard, elle attrape sa tête derrière les oreilles pour le forcer à la voir, elle le force, vraiment, elle empoigne ses cheveux de la main droite, regarde le mépris dans le miroir que tu as choisi, elle saisit le couteau et pose la lame à plat sur la carotide, l'orgasme la rend encore plus furieuse, elle est surprise d'adorer ça à ce point,

Human rejects worthless debris
I stab your face with a rusty knife,

un recoin sombre de son cerveau, un plaisir sale de prédateur, elle le baise,

Fistfucking your dream that's what it's all about
elle se démène sur lui et il n'y peut rien, elle enfonce la pointe du couteau dans la pomme d'Adam et le sang perle, ses reins tremblent, elle sent qu'il a éjaculé au liquide qui coule entre ses cuisses, le vagin qui change de texture, elle n'arrête pas avant de jouir une deuxième fois.

Elle allume une clope. Il continue de faire la gueule, dommage pour lui qu'il n'ait pas aimé le jeu, et qu'il fasse comme s'il ne savait pas qu'il est beaucoup plus fort qu'elle, comme si c'était pas son couteau. Elle dit: Si le viol est inévitable, tâche de jouir. Ça ne le fait pas rire, il remonte son pantalon avec l'air douloureux et blessé, qu'est-ce qu'il est chiant. Il reste dormir quand même. C'est vraiment une merde.

Dès qu'il est parti, le lendemain, elle arrache la prise du téléphone, envoie un texto au groupe, à Gabriel, JE PARS QUELQUES JOURS, PAS JOIGNABLE, et éteint le portable, ferme les volets. Elle allume la télé, zappe à l'obsessionnelle, moins d'une seconde par chaîne, lâche l'affaire et triture un magazine, ouvre le frigo et le referme, se rassoit devant la télé, enclenche une vidéo, se relève, tourne en rond dans l'appart, Chat lui court dans les jambes, violente envie de lui mettre des grands coups de pied.

*

Betty lit les posts venimeux sur le forum de leur site, *Betty Monde est une connasse qui se la pète, elle n'a rien dans le crâne, je l'ai vue au concert de Snapcase, et c'est un groupe de merde qui s'est vendu à une major, tout ça pour du fric, elle a couché pour signer, elle a violé une copine à moi à Bordeaux, elle fait flamber des chiens au rhum, ils nuisent à l'image du metal français,* le PC fige et elle n'arrive pas à faire glisser le curseur pour voir la fin du message. Faut nettoyer le PC.

Vérification du disque, Lecture des informations système, 1 % effectués, 2 % effectués, ça plante, le contenu du lecteur a changé : redémarrage, trois fois de suite il repart de 0 %. Ctrl Alt Suppr, fermer le programme, elle cherche dans la liste MSN Messenger qui perturbe la progression du programme, à cause de sa connexion haut débit permanente par câble. C'est fou tous ces programmes en cours, d'ailleurs, Zonealarm, Loadqm, Cmsis, et plein de noms inconnus, des logiciels qu'elle ne se souvient pas d'avoir chargés et qui encombrent sa mémoire, ralentissent sa vitesse, se lancent automatiquement et trifouillent elle ne sait pas quoi dans sa machine, faudrait qu'elle prenne le temps de savoir quoi sert à quoi, vérifier que le PC n'a pas installé des logiciels nuisibles à l'insu de son plein gré.

Elle relance, vérification du disque, lecture des informations du disque, à 10 %, défragmentation des systèmes de fichiers. La page de données s'affiche et elle fixe les petits rectangles qui s'effacent un par un, ligne par ligne ou par gros paquets, qui disparaissent et réapparaissent, en bon ordre, réorganisés par la conscience supérieure du processeur pour accélérer les applications. Elle regarde les rectangles bleu clair, aperçoit des rectangles avec du rouge, elle panique, il y a des zones endommagées, Légende, non, ils ne sont pas défectueux, ce sont les données fondamentales qui ne seront pas déplacées, ligne par ligne le contenu du disque dur réapparaît en bleu turquoise, optimisé, lentement mais sûrement, obstinément fidèle au programme. Betty reste assise face au PC, fixe l'écran, cherche des formes dans les énormes trous laissés par les documents effacés, un cheval de Troie, une télévision, une demi-voiture, un revolver, elle sait bien comment ça finit, une défragmentation, mais elle ne s'en lasse pas.

Les yeux lui piquent, elle réalise que ça fait deux heures qu'elle est là sans bouger, et se dit que si quelqu'un la voyait, il la ferait interner. Elle se lève avec effort, cherche son paquet de clopes, le saisit, le pose pour chercher un briquet, sur le bureau encore, elle hésite à se rasseoir devant l'écran, se ressaisit, et merde où elle a posé le paquet de clopes ? Sur le lit, elle allume la TV au passage, jette le briquet, cherche la télécommande, sous l'oreiller, le briquet a bougé elle était sûre de l'avoir posé sur le magazine, montée d'angoisse, calme-toi c'est peut-être Chat, Chat est couché sur le fauteuil du bureau, elle trouve un autre briquet, allume sa clope et zappe, c'est les infos, chaînes nationales et journaux mondiaux sur TV5.

Les mômes américains prêtent serment à Dieu et leur pays comme chaque matin à l'école, il y a des émeutes en Irlande pour une histoire de défilé de mecs en orange, ils fracassent des barricades, la voix du commentateur parle de protestants qui veulent entrer dans les quartiers catholiques, des morts palestiniens, des morts israéliens, une gamine de douze ans qui veut devenir kamikaze, la haine lui tord la bouche, une femme en pleurs dans Jérusalem, un politique qui crache sa haine et promet une contre-attaque sanglante, des tournantes dans les lycées, les Américains ont bombardé un mariage, jambes nues et pieds d'enfants ensanglantés qui dépassent d'une couverture, un accident de train, on ne sait pas encore la faute à qui, mais on cherche, 102 morts dont 32 femmes, dont 5 enfants, dont 12 Français, la hiérarchie de valeur des vies acceptée comme une évidence, un psychologue explique que tous, tous les garçons qui ont participé à la tournante ont déjà vu des pornos, des milliers de jeunes ivres de ferveur et les yeux brillants, larmes de joie, devant un vieillard tremblant qui anônne avec difficulté les mots écrits sur le papier devant lui, un cadavre ratatiné qu'on déplace sur des engins motorisés, pape infaillible et divinisé alors qu'il ne peut visiblement plus pisser tout seul, émeutes et montée de la violence dans les banlieues, Betty sent la haine qui l'envahit, envie de gerber, tout le ventre acide. D'un coup elle se voit à la télé, monte le son, des photos de deux jeunes, la fille a un T-shirt Betty Monde, le garçon a les traits tirés et le regard sombre, les deux fans du groupe sataniste ont attiré leur jeune camarade de classe dans la cave d'une maison abandonnée, Betty est aspirée dans un vide noir et glacial et des esprits hostiles envahissent son appartement, et il n'y a plus que la télévision, et des bouts de phrases qui éclatent dans l'air, ligotée avec du scotch, uriné sur le visage, rouée de coups, magie noire, rite satanique propagé par Betty Monde, violée avec un crucifix, nombreuses déchirures et hémorragie interne, morte dans d'atroces souffrances en plusieurs heures, aucune déclaration du groupe responsable, la fan, âgée de dix-huit ans, criait que Betty Monde les détruirait tous, le garçon a déclaré qu'il avait obéi à Satan, elle éteint la télé.

Elle ferme les yeux, flash, un avion qui explose, elle ouvre les yeux, les yeux verts affolés cherchent à s'accrocher à quelque chose mais ne trouvent rien, se referment, flash, un canon dans sa bouche, elle voit le profil du métal noir se dessiner sur une coupe transversale de sa gorge, flash, une cave sombre et humide et une forme humaine recroquevillée et secouée de sanglots, l'ombre du garçon un gros rouleau de scotch marron dans les mains, rires hystériques de fille derrière lui, flash, des mains aux ongles noirs sur le rouleau, scritch, scritch, bruit de scotch collé et décollé de plus en plus vite, il s'approche de la forme prostrée, lentement, scritch, scriiitch pour faire durer le plaisir, Betty le voit et il est tout près d'elle et il tend sa main et elle est paralysée de terreur, quand il la touche son cœur va lâcher, elle est à quatre pattes en train de ramper vers la porte, aveuglée par les larmes et de la morve dégouline jusque dans son cou, la fille qui rit l'attrape par les cheveux, flash, gros plan du crucifix et le crucifix déchire la chair entre les cuisses blanches, du sang coule sur le visage et les bras du Christ restés à l'extérieur, et ils corrompent Ankh la grosse main aux ongles noirs appuie et appuie encore de toute ses forces et il ne voit pas que ça ne peut pas rentrer plus, je veux sortir de la scène laissez-moi sortir de la scène, ils n'ont donc rien compris, jamais, ça n'a aucun sens, flash, le gun dans sa gorge, explosion de poudre et la trajectoire lumineuse de la balle, elle tente de chasser les visions mécaniques, images obsessionnelles hors de contrôle, encore une explosion en plein ciel, des ailes de métal se détachent dans un tourbillon d'éclats de plastique et de fer, elle ne peut plus fermer les yeux, elle se regarde avec terreur dans le miroir, c'est comme une radio allumée dans sa tête et les mots se bousculent, un fil incohérent et infini, comment vous pouvez croire que c'est ma faute comment vous pouvez dire ça, je n'y étais pas, je n'ai jamais dit ça, et quand bien même je l'aurais dit, qu'est-ce que ça changerait dans le fond, est-ce que ça excuserait quoi que ce soit pour ces mômes ravagés par la haine, fils de putes, toujours le même système de réflexion puant, éternellement répété, et bien sûr que le viol c'est la faute du porno, fils de putes, ça n'existe pas depuis la nuit des temps, le viol, il vous faut un coupable, et le problème des tournantes c'est sexuel, bien sûr, ils leur feraient bouffer de la merde à genoux, ça reviendrait au même, et pourquoi, pourquoi ils ne se sentent exister que dans la destruction de l'autre, est-ce qu'on ne reproduit pas ce qu'on a vécu, est-ce que ce n'est pas vous qui leur avez appris qu'on a le droit de nier, d'effacer et d'écraser l'autre, est-ce que vous leur avez montré le respect une seule seconde, on n'apprend jamais que par l'exemple, et comment vous osez venir pleurer contre les bandes organisées et l'effet de groupe, après avoir glorifié le patriotisme, le sentiment d'appartenance à une nation, le droit d'écraser les autres pour une cause supérieure à soi-même, vous avez quand même pas cru qu'après ça vous pourriez les exclure sans qu'ils reproduisent, faut assumer ses idées, s'il y a des guerres propres, la leur l'est autant que la vôtre, comment vous pouvez décorer des anciens combattants et pleurer sur les innocentes victimes du terrorisme, comment vous pouvez interdire des jeux vidéos et faire de la pub pour l'armée avec des visuels pompés sur *Command and Conquer*, interdire de défouler les pulsions en virtuel mais convaincre que la vraie guerre est un jeu à visuel américain, comment ils peuvent confondre à ce point les symptômes et la cause, avec une mauvaise foi arrogante, vanité de la stupidité crasse, toujours occupés à chercher un coupable, pour pas que ça change, jamais, et vous ne voyez donc pas que l'histoire se répète inlassablement, chaque fois qu'une donnée change on hurle au nouveau danger mais c'est le fond de l'humain qui est pourri, le système de pensée puant, moribond, les mêmes erreurs sous de nouveaux visages, vous préparez consciencieusement votre propre apocalypse, le nucléaire, la vache folle, Bush au pouvoir, c'est tout ce que vous méritez, vous êtes tous putains de coupables, vous êtes tous bien trop cons, victimes consentantes, vous êtes vos propres bourreaux, prends-toi en main, ou crève sans gémir et sans chercher de qui c'est la faute, c'est la tienne, la tienne, c'est tout votre système de réflexion puant qui est la cause du beau merdier dans lequel on est, la boue, ce monde fou c'est le résultat de vos petites lâchetés et compromissions quotidiennes, on reçoit ce que l'on donne, tout ce que tu fais te sera rendu, le miroir dit : c'est monstrueux ce que tu dis, tu es monstrueuse, elle répond qu'est-ce que tu crois, la punition est dans la faute, l'humain que je déteste le plus, que je juge et soupçonne en permanence, chez qui je traque les préjugés et le conditionnement, que je force à détruire une par une toutes les valeurs, à errer sans repères jusqu'au bord de la folie, dans la zone terrifiante, c'est moi-même, est-ce que tu crois que c'est facile, tu es bien placé pour le savoir, mon meilleur ennemi, mais tout ce qui ne me tue pas me rend plus forte et le miroir dit : tout ce qui ne te tue pas te rend complètement dingue, peut-être, mais qu'est-ce que je peux faire, pas moyen de me résigner au bonheur dans la lobotomie, et je sais qu'il faut hurler de terreur dans le noir pour trouver enfin la vraie lumière, et la seule chose que je veux croire c'est que l'humanité est capable de mieux faire, c'est pas une preuve d'amour, ça ?

Et comme le miroir se tait, elle détruit son ultime croyance, peut-être que l'humanité ne peut pas mieux faire, peut-être qu'elle n'a pas envie d'évoluer, peut-être qu'elle ne peut survivre à sa médiocrité que dans le mensonge et l'illusion, le miroir dit, comment tu peux vouloir la sauver contre son gré, tu ne leur fais que du mal, tu les mets en danger si grand qu'aucun ne survivra, ils ont raison de te haïr, et elle doute, peut-être que tout ce qu'ils peuvent faire de chaque chose qu'elle fera ou dira, c'est trouver des idées pour torturer et faire souffrir, peut-être que cette race n'est capable que de faire le mal, peut-être que trop réfléchir et questionner c'est les rendre fous, le miroir dit, tu aurais dû savoir, prévoir ce qu'ils feraient, tu es coupable, c'est criminel de dire ce que tu penses, de faire ce que tu dois, sans penser que les autres ne sont que des créatures pitoyables pour qui chaque nouvelle idée présente un danger mortel, elle vacille, peut-être que ce sont eux qui ont raison et qu'elle n'est pas de leur race, et qu'elle est coupable de ne jamais avoir pu penser à ça, et de n'avoir jamais voulu les prendre pour des êtres inférieurs, mais pour des êtres responsables de leur propre vie parce qu'ils ne le sont pas, ils ne veulent pas l'être, et le miroir dit, qui tu es, rien, une merde, tu n'as pas la force, comment le pourrais-tu, regarde ce qu'ils ont fait de Nietzsche, comme ils confondent la volonté de puissance et la soif de pouvoir, comme le pacifiste apatride, ennemi de la souillure du lâche sentiment raciste a été récupéré par les nazis, regarde comme ils croient que la haine est forte et que l'amour est faible, regarde comme ils confondent l'honneur et la vantardise, la fierté et la prétention, le rayonnement et l'apparence, comme ils croient que le pouvoir s'exerce contre les autres et pas pour soi-même, regarde comme les messages des livres sacrés n'ont servi qu'à la haine et à la destruction de l'autre, prétextes aux guerres de religion, colonisation et asservissement de la masse, ils me dégoûtent, je les méprise, toujours sales et petits, une multitude d'esprits étriqués et qui pensent de travers, qui cèdent à la peur d'eux-mêmes, médiocres et méchants à force d'être stupides, qui veulent se protéger à n'importe quel prix, même si c'est au prix de la souffrance du monde, une multitude de demeurés qui s'entre-exterminent pour préserver une société et des valeurs absurdes, absurdes. Le miroir dit, c'est le seul moyen pour réussir à vivre, tu te trompes de chemin, accepte le fait que l'humanité est une espèce médiocre, vous êtes le cancer de la terre et ça ne changera jamais. Elle dit, peut-être que c'est beaucoup de bruit dans ma tête pour pas grand-chose, il n'y a rien pour moi, ici, ravagée par la haine, une grande douleur qui me tord le ventre jusqu'à la nausée, ça fait des spasmes dans le ventre et ça se tortille à l'intérieur comme si tout mon corps cherchait à la rejeter, mais ça reste bien ancré dedans. Terreur et douleur, faudrait que ça s'arrête à un moment, il n'y a plus aucun chemin, je ne suis plus sûre de rien. Comment on peut lâcher prise sans se laisser couler, se laisser couler dans de putrides marais mentaux ? Comment on peut lâcher prise sans mourir à l'intérieur ? Le miroir ignore la question, calme et blanc, soudain.

Et tout s'éclaire, il faut qu'elle meure, une résolution si calme que ça l'effraie un instant. Elle a toujours pensé, le suicide est lâche et faible, c'est si facile de mourir et que tout s'arrête, à n'importe quel moment, et ça lui a souvent donné la force de vivre encore. Mais là… Rien à voir avec une poussée morbide dépressive, vouloir que la douleur s'arrête, rien à voir avec un signal d'alarme pour appeler à l'aide, elle sait que personne ne viendra, que personne ne peut rien pour elle. C'est limpide, implacable, une conclusion logique et d'une lucidité glaciale. Mourir fièrement, quand il n'est plus possible de vivre avec fierté, dit le miroir. Elle n'est pas adaptée, nuisible à l'espèce, nuisible à elle-même, elle a été au bout de ses forces, le suicide est l'acte le plus estimable qu'elle puisse accomplir, libre et en pleine conscience. La liberté s'arrête là où commence celle de l'autre, et en défendant la liberté, la vraie liberté individuelle, elle les empêche de penser en rond, sa liberté n'est pas compatible, et elle ne veut pas de cette guerre, une liberté qui explose contre une autre, ça n'a aucun sens, elle ne peut pas simplement exister, pas à ce prix.

Elle peut mourir la tête haute, parce qu'au moins, elle, elle aura essayé. La paix l'envahit, l'esprit est éclairci. Elle cherche le moyen le plus efficace, envisage la défenestration mais elle habite au deuxième étage. Elle aimerait mourir d'une balle dans la tête, mais c'est compliqué d'emprunter un gun, là, et ça va encore faire des embrouilles. Hara-kiri, c'est bien, ça, digne et tout. Mais bon, c'est pas avec sa dague de 30 cm pas affûtée qu'elle va réussir à s'ouvrir le ventre correctement, aussi jolie soit-elle, elle va se faire très mal et se blesser, au mieux elle mourra d'infection au bout de plusieurs jours, c'est ni guerrier ni glamour. Et on trouve pas un katana comme ça. Couteau de cuisine, voilà. Elle réalise qu'elle n'y connaît rien en hara-kiri, normalement il faut s'enfoncer la lame sous le plexus, descendre, en criant quelque chose, et repartir à l'horizontale, mais où sont les organes vitaux ? Pff, à tous les coups ça va foirer, elle n'a pas fait samouraï en fait. C'est pas si facile de mourir. Reste des moyens plus doux, ça la contrarie parce qu'elle a toujours cru qu'elle partirait d'une mort violente, dans le bruit et la fureur. Bon. Pas le suicide dans la baignoire quand même, vraiment trop cliché et romantique, pourquoi pas des pétales de rose qui dansent autour de sa chevelure flottante tant qu'elle y est. Ah, les médicaments, c'est pas classe, mais avec trois boîtes de Temesta, elle est sûre de ne pas se rater. D'un autre côté, elle se sentira pas mourir… C'est quand même une expérience, mourir, la dernière, pas le truc à foirer bêtement. Elle réfléchit qu'elle peut s'ouvrir les veines au milieu du salon, de toute façon le proprio devra changer la moquette, elle est déjà toute pourrite. Et puis, comme ça, Chat aura à manger, cinquante kilos de viande, facile, si elle le fait aux médocs, elle risque de l'empoisonner.

Gabriel ne laissera jamais Chat, mais il mettra peut-être du temps à venir. Si elle l'appelle, soit il sentira le plan, il a des intuitions fulgurantes, soit il ne le sentira pas, et s'en voudra toute sa vie. Elle vient s'asseoir devant le PC, défragmentation achevée, tout est propre et bien rangé dans le disque dur, elle se connecte sur sa banque on line et vire toute la thune qui lui reste sur le compte de Gabriel, pour l'héritage de Chat. Elle lui ouvre toutes les boîtes qu'elle trouve, dispose les assiettes dans la cuisine, remplit des saladiers d'eau, ouvre un sac de croquettes, s'agenouille devant lui. Elle lui dit adieu, c'est ici la fin de son chemin, elle lui dit à quel point il a compté et qu'il ne se laisse pas emmerder par Gabriel, qu'il est un être unique et fabuleux et qu'il continue sa route et qu'elle sait qu'il ne l'oubliera pas, à sa manière de Chat, et merci d'avoir existé. Il ronronne et elle sait qu'il comprend. Elle lui dit qu'il n'hésite surtout pas à la manger si Gabriel tarde trop. En le disant, elle réalise qu'elle projette, là, et que Chat ne se posera absolument pas ce genre de problème de culpabilité, il fera ce qu'il doit. Elle se met à rire parce qu'elle l'imagine en train de mâchouiller ses fringues, et se déshabille pour lui faciliter la tâche.

C'est super dur en fait d'ouvrir les artères, elle s'y reprend à plusieurs reprises, la lame de rasoir découpe facilement la peau, mais lutte un peu dans la chair, ça brûle, ça pique et ça brûle, elle regarde la nuit qui tombe par la baie vitrée, elle glisse lentement dans le néant, laisse la vie écarlate fuir son corps.

*

Satan est assis sur un grand trône en argent incrusté d'hématite, et il n'a pas l'air content. Betty regarde autour d'elle, c'est assez coquet, comme grotte, immense avec un plafond de cristal à au moins cent mètres, des sortes de stalactites qui pendent artistiquement au-dessus de sa tête, des genres de volcans miniatures d'où s'élèvent des flammes, éclairant l'endroit, des peaux de bêtes et des coffres énormes d'où dépassent des choses, bijoux et soieries, il ne se fait pas chier. Betty ignore Satan et son air réprobateur, elle s'approche d'une des cavités de roche, jette un œil au fond pour vérifier s'il y a des âmes damnées qu'on serait en train de torturer, y a quelques personnes qu'elle aimerait y voir, punis, après tout, c'est un rêve. Mais non, juste des flammes, putain il fait sacrément chaud ici. Satan se racle la gorge, pour attirer son attention, ça fait un putain de boucan et elle se retourne vers lui. Il est plutôt sexy, pas de pieds de bouc et totalement imberbe, totalement nu aussi, et musculeux, en fait, très à son goût, sa peau est rouge sang et ses yeux sont cerclés de noir, ça fait flasher ses prunelles d'or scintillant, il a les oreilles pointues comme un elfe, délicatement ourlées d'un liseré d'ébène, ça doit être marrant de tirer dessus.

— Ton temps n'est pas venu.

Et elle se met à pleurer et parle comme si elle ne sentait pas les larmes couler, les yeux fixent un point au-dessus de la tête de Satan, tu te la coules douce dans les profondeurs de mon inconscient, toi, t'as pas vu le merdier que c'est là-haut. Je ne veux pas y retourner, je n'y arrive pas, je suis rongée de l'intérieur, malade, d'ailleurs je n'ai plus mes lunes depuis des mois, ma force de vie, ma créativité est épuisée, et je ne sais plus aimer, je ne peux plus les laisser approcher, ils me jugent et je les juge à présent, je ne veux plus, c'est froid et blanc, c'est mort, folie et fureur, je ne peux pas revenir en arrière, j'ai croqué dans le fruit défendu, je les supportais quand je les ressentais, mais maintenant, je vois, je sais ce qu'ils pensent, je ne peux plus.

— Tu t'es égarée sur le chemin de l'Autre ! Tu t'es tuée avec ton esprit ! Tu as endormi ton instinct, tu t'es coupée de toi-même, de la Source, tu m'as enseveli sous la neige, tu es devenue ce que tu combats ! Tu tournes en rond dans le vide, comme l'humanité. À présent, tu as véritablement marché ta parole.

On dirait qu'il veut lui mettre une fessée, il a pris un ton de prédicateur américain, roule des yeux, elle aime bien son humour. Elle essuie les larmes d'un revers de bras, relève le menton, c'est malin de me dire ça, elle répond, et elle rigole toute seule de la vanne. Il ne relève pas.

— Voici venu le temps de ta propre Apocalypse.

Il étend le bras et désigne une alcôve à la gauche du trône et dans ses yeux elle lit une sagesse sans âge. Elle fait glisser la lourde tenture. Dans la salle, de grands cierges rouges et noirs posés au sol, des longs clous d'argent, un marteau ancien ciselé et lourd, et une grande croix de bois couchée sur le sol. Elle a toujours su qu'elle serait là.

L'air est chargé de fumée et d'odeurs musquées, étranges, étourdissantes. Satan a revêtu une grande robe noire, et l'attend, une psalmodie angoissante monte de sa gorge. Les quatre élémentaux s'approchent d'elle, elle se laisse soulever, ils allongent le corps nu sur la croix, à l'envers, attachent les mains jointes au-dessus de la tête, puis les chevilles sur les barres transversales, elle souffre déjà du contact dur du bois, Satan psalmodie toujours dans une langue étrange, et saisit le premier clou.

Une grande terreur l'envahit, et son corps commence à trembler, elle sent déjà la pointe du clou sur son pied gauche, et la douleur explose, une brûlure qui fait éclater la chair et l'onde court dans sa jambe, vibre dans la colonne vertébrale, elle est secouée de spasmes, ses paupières battent sur les yeux blancs, le métal se fraie déjà un chemin entre les cartilages de son pied droit, elle entend le choc puissant du marteau, et la souffrance résonne dans toute sa chair déjà meurtrie. Le troisième clou pique sa paume, le marteau s'abat encore, la peau s'ouvre, la chair s'ouvre et le clou glisse entre les veines et les os, fait éclater le bois en petites échardes piquantes. Les élémentaux relèvent la croix, et elle se sent mourir, son cœur s'accélère encore et veut sortir de sa poitrine, écrasé par une main invisible. Elle sent un liquide chaud caresser son bras, courir sur son épaule, le sang macule sa joue collée au bras et vient humecter ses lèvres, alors ce n'est que ça, ce n'est que ça, le temps s'étire, se distend, elle est là depuis une éternité, je te rends ce qui est à toi, dit-elle à Jésus, et Jésus lui sourit.

Et elle voit que Satan se trouble, se dissout dans les rouges, des volutes d'énergie pure qui tremblent dans l'air, se recomposent en dragon écarlate, qui flotte devant elle, éclats de lumières de toutes les couleurs ou d'aucune, sa bouche s'ouvre devant la beauté du spectacle,

Et elle voit alors sa vie défiler,

Et le dragon émerge de sa caverne, des profondeurs de la terre, le temps heureux de l'enfance innocente,

Et le dragon se débat dans les flots, noyé dans les larmes, celles du monde et les siennes,

Et le dragon crache le feu sacré, une voix magique venue du ventre,

Et le dragon se jette dans l'œil du cyclone, l'air vif et froid,

Et maintenant que les quatre éléments sont domptés, le dragon pénètre la quintessence.

Et le dragon s'élance vers elle, et glisse par la bouche ouverte dans sa gorge, doux et chaud, comme un soleil, une caresse inconnue qui clapote et frétille en même temps, la queue du dragon glisse entre ses lèvres, et il est dedans en entier. Et elle sent une grande force tourbillonner dans son ventre, et elle sent que le dragon est puissant et sa volonté immense, elle sent qu'il livre un combat dantesque dans la prison de chair, aimerait entrer en elle pour assister à son Apocalypse, *le cadavre de Dieu hurle dans mes entrailles*, et enfin, elle se sent transpercée d'un arc-en-ciel d'énergies, rayonnant de la Source, et la Source est dans son cœur, et elle sait que le dragon vient de communier, il a dévoré enfin le corps pourrissant du Christ, l'infâme culpabilité, et libérée de ses chaînes sa conscience explose, je suis multiple et une, je suis tout et je ne suis rien, c'est un instant d'éternité.

Elle entend son sang qui goutte sur le sol, et prend conscience que son entrejambe est humide, et voit le fluide couler entre ses cuisses ouvertes, rouge et épais, vivant, et elle voit ses larmes couler encore, le sang et l'eau, son cœur grand ouvert, et elle bascule, impression de tomber vers le ciel, une grande lumière l'aspire.

Cinquième partie

Betty au Paradis

I am Alpha and Omega, the beginning and the end, the first and the last.
Holy Bible

Le royaume des cieux est un état du cœur.
Friedrich Nietzsche

Elle est aspirée vers la lumière blanche au bout du tunnel, les prunelles meurtries par l'éclat aveuglant, peu à peu la source se réduit à un globe incandescent, et elle voit qu'elle est dans un monde immaculé, elle flotte dans le coton, et le visage de l'ange est penché au-dessus d'elle.

Gabriel prend sa main, elle a de gros pansements ridicules autour des poignets, il lui sourit et parle doucement. L'empathie est revenue, elle se laisse enrober d'affection, Lou embrasse son front et court téléphoner, Gabriel continue de parler, il est venu chez elle dès qu'il a vu les infos, Chat va bien, même pas une moustache roussie, il ronronnait sur son ventre quand les pompiers sont entrés et la police était là, un pavé et un cocktail Molotov par la vitre de la chambre, un incendie, elle a été sauvée par ses ennemis, la police enquête sur le GOD et a aussi arrêté un fan louche, elle n'a pas perdu trop de sang et elle va se remettre vite, elle a surtout été intoxiquée par la fumée, sa voix est tendre et familière et Betty émerge doucement. Gabriel s'interrompt brutalement, il fixe la main de Betty dans la sienne, et le sang qui perle dans la paume, et le drap où fleurissent deux taches écarlates au niveau des pieds, et Betty voit qu'il va appeler les infirmières parce qu'il n'a jamais entendu parler de stigmates, et qu'il faut qu'elle dise quelque chose, elle murmure, chut, ce n'était qu'un rêve. Une auréole plus grande se dessine au niveau de son pubis, et Gabriel dit que c'est bien le moment d'avoir ses règles, elle ne changera jamais, et il l'aide à rejoindre la salle de bains, roule le drap en boule, l'incident est clos. Le troisième jour, Betty peut sortir de l'hôpital.

*

Lou tourne en rond dans son appartement, ouvre des placards et des tiroirs pour montrer à Betty tout ce dont elle pourrait avoir besoin, et ça va d'une poinçonneuse, pour le cas où elle voudrait faire des confettis, aux bougies, en cas de panne d'électricité, en passant par le K-way, en cas de pluie acide. Chat s'est déjà trouvé une place d'honneur, et il trône en haut de la bibliothèque du salon, où s'alignent toute une collection de figurines en résine, des créatures bondagées ou ailées, statuettes fétish et zombies moisis... Chat se trouve juste devant la lampe halogène, il est éclairé par en dessous et plisse les yeux en bombant le torse. Betty lui balance un paquet de Kleenex en l'interpellant, eh, Lion of Judah, Chat reçoit le paquet sous le menton et cligne des yeux lentement, redresse encore le menton, imperturbable. Lou arrête de s'agiter, regarde le paquet de Kleenex rebondir sur Purgatory, la respiration coupée et prêt à hurler, Purgatory vacille mais se restabilise. Il lance un regard miné à ses deux pensionnaires, invités le temps que Betty récupère son appart. Ça va durer un moment.

Le premier soir, ils s'embrouillent au sujet de qui dort dans la chambre, Lou veut absolument installer Betty dedans, elle proteste avec véhémence qu'il arrête de jouer au papa, il gueule qu'elle est chez lui et qu'elle lui a répété toute son adolescence qu'on suit les règles de la maison, ou bien on se casse, elle sait pas quoi répondre à ça, elle part dans la chambre en claquant la porte, se jette sur le lit, hors d'elle, et est prise de fou rire, elle le rejoint dans le salon, il ricane sur les crises d'adolescence, elle propose de négocier en adulte, et ils optent pour une nuit sur deux, en rotation, pas pratique mais leur honneur est sauf.

✶

C'est trop bon de répéter avec vous, vous imaginez pas comme ça me manquait, ils s'étreignent en cercle tous les cinq et se tapent violemment dans le dos pour donner plus de force au propos. Ils ont tous bossé grave, pendant qu'elle geignait en se remplissant de coke, et les plans de voix affluent dans la tête, retenus trop longtemps, tout ce retard, tout ce temps à rattraper, et ils sont là, déjà prêts. Finger in da nose, le prochain album, on le sent déjà là. Et maintenant qu'elle sait ce qu'elle veut, ça va chier. Elle est fière qu'ils aient tous fait le deuil du bébé avorté, *Satan's Slut,* chacun à leur manière, Lou rigole que comme d'habitude elle s'est sentie obligée d'en faire des tonnes. Elle lui met une pichenaude dans le nez, et part en courant, fait le tour de la batterie, il la poursuit en rugissant, en position de super guerrier, elle s'étouffe de rire et repart dans l'autre sens en renversant un tom, ouvre la porte à la volée et trace dans le couloir, il la rattrape près des toilettes, la colle au mur, et elle est étourdie par le choc, déflagration de désir, onde de rouge, est-ce que c'est le sien ou le mien, qu'est-ce que c'est que ce bordel, tellement inattendu qu'elle sort de son corps, voit la scène d'en haut, ses babines se retroussent, elle grogne comme un animal acculé, prête à frapper, *tu m'as fait mal,* le ton est dur, il recule de face, en baissant un peu les yeux, sort du territoire avec précaution. Ce n'est pas supposé arriver.

*

Ils sont chacun à un bout de la pièce. Ça fait deux semaines que ça dure. Betty est obligée de reconnaître que c'est de la pure tension sexuelle, tout à fait déplacée mais réelle. Ça ne semble pas sain de laisser la tension sexuelle nuire à leur belle amitié, ça n'a aucun sens, et elle décide brusquement de l'attraper, pour régler le problème une fois pour toutes. Et puis, c'est sûr qu'ils ne s'entendront pas sexuellement, ça leur serait venu avant, mais ça les soulagera tous les deux.

Elle dit en levant le menton, tu sais, je sens que tu as envie de m'attraper. Il est assis sur le fauteuil en face, et répond en détachant les mots,

J'ai envie de te bouffer la chatte.

Betty vacille parce qu'elle vient de pourrir sa culotte, tellement le ton ne laisse aucun doute sur la sincérité de l'intention. Elle dit, je pense qu'on devrait le faire, pour régler le problème, elle sort une clope du paquet devant elle. Il se lève et vient s'asseoir à côté d'elle, à vingt centimètres, et attend. Elle tasse sa clope sur la tranche de sa main, attrape le briquet, repose le briquet, voit que ses mains tremblent, ça l'énerve, elle a peur, il a décidé de jouer à cours-après-moi-que-je-t'attrape. Elle jette la clope et le briquet sur la moquette, et la peur s'évanouit à l'instant où elle passe à l'action, elle n'a jamais ressenti la logique du truc aussi consciemment, c'est encore plus fort qu'avant la scène.

Elle est en train de l'embrasser, ça paraît complètement incongru au début. Elle s'agenouille sur lui, il embrasse son cou, un sourire radieux sur le visage, les yeux fermés. Il a décidé de se laisser guider, elle dégage sa poitrine et il lèche ses seins, pétrit ses hanches et elle n'avait jamais imaginé le mélange de force et de douceur que les mains de Lou pouvaient avoir, elle a le souffle court, elle s'acharne sur sa putain de ceinture militaire de merde qui résiste, il lui sourit et l'enlève d'une main. Elle se lève et se débarrasse de ses fringues sans le quitter des yeux, il se déshabille en gestes sûrs et efficaces, comme pour taquiner la fébrilité de Betty. Elle reprend le contrôle, marche lentement vers lui, toujours assis, et colle son ventre contre son visage. Il happe et mord la chair du ventre, les mains plaquées sur ses fesses, s'attarde sur les os des hanches qui pointent au-dessus du pubis, mordille, et plonge entre ses jambes, la langue fouille violemment, elle pose un pied sur le canapé pour s'offrir plus, et il colle toute sa bouche sur les lèvres, suce le clito et sa langue est dure et furieuse, elle s'écroule sur lui et ils glissent du canapé, elle se dégage en s'appuyant sur la cuisse de Lou et fond sur sa queue pour l'avaler d'un coup, aperçoit l'éclair de la barre du piercing à son sein gauche et accroche ses doigts de chaque côté, Lou se redresse et la plaque contre le sol, mains sur ses épaules, et il entre lentement en elle, coup de reins ample et vicieux, ils se défient du regard et le visage de Lou se déforme, il attrape la nuque de Betty, les doigts crispés derrière les oreilles et les pouces s'enfoncent dans sa gorge, il regarde sa bouche s'ouvrir pour happer l'air, enfonce sa langue dedans, et quand il s'écroule sur elle, elle a envie de rester là, coincée sous le corps moite.

Elle tripote le démon tatoué sur son épaule, et pince la vilaine mâchoire velue et pleine de dents entre deux doigts pour le faire parler, *tu sais que t'es bonne,* elle dit de sa plus grosse voix, elle lui répond qu'il est pas mal non plus, à part l'haleine, le démon grommelle *t'es bonne mais qu'est-ce que t'es lourde*, elle rit, Lou ne dit rien.

Elle se sent beaucoup plus détendue, fumerait bien une clope. Celle qu'elle a jetée est éventrée sur le sol, et le paquet est tout aplati, elle en fait rouler une entre ses doigts. Lou s'en allume une aussi, pose un cendrier sur son ventre. Il fixe le plafond et tire une longue, longue latte, recrache la fumée en petites bouffées. Ça donne envie de recommencer. Elle lui arrache sa clope et l'écrase dans le cendrier, il ne bouge pas, surveille le bout incandescent, c'est pas comme si Betty était la meuf la plus adroite qu'il connaisse. Elle fait glisser le cendrier loin d'eux, et l'enfourche à nouveau, ses mains courent sur le torse, la queue déjà dure glisse contre sa chatte humide de sperme. Il s'abandonne complètement, la nuque pliée en arrière, la gorge offerte, bras ouverts, il se cambre et se tord comme une chienne, gémit les yeux fermés. Qu'est-ce qu'il fait, qu'est-ce que c'est que ce bordel ? Betty effleure juste la barre de métal à son sein gauche, brouillard dans sa tête. Sa main cherche son pénis et l'écrase d'abord contre son ventre, paume bien à plat, puis elle l'empoigne fermement et le serre par pressions, tandis qu'elle aspire son bijou, le métal contre les dents, la langue s'agite sur son téton. Il a des spasmes, elle déporte son poids pour le bloquer, puis elle s'agenouille au-dessus de son bassin, sa main emprisonne toujours sa bite entre ses cuisses, elle le masturbe et frotte son sexe contre le sien, sa chatte semble vouloir l'aspirer, mais s'esquive avant le coup de reins, jeu pervers et enfantin, délicieuse torture. Elle est affolée par l'abandon total, en même temps folle de rage et ravie de se trouver devant infiniment plus salope qu'elle. *Petite pute,* elle murmure dans son oreille. Il amorce un mouvement pour empoigner ses fesses, elle attrape ses poignets violemment et les ramène au-dessus de sa tête, il feint d'être maîtrisé et se soumet. Elle ondule du bassin pour le prendre en elle, c'est humide et brûlant, elle se sent transpercée, a conscience de chaque millimètre de la peau de son pénis contre sa muqueuse. Il pousse un long soupir, un gémissement proche de la douleur. Elle le baise en le regardant dans les yeux, ses mains enserrent toujours ses poignets, elle est prise d'une violente envie de l'insulter, et son corps parle à sa place, la chair de ses fesses claque contre ses cuisses à lui, elle se couche de tout son long pour sentir tout son corps collé au sien, tremblements qui résonnent l'un dans l'autre.

Elle est blottie dans le creux de son épaule, et soupire dans son cou, raconte-moi une histoire… Lou parle sans hésiter, en caressant ses cheveux.

— Loup d'Argent m'a visité dans le monde du rêve, la nuit où tu as voulu mourir. J'étais seul, assis sur un rocher, et il a surgi des bois, et il a dit : *Homme, je suis venu pour t'enseigner la Roue de Médecine. Elle est régie par les quatre directions, les quatre points cardinaux. Vous êtes tous destinés à aller au centre de votre propre Roue, et pour cela il faut explorer chaque direction, apprivoiser les quatre éléments. La Roue se maintiendra si vous savez l'ancrer dans la Terre Mère, et vous laisser guider par le Père Soleil. Et au croisement de ces deux axes, vous trouverez la septième direc-*

tion, celle qui est partout et nulle part. Et j'ai vu tous ces humains, et leur Roue désagrégée ou déformée, allongée en pic au sud, aplatie à l'ouest, ouverte au nord, ou creusée à l'est, ceux qui n'ont même pas conscience de leur propre Roue, ceux qui veulent rentrer brutalement ou sournoisement dans une autre Roue que la leur, ceux qui ont peur du son de leur Roue et qui se détruisent pour ne plus l'entendre… Et j'ai entendu la terrifiante cacophonie de l'humanité, qui enflait, jusqu'à ce que la douleur vrille mon crâne, et j'ai commencé à avoir peur. Loup d'Argent s'est approché de moi, j'ai touché son pelage, et il m'a transmis sa force et sa puissance, et la peur a disparu. Et j'ai vu, j'ai senti, j'ai pris conscience comme jamais auparavant de la Roue autour de moi, et la terrifiante cacophonie s'est adoucie, jusqu'à disparaître, dans la vibration de ma propre Roue. J'ai demandé : *Toi, tu es un guerrier solitaire mais tu as choisi de vivre en meute… Comment garder un lien avec les autres, si nous sommes tous au centre de notre propre Roue, de notre univers ? Est-ce que l'égocentrisme n'est pas solitude ?* Loup d'Argent a semblé sourire, si, parfaitement, il a sourit, et il m'a répondu : *Quand vous, humains, serez tous au centre de votre propre Roue, alors toutes les Roues pourront entrer en résonance, et les ondes d'énergie vibreront en un unique son harmonique, qui vous reliera tous, et on l'appellera le Chant de la Terre.* À ce moment, tu es apparue dans mon rêve, et tu venais du nord, poussée par une bourrasque de vent, et tu t'es abattue à genoux, épuisée, au centre de ta Roue. Et le téléphone m'a réveillé, c'était Gabriel.

Betty murmure, tu sais raconter les histoires, il n'y a rien à ajouter.

Elle l'embrasse sur la joue et se retire dans la chambre, sommeil lourd et serein.

Elle se réveille des images de cul plein la tête, obsédée, flashs de gros plans, et la compatibilité de peau, est-ce que c'est possible une compatibilité pareille, elle a dû rêver, envie de revérifier. Qu'est-ce qui a bien pu foirer dans le plan désamorçage de tension sexuelle ? Ça va passer avec un café, un café ça va remettre les choses à leur place, pas de panique, une journée ensemble en potes et le concert de ce soir... Elle enfile ses chaussettes de ski, remonte la bretelle de sa nuisette et ouvre la porte. Lou sort de la salle de bains, une serviette blanche enroulée autour des reins, son ventre et le léger creux juste au-dessus des os du pubis, le dessin des épaules et la courbe du biceps, la rondeur de l'épaule, la multitude de gouttelettes qui brillent sur la peau, elle se fige un instant devant l'apparition, et s'enfuit dans la cuisine. Il le fait exprès, c'est sûr.

Le Zénith est blindé, le changement de plateau prend des plombes, une foule de techniciens s'activent on stage, ils sont en train de monter deux énormes 666 clignotants de chaque côté de la scène, et ils foutent un grand rideau noir devant. Betty bâille, tout le monde raconte que les Slipknot s'incendient, se blessent, se sodomisent et font caca sur scène, que les trois batteurs sont des fous furieux, elle est impatiente d'être broyée par la machine de guerre.

Le rideau finit par s'ouvrir sur les neuf terreurs masquées, les trois batteries sont montées sur des machineries, ça tourne, ça monte et ça descend. Les Slipknot cavalent en long en large, changent de poste et se bousculent, mais d'incendie, point. D'un coup, têtes de boucs en ombres colorées sur le fond de scène, le chanteur brandit une tête de bouc en plastique, *If you're 555 then I'm 666*, Betty regarde le public. C'est un mélange de djeunes normaux, de colliers à boules, de minettes en débardeurs les joues rougies par l'excitation, quelques mômes d'une dizaine d'années encore plus déchaînés que les autres, et pas mal de T-shirts Slipknot, elle a jamais compris le truc, venir au concert avec le T-shirt du groupe, peut-être au cas où quelqu'un penserait qu'ils se sont perdus ? Ils sont tous en mouvement autour d'elle, mais ça donne une impression étrange. Ils sautent sur place obsessionnellement dans un défoulement décérébré, sans jamais varier ni l'enchaînement ni le rythme, en dépit du bon sens, ou même du plus élémentaire sens du rythme. Betty demande à Lou si c'était comme ça, avant, est-ce que même dans les pogos avinés on était à ce point coupés du son ? Il les trouve bizarres aussi, mais se fout de sa gueule, qu'elle parle déjà comme une vieille à vingt-deux ans, et il va moshpitter un peu. Les numérotés balancent des peaux mortes de la scène, encore cerclées de métal, et il y en a deux qui miment une sodomie sur une des batteries, quand même. Moment de calme, et le vrai batteur tape le solo, la machine s'élève et pivote à 90 degrés, et il martèle sanglé dans son fauteuil à l'horizontale, le socle en verre s'illumine d'un pentacle rouge sang, l'apocalypse american style. Betty pousse Lou du coude, alors, c'est pas en France qu'on sait faire ça, hein ! Il répond sans se démonter, à l'aise, les Bérus ils l'auraient fait à l'aise. Elle visualise le mec en chandelle, sa boîte à rythmes dans les mains, et rigole qu'il abuse, parce qu'ils avaient un vrai batteur en concert, quand même, n'empêche qu'elle l'attacherait bien sur son tabouret, quand Betty Monde tapera le Zénith pour leur prochaine tournée glorieuse. Numéro 8 braille dans son micro pour que toute la salle se baisse, et ça s'accroupit de partout, il explique qu'au signal tout le monde bondira ensemble. Il parle et fait durer, Betty trouve ça marrant, c'est miraculeux parce que toute la salle est accroupie à présent, du devant aux consoles, et même dans les gradins derrière, et le chanteur répète toujours la même chose, plusieurs minutes, elle observe, fascinée. Il y a des visages tournés vers elle, elle réalise tout à coup qu'elle est la seule debout, et qu'il y en a encore qui vont dire qu'elle se la pète, sauf qu'elle n'a simplement pas envie de se mettre à genoux. Est-ce que le chanteur la regarde aussi derrière son masque, ou elle paranoïe ? Elle se sent subitement très conne et isolée, dans la ligne de mire, la peur, elle sent des ondes d'hostilité et de mépris ramper vers elle, elle pense à ce qu'ils raconteront, au plaisir qu'ils prendront à piétiner la meuf qu'est passée à la télé, tous les détails qu'ils inventeront, cette connasse qui sait pas quoi inventer pour se faire remarquer, elle a mal, pourquoi ça lui vient pas naturellement, faire pareil, un instant elle a envie de faire comme eux, lâchement, juste pour qu'ils imaginent pas ces sales trucs sur elle, et ça fait une raison de plus pour ne pas céder au mouvement de masse, *marche ta parole*. Et comme elle a vaincu sa peur, elle comprend que ceux qui sont à genoux par leur propre volonté et en pleine conscience ne lui en veulent pas, que ceux qui sont à genoux parce qu'ils n'ont pas pensé à se lever sauront qu'ils ont le choix, et que ceux qui sont à genoux contre leur désir profond, ceux qui la haïssent, n'ont qu'à s'en prendre qu'à eux-mêmes. À ce moment, elle sent Lou derrière son épaule, et elle voit qu'il est debout à côté d'elle, et elle ne se demande pas pourquoi, parce que ça n'a aucune importance. Numéro 8 donne le signal et la foule bondit, dans le plus grand désordre en foirant complètement la pêche du batteur et les riffs qui explosent.

C'est le tour de Lou de prendre la chambre, il lui propose de venir dormir avec lui. Elle le jette brutalement, lui balance une de ses chaussettes de ski à la gueule. Il part en haussant les épaules, et ça prend vingt minutes avant qu'elle le rejoigne. Il est couché sur le lit, tout habillé, le dernier Rammstein en fond, dans une démonstration brillante de romantisme à l'allemande, riffs militaires, *Rein, Raus*, et des histoires de centaines d'éléphants. Elle dit, *Homme, on ne devrait pas dormir ensemble, tu sais que ton démon me parle, et il dit qu'il veut être à moi, et il va glisser sur ma peau pendant ton sommeil, t'auras l'air malin*. Il dit, *je t'attendais, dragonette*.

Elle est en train de l'embrasser dans le cou, les suçons le rendent fou, il se cabre et gémit, elle torture ses seins, elle arrive à dégrafer sa ceinture militaire du premier coup et d'une seule main cette fois, essaie d'enlever le pantalon avec son pied, mais c'est pas évident avec des chaussettes de ski. Il l'enlève seul, ça l'énerve un peu, elle le recouche et enlève son caleçon, geste sec et autoritaire, s'assoit sur lui, recommence à embrasser son cou aspire et mord, frotte son bassin contre le sien, elle se lèche la main en le regardant dans les yeux, puis la main rampe entre ses cuisses pour le masturber, elle se frotte sur son propre poignet, puis descend entre ses jambes et embrasse doucement son ventre, les os qui saillent sur son bassin, elle lèche la longueur de son pénis, le prend tout entier dans sa bouche, d'un coup, il gémit plus fort, elle est agenouillée entre ses jambes et omnipotente. Elle salive beaucoup, caresse ses testicules, les malaxe, suce très fort, le serre dans sa main, agite sa langue sur son gland. Il ouvre les jambes, possédé par le démon, et elle sent ce qu'il veut, pas encore. Elle grimpe sur lui, le regarde d'en haut, et ouvre la table de nuit, y a forcément du matos dans toute table de nuit qui se respecte. Il y a deux paires de menottes, et un godeceinture, et elle sait ce qu'il veut, pas encore. Elle prend les bracelets de métal pendant qu'il enfonce son visage entre ses seins, elle lui montre ce qu'elle a dans les mains, il l'observe immobile, elle arrache les petites clefs fixées à la chaîne, puis elle recommence à frotter son bassin contre le sien, elle lèche son cou et remonte ses bras au-dessus de sa tête, et elle aime le bruit du métal qui s'entrechoque, elle tient son poignet près de son oreille pour qu'il entende le cliquetis des crans qui se referment, elle attache son deuxième poignet, puis elle se redresse sur lui, et elle frotte son clitoris et ses lèvres humides sur son sexe, retarde la pénétration. Elle s'empale très lentement en l'embrassant, elle prend appui sur son torse, et accélère le mouvement, elle jouit très vite, et s'écrase sur lui, ses mains sur le crâne rasé, elle l'étouffe contre sa poitrine et son bassin recommence à onduler tout seul, il regarde la naissance de son sein sous sa nuisette, elle fait glisser sa bretelle pour qu'il les aperçoive entiers dans le mouvement, il tend le cou la bouche entrouverte et essaie de les atteindre avec sa langue, elle approche ses seins et les promène hors d'atteinte, elle lui offre la pointe d'un de ses seins pour entretenir la tension, quelques secondes, il gémit, la bouche ouverte et la langue tendue, coup de sang, l'impression d'une glissade sans fin vers le fond d'elle-même, rouge, elle se redresse et prend appui sur son ventre et sur sa gorge, pour l'étrangler en le baisant très fort, les peaux claquent avec un bruit mat', elle l'étrangle et il a la bouche ouverte, elle crache dedans, elle dit, petite pute, elle jouit encore une fois. Elle brise brusquement, s'offre, jambes ouvertes, elle a la clef des menottes dans la bouche, il descend lentement les mains jointes devant lui, et lèche, docilement, lentement, en la regardant dans les yeux, il enfonce ses doigts et torture la zone sensible sur la paroi antérieure, ne lâche pas le point G jusqu'à ce qu'elle éjacule sur le drap sombre, un liquide nacré qui a jailli d'entre ses jambes et elle ne comprend pas, il passe sa langue encore sur toute la longueur de la fente et elle essaie d'échapper à cette caresse presque douloureuse, les nerfs trop à vif, brusquement elle sent que le rapport de force s'inverse et l'énergie sauvage qui monte en face la submerge, la chaîne des menottes écrase sa carotide, les mains bloquent sa mâchoire, elle recrache la clef, la queue dure s'enfonce en elle, il est dedans, ça fait comme se manger une boule d'énergie dans le ventre, collée au mur, elle est sur le ventre à présent et il est au-dessus d'elle et la laboure et les deux mains entravées posées à plat devant son visage, les bras autour de son cou, elle suce les doigts devant elle et Lou se dégage et pose les mains sur sa nuque, il dit, *donne ta langue, donne,* d'une voix terrible en agrippant la masse de cheveux pour lui plier la nuque en arrière, et docilement elle tire la langue, et il la prend dans sa bouche, la lèche mord et aspire, et elle sent bien que sa langue est directement reliée à son bas-ventre, un grand tentacule spasmodique, ils tombent du lit quand elle jouit, et il embrasse doucement son cou en caressant ses cheveux, arrange une des mèches qu'elle a dans la bouche, il lui tend la clef des menottes et elle déverrouille les bracelets, il descend le long de son corps en l'effleurant des lèvres, il sangle le gode-ceinture autour de ses hanches.

Tu vas le regretter, elle dit, et elle abat sa main sur la nuque de Lou, le plaque au sol, et pour la première fois de sa vie elle est prise de ce vertige, elle ressent à son compte leur panique face à elle quand elle se laisse glisser dans les abîmes de la chair, abandon tellement total qu'elle n'est pas sûre de savoir quoi en faire, un immense appel de vide et la peur d'être aspirée dedans, et elle se souvient aussi de ce que ça fait, faire peur et se sentir monstrueux et inhumain et comment on finit par avoir peur de soi-même, et elle meurt d'envie de s'engouffrer dans son âme écartelée, *Unleash the Dragon,* elle va le faire et putain de bien, elle crache et enfonce un doigt dans son cul, approche sa bouche pour lécher un deuxième doigt sans sortir le premier, puis elle guide la queue de latex entre ses fesses, lentement, profondément, marque une pause, et le premier coup de reins est étrange, un mouvement inhabituel, inconnu, il gémit encore et le feu descend du cerveau de Betty jusque dans ses reins, elle le couvre et défonce le cul offert, le rythme est exhumé du fond d'elle-même, elle s'enivre de son plaisir à lui par l'empathie et elle voit son dos qui se contracte, elle l'a fait jouir, déjà, je n'ai pas besoin de ça, elle sort de lui et arrache la prothèse en maintenant Lou sur le sol,

Ich bin ein schönes zweigeschlecht,
Zwei seelen unter meiner brust,
Zwei geschlechter eine lust.

Elle lui écrase la tête sur le lit, à genoux, branle-toi, elle enfonce ses doigts en lui, se sent comme aspirée et entraînée au-delà des limites, panique encore, elle lui veut tellement de bien que ça ne dure qu'une fraction de seconde, et elle replonge dans l'échange, en même temps qu'un doigt supplémentaire dans son cul, la texture de la chair, très ferme et résistante sur le passage, humide, très douce et fragile à l'intérieur, ouvert en grand, encore tellement de place dedans. Ses doigts appuient sur la cloison vers l'avant, s'enfoncent de plus en plus violemment, son bras droit est plié et le coude en appui sur son pubis et le feu dans ses reins encore, sa main pousse et pistonne de toute sa force, encore jamais assez, elle peut le jeter contre les murs, elle peut bien lâcher le dragon comme elle veut, ça lui fera pas peur pas mal, il lui ouvre l'infini, elle est couchée sur lui et son bassin pousse sur sa main, c'est tout son corps possédé qui s'enivre de puissance, le lit tremble et glisse et elle attrape Lou par la gorge et le serre contre elle,

Mon animus bien profond dans ton anima,

il est agité de spasmes, il se branle toujours plus dur, et d'un coup il se retourne vers Betty, le visage déformé par tellement de haine que ça ressemble à de l'amour total, il l'attrape par les cheveux et écrase son visage contre sa bite, force ses lèvres, elle ouvre la bouche et tire la langue comme une putain du diable et il est toujours à genoux sur sa main et elle fouille toujours son ventre, et il éjacule sur sa gueule, avec le même rictus animal, ça dégouline sur ses lèvres en filets laiteux, il lâche les cheveux et elle sort doucement sa main du cul de Lou, et remonte à genoux face à lui, l'embrasse à pleine bouche,

Ich bin alleine doch nicht allein,
Ich kann mit mir zusammen sein,
Zwitter, Zwitter,
Ich bin so verliebt, ich bin in mich verliebt.

Il essuie sa bouche souillée de sa propre semence d'un revers de main et la projette sur le lit et il lui lubrifie le cul avec le mélange de sperme et de salive, enfonce un doigt et sa queue ouvre les chairs et elle dit,

Baise-moi plus fort, je ne sens rien, petite pute,

Il la défonce et il est fou furieux,

Montre-moi qui est le dominant dans ce lit,

Je ne sens rien, baise-moi, petite pute,

Et on dirait qu'il va la tuer,

Je ne te sens pas, toujours pas,

Et il est hors de lui-même et il perd le contrôle, à quel point ça fait du bien de pouvoir dire ça, enfin, un choc de titans, le loup-garou jaillit du ventre et la puissance animale la terrasse, et il lâche toute sa rage sur elle, et elle boit tout, ouverte en grand, et il est écrit, l'excès de yin devient yang et l'excès de yang devient yin, il mord son cou et elle ne sait pas si c'est de la salive ou du sang qui glisse sur la clavicule, et l'orgasme la transperce comme un prisme multicolore, il l'enlace plus fort, la peau, cellule contre cellule, toute la surface grande ouverte et l'énergie dégagée tourbillonne en tempête électrique, sa conscience explose, elle comprend, enfin, libre, *La liberté commence là où elle rejoint celle de l'autre,* Lou s'allonge à côté d'elle et effleure sa peau du bout des doigts. Elle sent une grosse bouffée d'amour qui l'enveloppe, et elle a envie de se laisser faire, parce que pour la première fois, ça ressemble à de l'amour inconditionnel, celui qui n'attend et ne réclame rien, qui s'offre sans restriction et se suffit à lui-même, tellement fort et tranquille qu'il ne se projette pas dans l'avenir, et elle sent quelque chose qui remue en elle, au niveau de son plexus, et sa poitrine lui semble s'ouvrir en grand, immense appel d'amour absolu, et elle sent que la Source est en elle, et laisse jaillir le flot pour apaiser sa propre soif.

— Tu crois que ça va faire des embrouilles ?

Il sourit dans le vague, paisible.

— Peut-être. Mais on n'aurait pas d'embrouilles, on se ferait chier…

Rien ne se perd, rien ne se crée, tout se transforme

Bande Originale :

Christian Death
Resurrection-6th Communion - page 16
(*Only Theatre of Pain* © Cleopatra)

Nietzsche featuring Betty Monde
Hammer - page 38
(adapté du *Crépuscule des Idoles*)

Hole
Violet - page 51
(*Live Through This* © Geffen Records)

Madball
Show no fear - pages 39 et 40
Can't Stop, Won't Stop - page 66
Never Look Back - pages 125 et 126

Fall this Time - page 193
Confessions - page 245
(Hold It Down © Epitaph Europe)

Kickback
Murder Minded - page 105
Will to Power - pages 106 et 107
New Sadist - page 108
Ruining the Show - pages 250 à 254
(Les 150 Passions Meurtrières © Delabel)

The Cure
One Hundred Years - page 121
(*Pornography* © Polydor)

DayGlo Abortions
Argh, Fuck, Kill! - page 154
(*Feed us a Fetus* © DayGlo Abortions)

Black Bomb A
Down - pages 197 à 199
(*Human Bomb* © Black Bomb A)
Law's Phobia - page 235
(*Straight in the Vein* © Black Bomb A)

Eminem
The Way I Am - page 210
(The Marshall Matters © Aftermath Ent. / Interscope Records)

Bad religion
We're Only Gonna Die - page 234
(*How Could Hell Be Any Worse?* © Epitaph)

Rammstein
Zwitter - pages 291 et 292
(*Mutter* © Motor Music)

Sources mystiques :

Holy Bible, Satanic Bible, Magick Khaos, Chamanismes, Zen, Nietzsche, Dalaï-Lama, Tarot, Jung et tout l'univers.

Aide-toi, tout le monde t'aidera

Niko, Shook & Belek, Zion, Chokos, Baptiste, Paco, Doudou, Lancelot, Clovis, Jibé, Cécile, Greg, Karim & Laetitia, Vito, Kamel, Terry & David, Laurent, Maël...
Poun, Mélanie, Djag et les BBA.

Philippe Manœuvre, Marion, Serge, Roizes.

May the force be with you :
Black Bomb A, Boost, Cooking Class Cirrhose, Esprit du Clan, Kickback, Los Tres Puntos, Noxious Enjoyment.

A Alejandro Jodorowsky, Merci...

Table

Déjà parus
AU DIABLE VAUVERT

ANTHOLOGIE *Les Nouveaux Puritains,* présentée par MATT THORNE et NICHOLAS BLINCOE, nouvelles
ANTHOLOGIE *Intoxication,* présentée par TONI DAVIDSON, nouvelles
JUAN MIGUEL AGUILERA, *La folie de Dieu,* roman, Prix Imaginales 2002, Prix Bob Morane étranger 2002
CATHERINE BEAUNEZ, *On les aura!* dessins d'humour
PIERRE BORDAGE, *L'Évangile du Serpent,* roman, Prix Bob Morane 2002
POPPY Z. BRITE, *Self made man,* nouvelles
Plastic Jesus, roman
Coupable, essai
OCTAVIA E. BUTLER, *La parabole du semeur,* roman
La parabole des talents, roman
DOUGLAS COUPLAND, *Toutes les familles sont psychotiques,* roman
YOUSSOUF AMINE ELALAMY, *Les clandestins,* roman, Prix A·tlas 2001
JAMES FLINT, *Habitus,* roman
NEIL GAIMAN, *Miroirs et fumée,* nouvelles
American Gods, roman, Bram Stoker Award 2002, Prix Hugo 2002.
NEIL GAIMAN et TERRY PRACHETT, *De bons présages,* roman
WILLIAM GIBSON, *Tomorrow's parties,* roman
STÉPHANE GUIGNON, &, roman
THOMAS GUNZIG, *Mort d'un parfait bilingue,* roman, Prix Victor Rossel 2001, Prix Club Med 2001
ANDRÉS IBÁÑEZ, *Le monde selon Varick,* roman
AÏSSA LACHEB-BOUKACHACHE, *Plaidoyer pour les justes,* roman
LOUIS LANHER, *Microclimat,* roman
YOUCEF M.D., *Je rêve d'une autre vie,* roman
JAMES MORROW, *En remorquant Jéhovah,* roman
Le jugement de Jéhovah, roman
La Grande Faucheuse, roman
NICOLAS REY, *Mémoire courte,* roman, Prix de Flore 2000
RÉGIS DE SÀ MOREIRA, *Pas de temps à perdre,* roman, Prix Le Livre Elu 2002
Zéro tués, roman
MARTIN WINCKLER, *Contraceptions mode d'emploi,* document
JOËLLE WINTREBERT, *Pollen,* roman

Ouvrage imprimé sur papier non blanchi garanti sans chlore

Impression réalisée sur CAMERON par

BRODARD & TAUPIN

GROUPE CPI

La Flèche
en octobre 2002

Imprimé en France
N° d'impression : 15178
Dépôt légal : octobre 2002
ISBN : 2-84626-037-0